ज्ञान गरिमा के
67 वर्ष

णाणं
पयासयं
वीर नि.सं. 2470
ई.सन् 1944
भारतीय ज्ञानपीठ

कागज़ी बुर्ज

(कहानी-संग्रह)

कागज़ी बुर्ज

मीरा कांत

भारतीय ज्ञानपीठ

लोकोदय ग्रन्थमाला : ग्रन्थांक 938

ग्रन्थमाला सम्पादक

रवीन्द्र कालिया

सह-सम्पादक

गुलाबचन्द्र जैन

पहला संस्करण : 2008

दूसरा संस्करण : 2009

तीसरा संस्करण : 2010

ISBN : 978-81-263-1889-6

प्रकाशक :

भारतीय ज्ञानपीठ

18, इन्स्टीट्यूशनल एरिया, लोदी रोड

नयी दिल्ली-110 003

मुद्रक : विकास कम्प्यूटर ऐण्ड प्रिण्टर्स, दिल्ली-110 032

आवरण चित्र : राधेश्यांम अग्रवाल

आवरण सज्जा : ज्ञानपीठ कला प्रभाग

तीसरा संस्करण : 2010

मूल्य : 125 रुपये

KAGZI BURJ
(Hindi Short-stories)
by Meera Kant

Published by
Bharatiya Jnanpith
18, Institutional Area, Lodi Road
New Delhi-110 003

Website : www.jnanpith.net
e-mail : Jnanpith@satyam.net.in, sales@jnanpith.net

Third Edition : 2010
Price : Rs. 125

गुरु-मित्र डॉ. सुषमा भटनागर
के नाम
जिनसे अक्षर-ज्ञान सीखा

अनुक्रम

कागज़ी बुर्ज

किसी किताब का शीराज़ा जब बिखरता है तो उसकी सिलाई खुलने के साथ-साथ उसके सफे भी आगे-पीछे या उल्टे-सीधे हो जाते हैं। वो किताब एक बेतरतीब पुलिन्दा बन जाती है। अपनी ज़िन्दगी का एक ऐसा ही पुलिन्दा लिये गोपा आज फिर हैदराबाद से लगभग ग्यारह किलोमीटर दूर गोलकोंडा के किले में आयी है। सामने है 'फतह दरवाज़ा' यानी किले का मुख्य द्वार। औरंगज़ेब ने इसे फतह करने के बाद यह नाम दिया था। पर इसका पहले भी तो कोई नाम रहा होगा। सोचा गोपा ने। अब इसे कोई उस नाम से नहीं पुकारता। जैसे विवाह के बाद स्त्री की पहचान बदल जाए और उसे नाम मिले 'स्वामी' का। गोपा ने 'फतह दरवाज़े' को छिपाने के लिए बनायी गयी पत्थर की दीवार का स्पर्श किया तो मन ही मन बुदबुदाया, "पर्दा"। इस दीवार का यही नाम है क्योंकि इसे 'फतह दरवाज़े' की ऊँचाई और चौड़ाई में सिर्फ उतना ही बनाया गया था कि द्वार पर शत्रु की सीधी नज़र न पड़ने पाए। पत्थर का पर्दा!

इस फतह दरवाज़े से जब-जब गोपा किले के अन्दर गयी है, यहाँ गाइडों की तरह खड़े किस्से-कहानियाँ उसके साथ हो लेते हैं। आज वह इन गाइडों की उपेक्षा कर तेज़ी से आगे बढ़ गयी। कुछ ही आगे पोर्टिको और बालाहिसार दरवाज़े को पार कर वह दायीं ओर हो ली। जब जीवन में तरतीब नहीं रही तो किला भी तरतीब से क्यों देखा जाए! किले के चप्पे-चप्पे से वह वाकिफ थी। सोच रही थी किस ओर बढ़े कि सामने विशिष्ट व्यक्तियों का एक समूह दिखाई दिया, जिन्हें एक गाइड कुछ समझा रहा था। वह उसी ओर बढ़ गयी और उस समूह से थोड़ी दूरी बनाकर उनके साथ-साथ घिसटने लगी।

"किले को ग्रेनाइट पत्थरों की तीन दीवारें घेरती हैं। बाहरी दीवार सत्रह से चौंतीस फीट मोटी है और इसमें आधी गोलाई वाले कुल सत्तासी बुर्ज थे। पचास

से साठ फीट ऊँचे। इनमें से चार बुर्ज मशहूर हैं। तीन मैं आपको दिखाऊँगा और चौथे की सिर्फ बातें होंगी।"

"क्यों भाई ऐसा क्यों?" मुस्कराते हुए समूह का एक व्यक्ति पूछ रहा था।

"क्योंकि वो अब है ईच नई। हाँ साब। तब यहाँ का सुल्तान था अबुल हसन तानाशाह। औरंगज़ेब की आँखों में वो कंकड़ की तरह चुभता था। किले पर कब्ज़ा करने के लिए औरंगज़ेब आठ महीने गोलकोंडा के बाहर ठहरा रहा पर किले का बाल बाँका भी नहीं कर पाया। एक रोज़ मुगल सिपाही तोप के गोले बरसा-बरसा कर किले के एक बुर्ज और उसकी दीवार को उड़ाने में कामयाब हो गये। सुल्तान तानाशाह समझ गया कि अब खैर नहीं क्योंकि रातोंरात तो पत्थर की दीवार खड़ी की नहीं जा सकती थी। तो साहब उसने एक तरकीब सोची। उसने अपने दस्तकारों को बुलाया और उनसे कागज़ और कपड़े का हूबहू वैसा ही बुर्ज और दीवार तैयार करने को कहा। एक ही रात में ऐसा फर्ज़ी बुर्ज खड़ा किया गया कि सुबह को मुगल सिपाही सकते में आ गये। उन्हें इस बुर्ज से पत्थर के बुर्ज और दीवार का धोखा हुआ। औरंगज़ेब ने सुना तो चेहरा पीला पड़ गया। बस उसे ही कहा गया कागज़ी बुर्ज।"

"कागज़ी बुर्ज!" एक महिला ने दोहराया मानो कहानी से आगे जाकर कुछ समझने की कोशिश कर रही हो।

"हाँ साहब कागज़ी बुर्ज! कागज़ी था, खत्म हो गया। अब कहाँ!"

"बहुत अक्लमन्द था सुल्तान। पर उसके बाप ने उसका ऐसा अजब नाम क्यों रखा? तानाशाह!" कोई पूछ रहा था।

"नहीं साहब नाम नहीं था यह उसका। यह तो उसकी रिआया उसे प्यार से कहती थी — तानाशाह। कभी-कभी मनमानी करता था... ज़रा सनकी था बस।" गइड ने जवाब दिया।

ज़रा नहीं बहुत! सोचा गोपा ने और उसे याद आया वो किस्सा कि एक बार किसी घर के भेदी ने किले का दरवाज़ा रात को आक्रान्ताओं के लिए खोल दिया। इस पर एक आवारा कुत्ते ने भौंक-भौंक कर सबको सचेत कर दिया। उस दिन कुत्ते की सूझ-बूझ और वफादारी की वजह से किला बच गया। सो तानाशाह ने कई रोज़ तक उस आवारा कुत्ते को सोने का पट्टा पहनाकर अपने साथ सुल्तान के तख्त पर बैठाया।

नृत्य का तो दीवाना था तानाशाह। तभी उस नर्तकी तारामती से प्रेम कर बैठा जो नर्तकी होने के साथ-साथ सम्भवतः नटी भी थी। एक किलोमीटर दूर अपने महल कलामंदिर से तानाशाह के लिए वह किले तक एक तार पर नाचती हुई आती थी। उसका नाम किले का एक महत्त्वपूर्ण पत्थर है क्योंकि तानाशाह ने उसके नाम से एक मस्जिद बनवायी थी--तारामती मस्जिद। गोपा ने समूह का

साथ छोड़ा और पलटकर तारामती मस्जिद की ओर रुख किया।

उसे याद आया कि एक बार तानाशाह 'कुचीपुड़ी' गाँव का मुआयना करने गया तो उसने पाया कि गाँव में पानी की बहुत कमी है। उसके हुक्म पर फौरन एक कुआँ वहाँ खोदा गया। गाँववासियों ने अपनी ओर से आभार-प्रदर्शन के लिए तानाशाह के समक्ष जो स्थानीय नृत्य प्रस्तुत किया उसे तानाशाह ने गाँव के नाम पर नाम दिया 'कुचीपुड़ी'। किले के पत्थरों की तरह आज वह नृत्य अपने अतीत की गरिमा थामे मौजूद है, पर नाम देने वाला तानाशाह कहीं नहीं है। गोलकोंडा के पास बने कुतुबशाही के खानदानी कब्रिस्तान में भी नहीं!

किले का निचला हिस्सा तेज़ी से पार कर गोपा भीतर पहुँची। उसने नज़र उठाकर देखा। नज़र तारामती मस्जिद से टकराती हुई सबसे ऊपर बालाहिसार बारादरी तक पहुँची। पहाड़ी की चोटी पर बनी नीले आसमान से सटी बारादरी। उस कोण से बारादरी की छत की दो मीनारें दिखाई दे रही थीं आकाश की ओर जाती हुई। बारादरी का खयाल आते ही जाने उसके ज़हन में दरबारे-आम और दरबारे-खास न आकर बारादरी से नगीनाबाग के रास्ते में पड़ने वाले दो गहरे कुएँ क्यों आ जाते हैं? वे गहरे कुएँ जो अपनी गहराई तक सूख चुके हैं और फिर भी कुएँ कहलाते हैं!

मीनारों से नज़र सीधे नीचे फिसली तो बड़े-बड़े पत्थरों ने थाम ली। नज़र फिसल ही कहाँ पायी फिर। एक नज़र क्या, इन पत्थरों ने तो पूरे किले को थाम रखा है। गड़रियों की पहाड़ी यानी तेलुगु के 'गोल्ला कोंडा' पर बने गोलकोंडा के इस पूरे किले को। शताब्दियों का समय इन पत्थरों पर पुता है। उन पत्थरों पर जो बूढ़े समय की हथेलियाँ हैं।

गोपा जब पहली बार यहाँ आयी थी तो गाइड निज़ामुद्दीन ने बताया था कि पहाड़ पर बने इस किले की खासियत यह है कि इसकी कोई नींव नहीं है। इसे इन्हीं बूढ़ी हथेलियों का सहारा है।

"ये देखने का चीज़ मैडम... इस किले का नींव नई... ये इतना बड़ा-बड़ा पत्थर कीले को सैकड़ों सालों से सँभाला है... कीला ऊपर से नीचे को बनाया गया था... नीचे से ऊपर को नई।"

अपने खास हैदराबादी अन्दाज़ में वो बता रहा था और गोपा सिर ऊपर किये आँखों पर बायें हाथ का छज्जा बनाये चौंध को रोकते हुए उन पत्थरों को एक टक देख रही थी। जहाँ तहस-नहस किया गया किला वहाँ टूटा, बाकी आज तक स्थिर खड़ा है अपने स्थान पर अपना अतीत थामे।

दिल्ली में सीरी के किले की नींव में अनेक आलिम दानिशवरों यानी विद्वानों के सिर कलम करके दफनाये गये थे और दिल्ली के लाल किले की नींव में सैकड़ों बन्दियों को सशरीर चीरकर दफन किया गया था। गोपा ने सुकून

की एक लम्बी साँस खींची कि कोई किला तो है जिसकी तामीर शायद ऐसी क्रूर अमानवीय नींव पर नहीं हुई।

अचानक उसने सिर को झटका। काश उसका विषय-क्षेत्र इतिहास न होता। तब वह भी अन्य लोगों की तरह बिना नींव और नींव की तामीरों के बारे में सोचते हुए इन क्रूर बीभत्स बिम्बों से अलग रह पाती। कितने अत्याचार सहे हैं मानव जाति ने अपनों के ही हाथों और यह क्रम किसी न किसी रूप में चलता चला आ रहा है। कहीं न कहीं भीतर आज भी हम वही हैं। तभी आने वाले कल के लिए छोड़ रहे हैं आज हम ऐतिहासिक रूप में कहीं अधिक अमानवीय घटनाओं की मिसालें, जो बस रही हैं अवचेतन में खौफनाक भावी किलों की नींव बनकर।

आधा किला गोपा पार कर चुकी थी पर आज पहाड़ी के ऊपर जाने का मन न था। सोचा वापस जाए और एक बार फिर इतने ही हिस्से का मुआयना करे। वह जिस दिन सुबह यहाँ आ जाती है, पूरे किले को कम से कम दो बार तो बाहर से अन्दर और नीचे से ऊपर देख ही लेती है। वैसे भी हैदराबाद आने का मकसद ही मिशन गोलकोंडा था। प्रोफेसर अस्थाना गोलकोंडा पर एक शोधपरक पुस्तक लिख रहे हैं। अपने पी-एच.डी. के दौरान दिल्ली में टिकने के लिए गोपा को आर्थिक मदद की ज़रूरत थी। सो उसने प्रो. अस्थाना के यहाँ प्रोजेक्ट फैलो के रूप में काम शुरू किया। इधर प्रो. अस्थाना की टाँग में फ्रैक्चर होने के कारण उनका काम खासा लटक गया था, सो उन्होंने गोपा को कुछ पुरानी नायाब सामग्री इकट्ठा करने के लिए उस्मानिया विश्वविद्यालय भेजा। अन्धा क्या चाहे दो आँखें! गोपा ने झट हाँ कर दी क्योंकि दिल्ली और मेरठ के उदास माहौल से निकलने का यह एक मुँहमाँगा मौका था। पर यहाँ आकर जब उसने गोलकोंडा देखा तो उस्मानिया विश्वविद्यालय से अधिक समय वह किले और उससे सटे पुरातत्व विभाग के दफ्तर में बिताने लगी थी। गोलकोंडा के किले में जाना उसे पसन्द था क्योंकि यह शहर से दूर बसे एक वीराने का अहसास देता था।

किले में प्रवेश करते ही एक पोर्टिको जिसके बीचोंबीच एक खास स्थान पर खड़े होकर ताली बजाने से ऊँचे गुम्बद पर डायमंड कट में बनी चौबीस पत्तियों की तकनीक के ज़रिये यह आवाज़ लगभग तीन सौ अस्सी ऊबड़-खाबड़ सीढ़ियाँ चढ़कर लगभग चार सौ फीट ऊपर पहाड़ी पर बनी बालाहिसार बारादरी तक पहुँचती है। वहाँ के लोगों को खबरदार करने के लिए कि नीचे दरवाज़े पर कोई है। ऐसी ही तकनीक का इस्तेमाल उस स्थान पर भी किया गया है जहाँ कुतुबशाही का कोई सुल्तान मुलज़िमों के गुनाह व फरियाद सुन अपना फैसला सुनाता था। सुल्तान पहली मंज़िल पर इस कोण से बने कमरे में होता कि मुलज़िम को देख सकता था पर वह खुद उस मुलज़िम को ठीक से दिखाई नहीं देता था। अगर मुलज़िम सुल्तान पर वार करने का इरादा रखता तो उसके हाथ

से मात्र उसके अपने कपड़ों को किये गये हल्के-से स्पर्श भर से भी कमरे में ज़ोरदार आवाज़ गूँज उठती थी। ठीक यादों की तरह कि कोई ज़रा-सी जुम्बिश हुई नहीं कि अन्तर्मन के गहन सुनसान में थरथरी-सी दौड़ जाती है। देश और काल की दूरी पल भर में सिमटकर रह जाती है। कमरे में गूँजी ज़ोरदार आवाज़ सुलतान व उनके सिपाहियों को आगाह करने के लिए और मुलज़िम को गिरफ्त में लेने के लिए काफी होती थी। अपने को बचाना इनसान की फितरत है पर जीतता वही है जो समृद्ध होता है या ताकतवर। न्याय-अन्याय तो कहने-सुनने की बातें भर हैं!

गोपा के चेहरे पर व्यंग्य की कूची से मुस्कान की एक तिरछी लकीर-सी खिंच गयी। सहसम्बन्ध शायद कहीं भी पूरी तरह नहीं होता हमेशा। मुस्कान की लकीर के समानान्तर एक और लकीर खिंच गयी थी 'हमेशा' कहते ही। इस निर्जीव शब्द से कहीं बेहतर वे ध्वन्यार्थक-शब्द होते हैं जो सन्दर्भ में अर्थ ग्रहण करते हैं। फरियाद चोट खाया मन ही किया करता है पर तब तक रिश्तों के बीच एक ऐसी दीवार आ चुकी होती है कि आपके गिले-शिकवे अदृश्य सत्ता को ही सम्बोधित होते रहते हैं क्योंकि रिश्ते कहीं दूर छूट गये होते हैं। उधर क्या हो रहा है आप नहीं जानते जबकि इधर आपकी एक आह भी आपके लिए बवाल हो जाती है।

पिछले दो सालों में जब-जब निखिल से उपेक्षा मिली या गोपा ने उसे इरा के यहाँ पाया तो उनके रिश्ते में धीरे-धीरे बहुत कुछ टूटा, टूटता चला गया। गोपा निखिल से लड़ती, उलझती और अन्त में अपनी निरीह स्थिति पर फूट-फूट कर रोती। जवाब में निखिल कभी झालरवाली कहानियाँ पेश करता, कभी उसके रोने को रोकने के लिए नये-नये वायदों की फेंस लगाता जिसके काँटे गोपा को बराबर चुभते रहते और कभी खामोशी की चादर ओढ़कर निकल जाता। कुछ दिन अबोला चलता मगर समय के साथ अपने मजबूर मन की लालटेन लिये गोपा की गाड़ी पटरी पर आ ही जाती। पर अन्तिम बार जब गोपा रोयी थी तो निखिल की आवाज़ ने उसके आँसुओं को पल भर में सुखा दिया था, "तुम्हें नहीं लगता ये हमारा पैटर्न हो गया है। रूठना-मनाना - मान जाना! आदत हो गयी है तुम्हें इस पैटर्न की।" यह शब्द 'पैटर्न' सुनते ही आँसुओं के साथ गोपा के भीतर और भी बहुत कुछ एक ज़ोरदार ब्रेक के साथ ठहर गया था। शायद सब कुछ। उसे अपना मन सड़क के किनारे पड़े खोखले कच्चे नारियलों के ढेर पर फेंका गया ऊपर से छिला एक और अन्दर से खाली कच्चा नारियल लगा था। बिल्कुल खाली। जैसे कि किसी तकनीक के तहत उसे किसी ने भावनात्मक स्तर पर गिरफ्तार कर लिया हो।

भीतर कुतुबशाही मेहमानखाना एक भिन्न तकनीक का उदाहरण है। इस मेहमानखाने के विपरीत कोनों में अगर दो लोग एक-दूसरे की तरफ पीठ और

दीवार की ओर मुँह करके खड़े हों और दीवार के बहुत करीब जाकर सरगोशी के अन्दाज़ में आहिस्ता से कुछ कहें तो दूसरी ओर का व्यक्ति अपनी ओर की दीवार से वह सुन लेता है और दीवार में फुसफुसाकर उसका जवाब भी दे सकता है। यह तकनीक मेहमानखाने में बैठे अतिथियों पर नज़र रखने के लिए विकसित की गयी थी। कैसी स्थिति है यह कि एक-दूसरे की ओर पीठ किये हुए भी खास फासले से कुछ कहते हुए बात पूरी तरह दूसरे तक पहुँच जाती है जबकि होता प्राय: यह है कि आमने-सामने बैठे हम कुछ कहा करते हैं, कहते चले जाते हैं पर बात पहुँचकर नहीं देती! सूखे पत्तों की तरह निश्शब्द झड़ती चली जाती है।

सिलहखाने यानी शस्त्रागार को पार कर वह तेज़ी से भागमती महल की ओर बढ़ना चाह रही थी कि हर बार की तरह रास्ते में ठहर गयी। गलियारे में मिट्टी में आधा धँसा लोहे का दो सौ चालीस किलो का वज़न। चौकोर ठोस लोहे के बने इस वज़न के ऊपर लगा था उठाने के लिए एक कुंडा। निज़ामुद्दीन ने बताया था कि किले की फौज में नियुक्ति के लिए उम्मीदवार को इस दो सौ चालीस किलो के वज़न को उठा पाना लाज़मी था और लोग उठा पाते थे। गोपा सोच रही थी, कुतुबशाही सल्तनत के सात में से कोई एक सुल्तान भी इस वज़न को हिला पाने की ताकत रखता होगा? शायद नहीं!

दूसरों के लिए प्राय: हम अलग मानदंड तय करते हैं। उसी तरह जैसे दूसरों से बड़ी-बड़ी बातें करना एक बात है पर अपने सिर पर पड़ने पर हँसकर निभाना कितना कठिन! पी-एच.डी. के दौरान विभागाध्यक्ष ने निखिल को बराबर उत्साहित किया था कि लेक्चरर का पद उसे ही मिलना चाहिए और वे इसकी कोशिश करेंगे। परन्तु इंटरव्यू के बाद जो नतीजा सामने आया वह कुछ और था। विभागाध्यक्ष के प्रति निखिल बहुत कटु हो चला था। मगर दूसरी बार इंटरव्यू से पहले निखिल फिर उनके पास गया और माफी माँगी। लगा था हवा अनुकूल हो गयी है पर नतीजा फिर प्रतिकूल ही रहा। इस बार उसकी बौखलाहट देखते ही बनती थी। कितने जतन करके गोपा ने उसे सँभाला था। इस बीच निखिल की मुलाकात विभागाध्यक्ष की बेटी इरा से हो गयी थी। यह मुलाकात गहरी दोस्ती में तबदील हुई तो सारी कटुता का प्रदूषण अपनी गाड़ी की पाइप से बाहर निकालते हुए निखिल ने 'यू' टर्न ले लिया। क्या यह पैटर्न नहीं? गोपा को लगा कि वो ज़मीन में आधा धँसा दो सौ चालीस किलो लोहे का वज़न उसके सिर पर ही रखा हुआ है। जाने कब से! पढ़ने-लिखने की तरकीबें इस वज़न को कुछ अन्तरालों के लिए भुला भले ही देती हों पर वो अपनी जगह से दरअसल टस से मस नहीं होता था।

चप्पल उतारकर पैर के तलुए के नीचे रड़कती मिट्टी को साफ कर वह आगे बढ़ी। सिपाहियों की बैरेक्स के बाद सिलहखाने के कमरे। दायीं ओर आज

का नगीनाबाग और अपने ज़माने का हीरों का बाज़ार। इसी हीरों के बाज़ार में कभी किले के विश्वासघाती अब्दुल्ला खान पानी और उसके विश्वासपात्र घोड़े की ज़ख्मी देह तड़प-तड़पकर दम तोड़ने को मजबूर हुई होंगी। जिस औरंगज़ेब से मिलकर अब्दुल्ला खान पानी ने एक रात इस अभेद्य किले का द्वार शत्रुओं के लिए खोल दिया था उसी शत्रु औरंगज़ेब ने किले में प्रवेश करते ही सबसे पहले अब्दुल्ला खान पानी के सीने में खंजर उतार दिया था। उसके घोड़े को भी नहीं बख्शा गया। इस नगीनाबाग में लहूलुहान उस अब्दुल्ला खान पानी ने अपने घोड़े के समीप तड़पती एक लाश भी देखी होगी। अपने भीतर की विकृत महत्त्वाकांक्षा की छली गयी लाश।

एक बार खेल-खेल में शर्ली ने उसके सामने इच्छा के तेरह पर्याय पहाड़ों की तरह एक साँस में सुना दिये थे पर उनमें महत्त्वाकांक्षा शब्द तो शायद कहीं नहीं थी। इच्छा जब पूर्ति के लिए साधन जुटाये बिना और प्रतीक्षा की धूप में तपे बिना सब कुछ तत्काल चाहती है, शायद उसी को कहते हैं हम महत्त्वाकांक्षा यानी एम्बीशन जिसे निखिल तरह-तरह से जस्टिफाइ किया करता था।

कुछ ही कदम आगे बायीं ओर एक पत्थर की मुँडेर लाँघकर उसने प्रवेश किया सन् 1672 की कुतुबशाही सल्तनत के सरकारी दफ्तर में। कुतुबशाही के सातवें और अन्तिम सुल्तान अबुल हसन तानाशाह के मन्त्री अकन्ना और मादन्ना का दफ्तर। गोपा जिस मुँडेर को लाँघकर गयी थी उस पर ऊपर की ओर बने थे दफ्तर के कागज़ात रखने के लिए सात-आठ फुट ऊँचे टाँडनुमा आले। गोपा ने सुना था कि कागज़ात को रखने-उतारने के लिए लम्बे-चौड़े हब्शी कार्मिक तैनात किये जाते थे। उस मुँडेर पर बैठकर उसने सोचा, क्या होंगी उन हब्शियों की ज़िन्दगियाँ? ये हब्शी पानी के जहाज़ों में भर-भर कर बहुत पहले से यहाँ लाये जाते रहे थे। इनकी तादाद इतनी अधिक हो गयी थी कि उनके लिए हैदराबाद में एक अलग स्थान बनाया गया हब्शीगुडा नाम से जो आज भी वहाँ मौजूद है।

वे हब्शी जब नज़र नीची किये सिर झुकाये ज़नाना महलों के आस-पास से गुज़रते होंगे तो इन बेदरवाज़ा महलों की चिलमनों से क्या उन सैकड़ों बेगमों और हरम की ज़ीनतों में से कभी कोई हसरत भरी नज़रों से इन्हें न देखती होगी? मोहम्मद कुली कुतुबशाह की उन एक सौ एक ज़ीनतों में से एक भी नहीं जो उनके हरम में होने के बावजूद शायद सालों, महीनों उनके इन्तज़ार में चिलमन से लगी बैठी रहती होंगी!

गोपा ने कुछ ही कदम आगे बढ़ाये थे कि सामने भागमती महल था और उससे सटा तारामती महल। खंडहरों को महल के नाम से पुकारकर हम तारीखों

से रिश्ता जोड़ रहे होते हैं या तोड़ रहे होते हैं? किसी बस्ती का वीराना आज के दु:ख को उजागर करता है या बीते दु:खों की गूँज को? जाने हम बीती खुशियों को उस शिद्दत से याद क्यों नहीं करते जितना दु:ख को! खंडहरों में रहते हुए हम लगातार महलों के किस्से सुनते-सुनाते हैं पर भीतर एक दर्दभरी टीस पहुँचती है। आज के गम की या गुज़र गयी खुशहाली की? गोपा का जी चाह रहा था कि कुतुबशाही की बुनी हुई रस्सी को उल्टा घुमा-घुमाकर ऐसे खोले कि उसका एक-एक रेशा अलग-अलग हो जाए।

निज़ामुद्दीन ने कहा था भागमती तारामती की बहन थी। पर पुस्तकें बताती हैं कि भागमती मोहम्मद कुली कुतुबशाह की पत्नी थी और तारामती सुल्तान तानाशाह की प्रेमिका। इन दोनों के बीच से गुज़रता है लगभग सौ साल का समय। तारीखों से रिश्ता होता है स्थानों, घटनाओं और इनसानों का। और तो और रिश्ता होता है रिश्तों का भी पर जैसे कभी-कभी चेतन-अवचेतन एक-दूसरे में घुलमिल कर एक भ्रम प्रस्तुत करते हैं वैसे ही अलग-अलग समय की तारीखें और कहानियाँ भी।

गोपा भागमती महल के बीचोंबीच खड़ी उसका गुम्बद देख रही थी। यह वो भागमती महल है जिसकी दीवारों और गुम्बद पर कभी हीरे और शीशे जड़े थे। निज़ामुद्दीन के शब्दों में — हीरे, शीशे और मोतियाँ! शाम को सिर्फ एक अदना-सा दीया जलाया जाता था जिसकी रोशनी का अक्स हीरों और शीशों पर अनुगूँज की तरह बहता था और पूरा महल जगमगा उठता था। औरंगज़ेब के सैनिक जब पूरे किले को तहस-नहस कर इसके हीरे-जवाहरात निकालकर ले गये और किला औरंगज़ेब के बेटे को मिला तो बेटे ने खत लिखकर पिता से इल्तिजा की थी कि उसके रहने का बेहतर इन्तज़ाम होना चाहिए। औरंगज़ेब को हैरानी हुई कि इतने बड़े किले में उसका बेटा आखिर रह क्यों नहीं पा रहा। बाप के पूछने पर बेटे ने फौरन लिखकर जवाब भेजा कि इतने बड़े किले को रोशन करने के लिए उसके पास तेल नहीं है। जाने औरंगज़ेब कितना समझ पाया होगा क्योंकि उसके पास अगर सही मायने में तेल होता तो फतह किये हुए किले को उसने वीराने में तब्दील न किया होता। उसके सुखों को भोगा होता।

अन्धी महत्त्वाकांक्षा और उससे उपजने वाले रोष में हम जीवन में क्या खो देते हैं इसका सुराग आने वाले दिन लाते हैं। मगर तब तक वो आईने अकेले रह जाते हैं या रहते ही नहीं जिनकी ओट में दीया हज़ार रूपों में चमकता था और अपनी खुशनसीबी पर हर अँधेरे से होड़ लेने की हिम्मत रखता था। लौ और आईने का रिश्ता, ज़रा से तेल और अँधेरे का रिश्ता भी बहरहाल रिश्ता ही कहलाता है। निखिल से तीन साल बड़ी इरा तलाक के बाद जब से अपने मायके लौटी थी निखिल ने पीएच.डी. में उसकी मदद के बहाने उसके घर आना-जाना

शुरू कर दिया था। दीये का तेल तभी से कम होने लगा था और नतीजतन उसकी लौ भी।

एक लम्बी ज़िन्दगी बितायी थी भागमती ने यहाँ जो पार्श्व में रहते हुए भी वस्तुतः सत्ता का केन्द्र रही। जिसकी छवि सत्ता की नहीं प्रेम और कलाक्षेत्र की रंगीन पत्तियाँ पीस-पीसकर ही तैयार करवायी गयी है। कुतुबशाही के चौथे सुल्तान मोहम्मद कुली कुतुबशाह की प्रेमिका और बाद में पत्नी।

भागमती एक जानी-मानी नर्तकी थी और मूसी नदी के उस पार रहती थी जबकि इस पार गोलकोंडा के किले में रहनेवाला तेरह वर्षीय मोहम्मद कुली कुतुबशाह उसकी मोहब्बत में इतना दीवाना हो चुका था कि रात में मूसी नदी पार कर उसका दीदार करने पहुँचता था। पिता इब्राहिम कुली कुतुबशाह ने रोकने के भरसक प्रयत्न किये परन्तु जब सभी नाकामयाब रहे तो बेटे की सलामती के लिए मूसी नदी पर पुल बनवा दिया।

मोहम्मद कुली कुतुबशाह अपने पिता की छह में से तीसरी सन्तान थे और हो न हो माता की पहली। उनकी माँ विजयनगर की राजकुमारी भगीरथी थी। मोहम्मद के जन्म की खुशी में इतना सोना बाँटा गया कि सोना खुद भी शर्म से पीला पड़ गया! पिता इब्राहिम की मृत्यु के बाद किले के एक उच्चाधिकारी राय राव के नेतृत्व में मोहम्मद को सुल्तान बनाने के लिए चुनाव का ढकोसला भी किया गया। इस षड्यन्त्र की प्रक्रिया में उसके सबसे बड़े विवाहित भाई को, जो उन दिनों किसी छोटी-सी गलती के कारण नज़रबन्द था, मृत घोषित किया गया। दूसरा भाई हुसैन जो तर्कशास्त्र, दर्शनशास्त्र, चिकित्साशास्त्र व ज्योतिष में पारंगत था, उन दिनों कहीं गया हुआ था, सो उसे वापस आने का मौका भी न दिया गया। जाने क्यों इतिहास ने भी उसके भावी अस्तित्व के बारे में एक चुप्पी अख्तियार कर ली। सुल्तान बनने के बाद मोहम्मद का निकाह उसी भाई की मंगेतर से करा दिया गया जिसे उसने एक साल बाद हमेशा के लिए वापस मायके भेज दिया। उसका कुसूर यह था कि उसके पेशवा पिता ने चाँदबीबी का मुकाबला करने के लिए मोहम्मद को जंग के मैदान में जाने की जो सलाह दी थी वह सही साबित न हुई थी। चौथे और पाँचवें भाई की मोहम्मद के सुल्तान बनते ही मृत्यु हो गयी और छठे ने स्वयं ही मोहम्मद का वर्चस्व स्वीकार कर किले में एक ओर पड़े रहना मंजूर कर लिया था। और इस तरह सिर्फ पन्द्रह वर्ष का मोहम्मद कुली कुतुबशाह सर्वसम्मति से सुल्तान चुना गया।

"अधिकार-सुख कितना मादक और सारहीन होता है...," गोपा को याद आयीं ये पंक्तियाँ जो कभी-कभी उसकी रूममेट शर्ली कोट किया करती थी और बाद में एक दिन उसने एक दुम भी जोड़ दी थी, "ये प्रसाद ने लिखा है।"

"प्रसाद! कौन प्रसाद?"

"अरे जयशंकर प्रसाद... स्कूल में उनकी कविताएँ तो पढ़ी होंगी तूने। पर तुझे क्या! उलझी रह अपने इतिहास में।" फिर कुछ क्षण ठहरकर बोली थी एक दिन, "तुम इतिहास वालों के साथ यही समस्या है...तारीखों और दिये गये तथ्यों से आगे ही नहीं बढ़ पाते हो... क्या साहित्य इतिहास को प्रभावित नहीं करता? ये इतिहास का हिस्सा नहीं?"

"है, बिल्कुल है..."

"तो बता फिर जयशंकर प्रसाद के बारे में!" और गोपा की रुआँसी सूरत देखकर वो ऐसी शरारती हँसी हँस दी थी कि गोपा की खीझ भी हँसी में तब्दील हो गयी थी। मणिपुर की शर्ली हिन्दी साहित्य में पी-एच.डी. कर रही थी और शामों में अक्सर उसे कभी कोई कविता सुनाती थी तो कभी किसी उपन्यास का कोई अंश। फिर छेड़ते हुए कहती थी, "अब तेरी बारी है... तेरे इतिहास में कुछ ऐसा हो तो सुना! पर मुझे तारीखें नहीं सुननीं!"

शर्ली की याद चेहरे पर हल्की मुस्कान ले आयी पर मन का खारापन गोपा की आँखों में तैर आया। हैदराबाद आने से पहले वह शर्ली से मिलने गयी थी। मिलाई का समय था। मानसिक स्वास्थ्य अस्पताल विमहेन्स के बगीचे में बेंचों पर बैठे रोगी अपने सम्बन्धियों से घिरे थे और शर्ली एक बेंच पर अकेली उदास बैठी थी। डूबते सूरज को एकटक देखती। जानती थी उससे मिलने शायद ही कोई आए क्योंकि उसके सम्बन्धी मणिपुर में थे।

गोपा ने बेंच पर उसके पास बैठकर उसके कन्धे को छुआ था, "शर्ली।"

"ओ यू!" खुले बालों से घिरा चेहरा मोड़ते हुए शर्ली बोली थी, "कोई तो आया!"

"कैसी है?"

"पता नहीं!" कहकर उसने दोबारा अपना चेहरा डूबते सूरज की ओर कर लिया था। गोपा की हथेली खिसककर शर्ली के हाथ पर चली आयी थी और उस हथेली ने शर्ली की अनमनी-सी उँगलियों को हल्का-सा दबाया था। तभी शर्ली ने कुछ कहा तो हथेली लौट आयी थी, "लांग डिस्टेन्स ट्रेन में बैठी थी... पता नहीं किस अनजान स्टेशन पर उतर गयी। समझ में नहीं आता आगे जाना है या पीछे!"

शर्ली की नज़रों ने सूरज को थाम रखा था। आस-पास के शोर में इस बेंच की खामोशी काले कागज़ पर सफेद अक्षरों-सी चमक रही थी।

शर्ली के कुर्ते पर एक मोटी चींटी को चढ़ते देखा तो गोपा ने झट उसे हाथ से झटक्कर दूर किया पर शर्ली उसे निस्पन्द लगी। गोपा ने स्नेह से उसके कन्धे

से बेतरतीब बालों को पीछे करते हुए उसकी पीठ से कहा था, "शर्ली!"

"उस शाम को सूरज ऐसा ही दिख रहा था... अकेला... उदास। बस्ती छोड़कर किसी वीराने में जाता हुआ-सा।" शर्ली कह रही थी, "दिमाग पर बहुत ज़ोर डालती हूँ... सोचती हूँ कौन-सा दिन था वो... याद्दाश्त धुँधला गयी है। लगता है शायद 15 सितम्बर था। उस 15 सितम्बर की शाम को वो मुझे पहली बार अहमद के अड्डे पर ले गया था।" शर्ली 15 सितम्बर की तारीख में धँसती चली जा रही थी खामोशी के साथ।

गोपा जानती थी मणिपुर । समर शर्ली की क्लास में था और क्लास के बाद दोनों रोज़ मजनू के टीले पर मिलते थे। शर्ली उसे बता चुकी थी कि एक दिन आधी जली सिगरेट को घास में पाँव से कुचलते हुए कहा था समर ने, "कितनी बोरियत है रोज़ क्लास के बाद यहाँ आना और घंटों बैठे रहना। हाउ रेपेटेटिव!"

"मैं तुम्हें बोरियत देती हूँ?" पूछा था शर्ली ने।

"वो बात नहीं है... हम दोनों अकेले... कब तक... इसमें किक नहीं है।" और इस किक के लिए समर शर्ली को अहमद के अड्डे पर ले गया था जहाँ कुछ दोस्तों से घिरकर समर के साथ शर्ली ने पहली बार ड्रग का नशीला स्वाद चखा था। ये डोप, जो समर को किक का मज़ा देती थी, शर्ली को दिन-ब-दिन अकेला और उदास करती चली जा रही थी। समर उस समूह के साथ मगन रहता था पर शर्ली जितनी अकेली होती उतनी ड्रग्स लेती। स्थिति यहाँ तक पहुँची कि मणिपुर से उसके पिता को आकर उसे डीएडिक्शन के लिए अस्पताल में भर्ती कराना पड़ा लगभग महीने भर के लिए। पिता को व्यवसाय भी देखना था सो वे लौट चुके थे। शर्ली को अब तक जिस समर का इन्तज़ार था वो उससे मिलने कभी नहीं आया था। मगर क्यों? क्या किसी भय से? किसी पछतावे की वजह से? या फिर उसी आवारा तबीयत की वजह से? जो भी हो, आज सच यही था कि शर्ली विमहेन्स की एक बेंच पर अकेली उदास बैठी उसी 15 सितम्बर की तारीख में डूबी हुई थी। ड्रग्स से आज़ाद होने के लिए तो शर्ली को डीएडिक्शन वॉर्ड में दाखिल करा दिया गया पर 15 सितम्बर या उस जैसी तारीखों के घातक नशे से मुक्ति के लिए कौन-सा वॉर्ड है?

पर आज तारीखें किले के फतह दरवाज़े से बाहर रह गयी हैं और गोपा किले की दीवारों, गुम्बदों, एक-एक पत्थर से सटी बैठी कहानियों के चेहरे पर झुके बालों की एक-एक लट को हटा-हटाकर चेहरा देखने की कोशिश कर रही है।

सत्ता यानी शासन यानी महत्त्वाकांक्षा। मोहम्मद कुली कुतुबशाह पन्द्रह वर्ष की उम्र में ही सुल्तान बनाया गया पर सत्ता थी क्या उसके हाथ में? क्या यह कठपुतली का खेल नहीं रहा होगा महत्त्वाकांक्षा की ताल पर? मंच पर कोई है

पर डोर किसी और के हाथ में! क्या अक्सर ऐसा नहीं होता? सुल्तानों की डोर कभी किसी व्यक्ति के हाथ में होती है, कभी किसी खास वैचारिक समूह के और कभी किसी धार्मिक तन्त्र के। कुल मिलाकर स्थिति यही होती है कि जिसे हम शासक कहते हैं वह दूसरों की उँगलियों के इशारे पर टिका होता है। क्या शासन एक लट्टू नहीं जो अपनी गति से घूमता ज़रूर है पर उसके चलने व रुकने में उसका अपना एक सीमित योगदान ही होता है। शायद निखिल भी अपनी ज़िन्दगी सँवारना चाहता था इसलिए इरा को ऐसा साधा कि उसके विभागाध्यक्ष पिता ने विवाह से पहले ही निखिल को कॉलेज में लेक्चरर नियुक्त करवा दिया और अब बेटी की शादी की तैयारियों में जुटे हुए हैं। गोपा ने एक लम्बी साँस छोड़ी। जाने किसको किसने साधा! उम्र में तीन साल बड़ी तलाकशुदा इरा ने भी तो कोई नागपाश फेंका होगा!

क्या निखिल इरा को वहीं ले गया होगा? उसी बरिस्ता में? क्या उसी मेज़ पर आमने-सामने बैठकर उन्होंने ब्लैक कॉफी पी होगी? क्या इरा की उँगलियों को भी हाथ में लेकर उसे बहुत देर तक निहारा होगा? क्या उसके एक-एक नाखून को गालों पर महसूस किया होगा? क्या उससे भी कहा होगा "वी आर म्यूचुअली एक्सक्लूसिव"। पर उससे ये तो हरगिज़ नहीं कहा होगा कि "तुम अब तक मेरठ मेंटेलिटी से बाहर नहीं निकली हो। बॉय फ्रैंड होने का मतलब शादी करना तो नहीं होता और न ही बॉय फ्रैंड होने का मतलब आँखों पर पट्टी बाँध कर रहना होता है कि देखेंगे तो दुनिया में बस एक को... जन्म भर... निगम बोध घाट तक।"

निखिल अगर इरा के सामने विवाह का प्रस्ताव न रखता तो क्या उसे नौकरी न मिलती? शायद कुछ देर लगती पर पुराने रिश्तों का गला दबाकर तेज़ी से आगे बढ़ना बेहतर समझा उसने। शायद कुतुबशाही की नींव रखने वाले सुल्तान कुली कुतुबशाह के बेटे और मोहम्मद कुली कुतुबशाह के ताऊ जमशेद कुली कुतुबशाह की तरह जिसने सत्ता के बेसब्र इन्तज़ार में खुद अपने नब्बे वर्षीय बाप की हत्या करवा दी थी। एक सभ्य, न्याय पर आधारित समाज में हत्या और यहाँ तक कि आत्महत्या करने की कगार तक पहुँचाने के लिए भी दंड की व्यवस्था है परन्तु मन मर जाए तो उसके दोषी लोगों के लिए क्या इन्तज़ाम है?

सुल्तान कुली कुतुबशाह ने जब तुर्किस्तान स्थित हमदान में विपक्षी खेमे के हाथों हारकर 1482 में वहाँ से पलायन किया और दक्षिण भारत पहुँचा तो वह नाम भर का सुल्तान था। उसका नाम अपने तुर्की पिता का भावी सपना मात्र था जो यहाँ आकर सच हुआ। इस नाम भर के सुल्तान ने यहाँ बहमनी सुल्तान के दरबार में नियुक्ति पायी। ओजस्वी, विद्वान और तलवारबाज़ी में निष्णात इस तुर्की

सुल्तान ने शत्रुओं के एक घातक हमले में बहमनी सुल्तान की जान बचाकर बदले में तरक्की पायी और कुतुबुल्मुल्क की उपाधि भी। बहमनी सुल्तान ने सुल्तान कुली कुतुबशाह को गोलकोंडा का किला जागीर में दिया और तेलंगाना का गवर्नर भी नियुक्त किया।

गोलकोंडा का यह किला तब मंगलावरम् की पथरीली पहाड़ी पर बना मिट्टी का किला था जो काकतीय राजाओं ने लगभग साढ़े तीन सौ साल पहले बनाया था। सुल्तान कुली कुतुबशाह ने इन मिट्टी की दीवारों को पत्थर का जामा पहनाया। गोलकोंडा अब तेलंगाना की राजधानी थी और वह नामभर का सुल्तान उसका असली शासक यानी सुल्तान था। इस नाम और काम दोनों के सुल्तान ने ही कुतुबशाही राजवंश की नींव डाली और सत्ता-सुख के मोह में नब्बे वर्ष की आयु में भी स्वयं राज किया जबकि बेटे अधेड़ हो रहे थे। उधर उसका बेसब्र बेटा जमशेद कुली कुतुबशाह सत्ता के इन्तज़ार में बेहाल हुआ जा रहा था। सो उसने अपने नब्बे साल के पिता की हत्या करवा दी। भाई इस सत्ता को न हथिया लें, सो एक भाई को अन्धा करवा दिया और दूसरा भाई इब्राहिम हालात से घबराकर तेलंगाना छोड़कर विजयनगर चला गया। अब किले पर जमशेद कुली कुतुबशाह का एकछत्र राज था। पिता का खात्मा करवाकर वह सुल्तान तो बन गया पर उस रोग का खात्मा न करवा सका जिसने बहुत जल्द खुद उसी को खत्म कर दिया। कभी तख्त तो कभी तख्ता! विजयनगर भागा हुआ उसका भाई इब्राहिम कुली कुतुबशाह अब तक राजकन्या भगीरथी से विवाह कर चुका था। वह गोलकोंडा लौटा और उसने अपना तख्त सँभाला। तब जन्म हुआ भागमती के प्रेमी मोहम्मद कुली कुतुबशाह का।

आज मोहम्मद कुली कुतुबशाह याद किया जाता है दक्खिनी के एक मशहूर धर्मनिरपेक्ष शायर के रूप में। उसने यहाँ की संस्कृति, प्रकृति, मौसम सभी पर लिखा पर आन्ध्र के भौगोलिक इतिहास को उसकी सबसे बड़ी देन है हैदराबाद शहर जो मोहम्मद और भागमती के प्रेम का प्रतीक माना जाता है।

मोहम्मद कुली कुतुबशाह की चार बीवियाँ और हरम में कम न ज़्यादा एक सौ एक आहें थीं। बहुत अर्से तक कोई सन्तान न हुई और अन्ततः उसकी प्रिय पत्नी भागमती से ही उसे एकमात्र सन्तान प्राप्त हुई पुत्री हयात बेगम बख्शी। ऐसा क्यों? उसकी अन्य तीन पत्नियाँ और हरम की एक सौ एक ज़ीनतें उसे यह सुख क्यों न दे पायी होंगी? नर्तकी भागमती और मोहम्मद कुली कुतुबशाह का प्रेम और फिर विवाह इतिहास पर छाया हुआ है एक रोमानी बादल के रूप में। इतिहास और समाज में यहाँ-वहाँ बिखरे ये रोमानी बादल ही क्या आधी आबादी

को इन साबुन के बुलबुलों से जी बहलाने का आदी नहीं बना देते? और यही बुलबुले किसी को शर्ली बना देते हैं। विमहेंस के पार्क में बेंच पर बैठी किसी अपने का इन्तज़ार करती शर्ली!

मोहम्मद जब भागमती के इश्क में दीवाना होकर रातों में मूसी नदी को पार करता था वह महज़ तेरह वर्ष का था और भागमती उससे उम्र में कहीं बड़ी एक प्रतिष्ठित नर्तकी। यह इश्क कई बरस चला। इस बीच मोहम्मद ने शादियाँ भी कीं और उसके हरम की रौनक भी लगातार बढ़ती चली गयी थी। फिर एक शादी भागमती से भी की और भागमती ने उसे एकमात्र सन्तान का तोहफा दिया। क्या इस तरह उसने एक सुल्तान को रिआया के सामने 'कम्पलीट मैन' बनने का मौका नहीं दिया? क्या उसी की एवज़ में सुल्तान ने गोलकोंडा किले की आबादी के विस्तार के लिए बसाये गये एक नये शहर को भागमती का नाम देकर 'भाग नगर' कहा? और जब भागमती का नाम बदलकर हैदर महल रखा गया तो यह शहर कहलाया 'हैदराबाद'। क्या यह सिर्फ प्रेम था? और अन्य बीवियों से? सन्तान सिर्फ भागमती की ही क्यों हुई? भागमती जो मोहम्मद से उम्र में कहीं बड़ी और सार्वजनिक नर्तकी होने के नाते अनुभवी व दुनियादार भी रही होगी। क्या इतिहास प्राय: प्रेम कहानियों को रोमानियत की ऊँचाई देकर परीकथा बनाकर हमारे सामने नहीं रखता?

परीकथा में कभी चाँद पर खरगोश उछलता फिरता है तो कभी बूढ़ी अम्मा चरखा कातती है। परीकथा-सी एक रात गोपा के जीवन को भी उजागर कर गयी थी। जब एक बार निखिल ताजमहल दिखाने उसे आगरा ले गया था। ताजमहल को चाँदनी रात में देखने की हल्की-सी इच्छा गोपा की ही थी जो निखिल ने सहर्ष पूरी की थी। हॉस्टल में मेरठ जाने का कहकर दोनों आगरा चले गये थे। रात में काफी देर तक चाँदनी में सराबोर ताज को देखने के बाद जब निखिल गोपा को होटल में उसके कमरे तक पहुँचाने गया था तो वहीं रुक गया था। उस सारी रात गोपा की देह के भीतरी अँधेरे ने पी लेनी चाही थी सम्पूर्णता जो चाँदनी की बूँदों की तरह छू रही थी मन को। स्पर्श जिसका आज भी भटकता रहता है आस-पास कहीं। जीवन का आँगन निखिल के प्रेम से लीपा था गोपा ने और निखिल ने उसपर कहीं-कहीं बनायी थी रंगोली जिसे निखिल के जाने के बाद आईने में काफी देर तक देख-देखकर सिहरती रही थी गोपा। जी चाहा था बार-बार उसे ही देखे। बस उसे ही। उस रात का ये फूल फिर खिला था दोबारा भी। कभी ऊँघती दोपहरों में तो कभी लजाती शामों में। पर परीकथाएँ क्या जीवन की सच्चाई हो सकती हैं?

बेटी हयात बेगम बख्शी भागमती के लिए उसका जीवन थी। क्या सिर्फ

इसलिए कि वह उसकी एकमात्र सन्तान थी? हयात बेगम बख्शी का रिश्ता ईरान के राजकुमार से लगभग तय हो चुका था और वह राजकुमार बारातनुमा काफिला लेकर गोलकोंडा आ पहुँचा था जहाँ निकाह के इन्तज़ार में छह बरस तक टिका रहा। इस बीच हयात बेगम बख्शी से उसकी सगाई भी हो चुकी थी पर छह साल बाद उसे बाइज़्ज़त ढ़ेरों तोहफे देकर ईरान विदा किया गया और इधर हयात बेगम बख्शी का निकाह सुल्तान पिता के भतीजे से करवा गया। क्यों? गोपा को क्यों लगता है कि यह भी सत्ता के खेल का एक दाँव था जो भागमती की सूझबूझ से चला गया होगा। क्या भागमती अपनी बेटी को ईरान जाने देती? क्या हयात बेगम बख्शी उसके लिए सिर्फ माँ-बेटी का एक भावना प्रधान रिश्ता थी या सत्ता की कुंजी? मोहम्मद कुली कुतुबशाह का इन्तकाल छियालीस बरस की उम्र में हो गया और उसके बाद सुल्तान बना हयात बेगम बख्शी का पति। पति के इन्तकाल के बाद खुद हयात बेगम बख्शी ने भी कुछ अर्से गद्दी सँभाली। अगर यह सब न होता तो क्या नर्तकी से सुल्तान की शरीके हयात बनी भागमती अपने इस भागमती महल में शान से रह सकती थी? क्या तब का यह भागमती महल आज भी इस नाम से जाना जाता? क्या मोहम्मद कुली कुतुबशाह और भागमती की प्रेम-कथा हमें बादलों में ले जाती?

क्या होते हैं रिश्ते? जन्म-जन्म के रिश्ते! नाम-बेनाम रिश्ते! किसी का नाम तारामती की तरह पवित्र मस्जिद से जुड़ जाता है और कोई मोहम्मद कुली कुतुबशाह की पहली पत्नी की तरह ब्याहता होते हुए भी साल भर में बैरंग वापस मायके लौटा दी जाती है। बेकुसूर। गोपा अचानक सिहर उठी। ये उसे क्या हो गया है? क्यों वह रोज़ किले में आती है और फिर यहीं की होकर रह जाती है? अपने मन अपनी सोच पर उसकी पकड़ क्यों ढीली होती जा रही है? कहीं वह भी शर्ली की तरह... यह खयाल आते ही उसे हड्डियों में एक भयावह ठंडी कँपकँपी-सी महसूस हुई। नहीं। निखिल का कहना था कि शर्ली ज़रा कुछ ज़्यादा ही सेंसिटिव निकली। पर क्यों? माना निखिल के शब्दों में मैं 'कस्बाई मेंटेलिटी' वाली हूँ पर शर्ली ने तो अपनी स्कूली पढ़ाई अजमेर के मेयो कॉलेज में की थी। दिल्ली में भी वह खासी आधुनिक सोच वाली ही मानी जाती थी फिर वह डिप्रेशन की शिकार क्यों हुई? तभी एक चमगादड़ उसके सिर के ऊपर से उड़ता हुआ गुज़र गया। वह ज़रा चौंकी। नज़र ऊपर उठी तो गुम्बद में कई चमगादड़ लटके नज़र आये। कहीं ये काट न लें। यह खयाल आते ही गोपा को महसूस हुआ कि ढेरों चमगादड़ उसकी देह से चिपके हुए हैं। वह उठी। कपड़े झाड़े और लगभग एक फुट की दूरी पर वहीं दोबारा बैठ गयी। अचानक उसे महसूस हुआ कि यह कपड़े झटकना उसका एक 'मैनरिज़्म' नहीं होता जा रहा क्या? अक्सर

अनचाहे खयालों से निजात पाने के लिए उन्हें झटककर जब एक तरफ करना चाहती है तो इसी तरह क्या कपड़े नहीं झटकती? चमगादड़ तो देह को कष्ट पहुँचाते हैं पर उन खयालों का क्या करे कोई जो भूत बनकर उसके पूरे वजूद से चिपक गये हैं चमगादड़ की तरह। सुदूर और निकट अतीत के चमगादड़। मुझे भी कहीं काउंसिलिंग की ज़रूरत तो नहीं? नहीं। मुझे खुद को सँभालना होगा। गोपा ने तय किया। मैं इतिहास की छात्रा हूँ। मुझे इतिहास की वस्तुनिष्ठता पर ध्यान देना चाहिए। भला मैं इन किस्से-कहानियों की नींव खोदने में क्यों लगी हूँ?

अगले ही क्षण उसे महसूस हुआ कि इतिहास अपनी वस्तुनिष्ठता के लिए जाना जाता है। इस इतिहास ने अपनी बाँसुरी पर जब मोहम्मद कुली कुतुबशाह और भागमती के प्रेमगीत गाये तो सुलतान बनने के असली हकदार बड़े भाई हुसैन कुली कुतुबशाह के शोक गीत के वक्त उसकी बाँसुरी के छेदों में हवा अटक क्यों गयी? क्या हुसैन को मरवा दिया होगा? क्या वह डरकर ईरान चला गया होगा? मगर ऐसा हुआ क्यों? वह तो बहुत दानिशमन्द था फिर दरबारियों ने उसे क्यों न चुना? शायद वह गम्भीर प्रकृति का था। उसके पास दृष्टिबोध था। अपने फैसले ले सकने की योग्यता रखता था। इसलिए दरबारियों के हाथ की कठपुतली न बनता। उसकी जिस मँगतेर की शादी छोटे भाई मोहम्मद कुली कुतुबशाह से कर दी गयी थी, पति के हाथों धकियाये जाने के बाद वह कहाँ गयी होगी? क्या फिर वह कभी अपनी बद्हाली में अपने पूर्व मँगेतर हुसैन से मिल पायी होगी? पर हमारा वस्तुनिष्ठ इतिहास यहाँ महामौन साधे हुए है। अँधेरे बियाबान का महामौन! इतिहास विजेताओं का लिखा जाता है जिसे असल में वो लिखवाया करते हैं। शिकस्त खाने वाले गोलकोंडा के वे मटियामेट बुर्ज होते हैं जो स्मारक भी नहीं बन पाते!

मोहम्मद कुली कुतुबशाह को राय राव के नेतृत्व में दरबारियों ने चुना। मोहम्मद की माँ विजयनगर की राजकन्या थी। अतः उसके बेटे को सुलतान बनाने से विजयनगर और गोलकोंडा के किले सहित तेलंगाना के सम्बन्ध सुदृढ़ हुए होंगे। या फिर हिन्दू दरबारियों ने अपने अस्तित्व की रक्षा के लिए एक हिन्दू माँ के बेटे को सुलतान चुना और साम्प्रदायिक एकता की मिसाल रखी? जाने वजह क्या रही होगी पर इस साम्प्रदायिक एकता के किले की नींव के नीचे भी असंख्य बेगुनाहों के सिर दिखाई देते हैं। क्या है यह? धर्म की राजनीति या राजनीति का धर्म? कैसी अजीब बात है कि राजनीति को अगर धर्म का सहारा चाहिए होता है तो धर्म भी सत्ता के बिना कहाँ टिक पाता है, कब टिक पाया है!

पुरानी कहावत है कि जहाँ लिखा होता है वहाँ मौत खुद खींचकर ले जाती है, सोचा गोपा ने। जबसे होश सँभाला, निखिल को अपने आँगन में आस-पास

ही पाया। उसका परिवार गोपा के मकान की पहली मंज़िल पर रहता था इसलिए बच्चों का आँगन एक ही था। बचपन से ही निखिल गोपा की पढ़ाई में मददगार साबित हुआ था। जब वह दसवीं की परीक्षा दे रही थी, निखिल बी. ए. की पढ़ाई के लिए दिल्ली जा चुका था। सप्ताहान्त में जब-जब वह आता, गोपा को सहारा देता था। परीक्षाओं में गोपा को इतने अच्छे अंक प्राप्त हुए कि परिवार और मोहल्ला तो क्या पूरा मेरठ अवाक् रह गया था। गोपा की और कोई बहन इतने अधिक अंक न ला पायी थी। सो सभी को यकीन हो गया कि यह निखिल की मदद के बिना सम्भव न होता। गोपा के भीतर सोयी गोपा ने आहिस्ता से करवट ली। बारहवीं के बाद निखिल के इसरार पर वह भी बी.ए. करने दिल्ली पहुँची। उसके श्रेष्ठ अंकों की पृष्ठभूमि ने हॉस्टल के एक कमरे का दरवाज़ा उसके लिए बड़े अदब से खोला। दिल्ली में ही एक अन्य हॉस्टल में निखिल का साम्राज्य था। अब वह एम. फिल. कर रहा था। गोपा ने सोचा अगर उसने माँ की बात मानकर अपनी बहनों की तरह मेरठ में ही पढ़ाई जारी रखी होती तो? कोई मरने खुद नहीं जाता, उस जगह की मिट्टी खींचकर ले जाती है। निखिल जो कभी दिल्ली में गोपा के लिए बरगद के समान था, आज बस उसकी यादों में मौजूद है। जी रही हैं वो यादें अपना जीवन जैसे मौत पक रही होती है ज़िन्दगी में ही साथ-साथ।

कुतुबशाही वंश के अन्तिम सुलतान अबुल हसन तानाशाह का जीवन भी ऐसी ही उठा-पटक की कहानी है। उसने धर्म की राजनीति और राजनीति का धर्म करीब से देखा होगा और क्या पता उसे कैसी विरक्ति हुई हो कि वह किला छोड़कर सूफी सन्त शाह राजू की शरण में चला गया। अबुल हसन तत्कालीन सुल्तान का दूर का सम्बन्धी था परन्तु सुलतान का कोई उत्तराधिकारी न होने के कारण इस सूफी कुतुबवंशी को घेरकर किले में वापस लाया गया और सुल्तान की गद्दी पर बैठाया गया। शायद गोलकोंडा की मिट्टी ने ही उसे बुलाया हो!

इस तानाशाह ने चौदह वर्ष राज किया। इस दौरान उसे औरंगज़ेब की ज़्यादतियाँ सहनी पड़ीं। औरंगज़ेब जी-जान से लगा रहा पर किला फतह न कर सका। पर अन्ततः एक विश्वासघाती अब्दुल्ला खान पानी ने जब किले का दरवाज़ा औरंगज़ेब के लिए खोल दिया तो तानाशाह को बन्दी बनाकर औरंगाबाद ले जाया गया जहाँ उसने चौदह साल कैद में काटे और इस दुनिया से विदा हुआ। यानी चौदह वर्ष राज किया और चौदह वर्ष की कैद!

कहा जाता है कि औरंगज़ेब के सैनिक जब तानाशाह को गिरफ्तार करने आये तब भी वह बहुत शान्त बना रहा। उसने मुगल सेनाधिकारी रुहुल्लाह खान

को सम्मान के साथ बैठने को कहा और नमाज़ पढ़ने की मोहलत माँगी। नमाज़ के बाद एक दस्तरखान बिछाकर उसने विरोधी खेमे को नाश्ता करने के लिए आमन्त्रित किया, फिर किले और सत्ता से अलविदा कहा।

कुतुबशाही के पतन के समय भी तानाशाह इतना शान्त और सन्तुलित कैसे रहा होगा? शायद अपने सूफी मन की वजह से। उसका यह सूफी मन सत्तालोलुप मन की परतों को भी बखूबी समझता था। तभी तो उसने किले की दीवार और बुर्ज के ढह जाने पर कागज़ी बुर्ज बनवाया।

कागज़ी बुर्ज यानी कल्पना, कला का वितान या फिर मात्र एक भ्रम। पत्थर की दीवार का भ्रम। वो दीवार जो नहीं है पर लगता है कि है। सिर्फ एक रात में बना पर्दा जो क्षणजीवी है और कुछ ही दिनों तक बहलाये रख सकता है। गोपा क्षण भर को भीतर की गहराई में उतरकर ठहर-सी गयी। फिर उसने मन में सुना – कागज़ी बुर्ज यानी प्रेम।

"अरे आप यहाँ अँधेरे में! अकेली? किला बन्द होने का समय है अब।" अचानक निज़ामुद्दीन की आवाज़ ने गोपा को चौंका दिया।

गोपा झट उठ खड़ी हुई। "बस चलते हैं," कहते हुए कदम बाहर की ओर बढ़ाये। तभी एक कहानी ज़हन में कौंध गयी। उसने बहुत चाहा कि अभी कुछ न सोचे। बस तेज़ी से किले से बाहर हो जाए पर कहीं भीतर वह यह भी समझती थी कि यह अब उसके हाथ में नहीं है। वैसे भी कुछ महीनों से अक्सर उसे कभी भी, कहीं भी, कोई भी असम्बद्ध बात या घटना अनायास याद आ जाती है। सम्बन्धों में बिखराव क्या विचारों में भी बिखराव ले आता है? सन्तुलन के बिन्दु से असन्तुलन की ओर तार पर डगमगाते कदमों से जाता हुआ एक बिखरता चला जा रहा मन! अपने संक्षिप्त रूपों में ही सही पर कहानी साथ हो ही ली थी।

एक बच्चे ने चाकू से एक केंचुए के दो टुकड़े कर दिये। अचानक माँ ने देखा तो दुःखी होकर पूछा, "ऐसा तुमने क्यों किया?"

केंचुए की ओर देखते हुए उदास स्वर में बच्चे ने जवाब दिया, "ये अकेला था। इसे एक दोस्त दे दिया।" दूर से निज़ामुद्दीन की आवाज़ सुनाई दी, "खुदा हाफिज़"। वह किले से बाहर जा रहा था जोखिम भरे शॉट कट से। गोपा वह शॉट कट जानती थी। कुतुबशाही के कब्रिस्तान वाला रास्ता। किले से बाहर कब्रगाह का होना जैसे किले के बाहर पाँव रखते ही मौत मिले!

अँधेरा बराबर घिरता चला आ रहा था। पूरे किले पर अपने डैने फैलाये। बाहर ऊँचे-ऊँचे पेड़ अन्धकार बरसा रहे थे और भीतर मन की छत पर पड़ी दरारों से वीराना चू रहा था। गोपा के कदम सन्नाटे में लाल मिट्टी को रौंदते हुए चरमर की आवाज़ के साथ सन्नाटा काटते आगे बढ़ रहे थे। दूर किसी टूटे बुर्ज के एहसास ने उसे क्षणभर को ठिठका दिया। यूँ लगा कि मानो चेहरा तो सामने हो पर उस चेहरे का नाम याद न आ रहा हो। या फिर नाम ज़ुबान पर हो और उस नाम का चेहरा याद न आ रहा हो। क्या फर्क पड़ता है! अधूरापन इसमें भी है अधूरापन उसमें भी है। अचानक मन के सूखे उदास अँधेरे कुएँ में अनुगूँज का एक भँवर ऊपर को उठा - कागज़ी बुर्ज। वह भारी कदमों से आगे बढ़ी क्योंकि कागज़ी बुर्ज तो पूरी तरह ढह चुका था और भीतर उसके मलबे पर कोई कटा आधा केंचुआ सरसरा रहा था।

❑

गली दुल्हनवाली

अक्सर गलियों के नाम होते हैं या कम से कम वो बदनाम होती हैं। कभी इस वजह से तो कभी उस वजह से। पर नाम के नाम पर खामोश गलियाँ जब कोई नाम पा जाती हैं तो बहुत जल्द वो खामोशी लोगों के ज़हन से ऐसी पुँछती है जैसे आधी रात को गाड़ी से कुचली कुत्ते की लाश वाली सड़क का सुबह जमादार के आने के बाद बेदाग और बेनिशान होना।

जिस दिन नगीना का निकाह रज़्ज़ाक से हुआ और वो कस्साबपुरे के कसाई छत्ते के तीन मकानों वाली इस पतली अन्धी गली के दूसरे यानी बीच वाले मकान में आयी, कोई सोच भी नहीं सकता था कि ये बेनाम गली इतनी जल्दी कोई नाम पा जाएगी।

रज़्ज़ाक कुरैशी के माँ-बाप थे नहीं। अपनों के नाम पर एक बड़ा भाई रमज़ानी था। माँ-बाप ने और तो कुछ नहीं पर सिर छिपाने के लिए इस कसाई छत्ते में उनके लिए एक कमरे और दालान पर एक और छोटे कमरे व सामने छोटी खुली छतवाला मकान ज़रूर छोड़ा था। दोनों भाइयों की बचपन से न कभी पटी थी और न पटने की उम्मीद थी। शादी के बाद रमज़ानी ने फौरन ऊपर के कमरे और छत पर अपना हक जताया क्योंकि ऊपर वाले कमरे में एक अदद दरवाज़ा था जिसे ज़रूरत पड़ने पर बन्द किया जा सकता था। नीचे का कमरा तीन दीवारोंवाला कमरा था जिसे सामने तिरपाल लगाकर मुकम्मल कमरे की शक्ल दी जा सकती थी। इस तीन दीवारोंवाले कमरे में एक कोलकी थी जिसमें घर में रखने लायक सामान होने पर रखा जा सकता था। ऐसी ही तीन दीवारोंवाली रसोई दालान में थी। रमज़ानी के कमरे में ऊपर जाने की सीढ़ी

दालान से न होकर बाहर से जाती थी। इसलिए शादी के बाद रमज़ानी और उसकी दुल्हन का रज़्ज़ाक से कोई लेन-देन नहीं था। हाँ आते-जाते रज़्ज़ाक उचककर कभी-कभी दालान में झाँक ज़रूर लेता था।

साल-डेढ़ साल यानी जब तक रमज़ानी की बीवी रही, रोज़ शाम को बाआवाज़ बुलन्द ऐसी गाली-गलौज और कोसने होते कि गली अपने कानों में उँगलियाँ डालकर बैठने को मजबूर होती। बहुत जल्द रमज़ानी की बीवी ने उसे कोसना बन्द किया और एक दिन चुपचाप सब्ज़ीवाले जुगनू के साथ मेरठ रवाना हो गयी। रमज़ानी की बद्मिज़ाजी और रज़्ज़ाक के तैश में आने वाले स्वभाव की वजह से दोनों भाइयों में बातचीत तक बन्द थी। दोनों के घरों की तरह ज़िन्दगियाँ भी अलहदा-अलहदा थीं। यहाँ तक कि जिन दिनों रमज़ानी अपनी बीवी को खोज रहा था और पुलिस थाने के चक्कर लगा था रज़्ज़ाक ने मालूम होते हुए भी उसे जुगनू का नाम नहीं बताया।

रज़्ज़ाक के निकाह में रमज़ानी नयी तहमद बाँधकर बारात में गया ज़रूर था पर बुलावा उसे रज़्ज़ाक ने नहीं पूरे कसाई छत्ते की तरह नाई ने ही दिया था। सारे छत्ते के मर्द बारात में शामिल हुए थे। दुल्हन आने के बाद वलीमा के तौर पर पूरे छत्ते ने रोटी और कोरमा जी भर कर छका था। अपने घर में न मर्द ज़ात बची थी न औरत ज़ात। बच्चे मीठे पुलाव पर ऐसे टूट पड़े थे जैसे छीछड़ों पर कौवे।

जिन बड़ी-बूढ़ियों ने निकाह के बाद नगीना का उस पतली अन्धी गली के एक कमरे और दालान वाले घर में इस्तिकबाल किया था, कुछ रोज़ उन्होंने कसाई छत्ते की बुज़ुर्ग होने का फर्ज़ निभाया और सूरज चढ़ते ही गिलौरी मुँह में डाल रज़्ज़ाक के घर आ जातीं। शाम तक वहीं खाट पर बैठी-बैठी सरौते से बारीक सुपारी काटतीं और यहाँ-वहाँ के किस्से कहतीं। दोपहर में दो-दो, तीन-तीन करके अपना सफेद बुर्का सिर पर डाल खाना खाने जातीं और घंटे भर में लौट आतीं। शाम को रज़्ज़ाक के आने से पहले ही नगीना को ढेरों दुआएँ दे लौट जातीं। नगीना उन सबके लिए 'दुल्हन' थी। सो सुबह कहीं छत से, कहीं खिड़की से तो कहीं अपनी-अपनी गली में खड़ी हो एक-दूसरे को आवाज़ लगातीं, ''ए बी चलना नई है?''

"कहाँ?"

"ऐ वहीं... दुल्हन के।"

नगीना सारे छत्ते में दुल्हन कहलाने लगी थी। उसका नाम नगीना और लोग तो क्या वह खुद भी भूल गयी थी। कोई नहीं जान पाया कि कब, कैसे और पहली बार किसके कहने पर नगीना के मकान वाली पतली अन्धी बेनाम गली 'दुल्हनवाली गली' बन गयी या यूँ कहें 'गली दुल्हनवाली।'

कुछ ही महीने हुए थे कि पीर के रोज़ दोपहर में अचानक दुल्हन का भाई आया। उस दिन दो ही बड़ी-बूढ़ियाँ आयी थीं जो साथ-साथ खाना खाने गयी थीं। भाई ने ऐसा कुछ कहा कि दुल्हन ने खाना खाने गयी उन बड़ी-बूढ़ियों का भी इन्तज़ार न किया। झट दरवाज़े पर ताला डाल भाई के साथ मायके चल दी। रास्ते में भाई ने दुल्हन के घर की चाबी अपने एक दोस्त को थमाकर इसे कमेले जाकर रज़्ज़ाक को देने को कहा। दुल्हन को पूरी उम्मीद थी कि वह रात से पहले लौट आएगी। फिर भी एहतियातन चाबी रज़्ज़ाक को भिजवा दी गयी थी। उस रात तो क्या वो कई रातों तक लौट न पायी। लगभग हफ्ते भर बाद लौटी तो मंगल का दिन था। कमेले की छुट्टी थी। रज़्ज़ाक घर में ही था।

सुबह के नौ बजे थे। उसने गली दुल्हनवाली में कदम रखा तो दिल ज़ोर से धक-धक बोला। रज़्ज़ाक से बात किये बिना गयी थी। जाने क्या होगा? पहला मकान पारकर वह दूसरे मकान के दरवाज़े पर पल भर ठिठकी। दरवाज़ा पूरा खुला था। उस पर मैले टाट का एक पर्दा टँगा था जो समय के साथ-साथ नीचे से फट-फट कर ऊँचा-नीचा हो गया था। पर्दा हटाकर घर में दाखिल हुई तो सामने दालान के एक कोने में बने चूल्हे पर रज़्ज़ाक चाय बना रहा था। चेहरे से लग रहा था कि कुछ समय पहले ही उठा है। उसने फौरन अपना बुर्का खोलना शुरू किया, ''चाय बना रहा है? हट मैं बना दूँगी।''

रज़्ज़ाक ने कोई तवज्जो न दी। बुर्का खूँटी पर टाँगकर वह रज़्ज़ाक के पास आयी, "ला मैं बना दूँ।" रज़्ज़ाक खड़ा हुआ। उसने दुल्हन की चोटी पकड़कर पीछे को खींची जिससे दुल्हन का सिर ऊपर हो गया, "मिल आयी अपनी माँ के नये खसम से?" दुल्हन दर्द से कराह उठी। चोटी से घसीटता हुआ वो उसे कमरे में ले गया और खाट पर ऐसा पटका कि उसका सिर पाये की मूठ पर लगा और भन्ना गया। "ये मत सोचियो कि तू भी दूसरा खसम कर लेगी तो मैं तेरे नामर्द बाप की तरह तहमद की गाँठ सँभालता फिरूँगा," कहते हुए रज़्ज़ाक खाट पर चढ़ गया। दुल्हन बेहोश थी।

कुछ समय बाद दुल्हन को होश आया तो उसने अपनी ही आह सुनी। अचानक उसे महसूस हुआ कि उसकी टाँगें उघड़ी हुई हैं। सिर को हाथ का सहारा दे वह एक झटके से उठ बैठी। टाँगों को समेटा। शलवार खाट से नीचे पड़ी थी। जाँघों पर नमी का अहसास हुआ। सारे घर में जलाँध भरी हुई थी। शलवार उठाकर दालान में झाँका तो अँगीठी की चाय उफन-उफनकर कोयले पर जल चुकी थी। दरवाज़ा बन्द था। घर में वो अकेली थी। दरवाज़े के पास पहुँची और उसे खोलना चाहा तो पता चला दरवाज़ा बाहर से बन्द है।

वो फर्श पर बैठ गयी। सिर को ज़रा सहलाकर देखना चाहा तो दर्द की कराह निकली 'उई माँ'। माँ फिर याद आ गयी। वो माँ जो अपने नये मर्द के

साथ जाने कहाँ होगी!

अच्छा हुआ अब्बा कुछ साल पहले ही अपना कुन्बा लेकर कसाई छत्ते से दूर मंगोलपुरी में जाकर बस गये थे। वर्ना आज सारा कसाई छत्ता उसकी माँ पर थू-थू करता। अचानक दुल्हन के ज़हन में कौंधा कि रज़्ज़ाक को खबर कैसे हुई? अगर रज़्ज़ाक तक खबर पहुँच चुकी है तो कसाई छत्ते से भी बात छिपी न होगी। अब जो होगा देखा जाएगा। वैसे भी दूसरा मर्द उसने थोड़ी उसकी माँ ने किया है। रंडी कहीं की। खुद तो दूसरे मर्द के साथ गुलछर्रे उड़ा रही होगी और अब्बा की जान को चार छोटे-छोटे बच्चे छोड़ गयी। अच्छा हुआ मेरा निकाह हो चुका था। वर्ना मैं भी अब्बा के लिए एक अज़ाब हो जाती। जाने कहाँ होगी कलमुँही करमजली!

दुल्हन ने मन ही मन माँ को कोसा। जितनी गालियाँ याद आयीं सभी दे डालीं पर जाने क्यों उन गालियों में वो आग और शिद्दत नहीं थी। उसके मन का एक गोशा ऐसा भी था जहाँ इस वाकये की वजह से अचानक आबशार फूट पड़ा था। शायद उसी के छींटे इस आग पर भी पड़ रहे थे।

कलमुँही कहते ही नगीना की आँखों के सामने रायबरेली के पास अकबरगंज गाँव में नंगे पैर बकरियों को हरे पत्ते चराती छह-सात बरस की एक लड़की आ गयी जिसे उसने इस उम्र में कभी देखा नहीं था बल्कि सुनकर महसूस किया था। ये बच्ची कटोरी थी जिसे नगीना ने होश सँभालने से लेकर आज तक माँ कहा था। कितने सितम सहे हैं माँ ने बचपन से आज तक! सारी ज़िन्दगी औरों के हिसाब से जीती रही। पहले दादा, फिर बाप और फिर खसम। आज जब पहली बार उसने अपने जी की की तो दुनिया को तकलीफ हुई, दर्द हुआ। अरे ये दर्द तब कहाँ गया था जब वो छह बरस की बच्ची महीनों भूख से छिपती फिर रही थी और डायन भूख अपने खुले जमे धूल भरे बालों और बड़े-बड़े दाँतोंवाला खौफनाक चेहरा लिये उसका पीछा कर रही थी। उसे पुकार रही थी, ''कटोरी... कटोरी...''

माँ बताती थी, एक बरस रायबरेली में इतना पानी बरसा कि सारे गाँवों में बाढ़ आ गयी। सब तहस-नहस हो गया। जमा-बटोरा बह निकला। गेहूँ और धान की फसल मारी गयी। दूर-दूर तक अनाज नहीं। भुखमरी का माहौल। तभी सरकारी खबर मिली कि कहीं दूर एक कस्बे में सरकार मुसीबतज़दा गाँववालों को राशन देगी। कटोरी के दादा ने अपने चारों बेटों को बुलाया और तय किया कि बेटों के साथ-साथ उनकी बीवियाँ भी राशन लेने चलेंगी। जो औरतें कभी गाँव की सरहद से बाहर नहीं गयी थीं अब अपने-अपने मर्दों के पीछे-पीछे घर के खाली कनस्तर और डोल लेकर चल पड़ीं। घर में एक इकलौती साइकिल भी थी। उसपर भी टायर से कुछ कनस्तर बाँधे गये। गाँव वालों ने सोचा था सारे

खाली बड़े बर्तनों में गेहूँ और चावल भर लाएँगे पर वहाँ नफरी के हिसाब से एक खास मिकदार में ही अनाज मिला। वापस घर आकर दादा ने बेटों और बहुओं को फिर बुलाया और अपना फैसला सुनाया कि गेहूँ की रोटी और चावल घर के सिर्फ मर्द और लड़के खाएँगे। औरतें उनके थाल में बचे-खुचे टुकड़े खाएँगी और चावल का माँड पिएँगी। घर की बच्चियों को चने और महुआ के फूलों को भूनकर बना चना-चबैना दिया जाए। माँ ने ये भी बताया था कि अगर कभी गलती से किसी लड़के की रोटियाँ बच जातीं या वो कहीं गया होता तो उसके इन्तज़ार में रोटियाँ छत की कड़ियों से लटके छींके में रख दी जातीं कि कहीं लड़कियाँ न खा जाएँ।

छह बरस की कटोरी घर के ढेर काम करके पेट की भूख मिटाने के लिए सिर्फ चने और महुआ के फूलों का चबैना पाती थी जिसे वो घंटों चबा-चबा कर मुँह में जमा भूखी लार के साथ निगलती जाती।

बाढ़ ने कटोरी के कुन्बे की ऐसी कमर तोड़ी कि वो सँभल न सका। कुछ बरस बाद पहले कटोरी की बड़ी बहन और फिर कटोरी का निकाह करवा दिया गया। तब कटोरी सिर्फ तेरह बरस की थी और उसका दूल्हा अन्दाज़न पैंतीस बरस का। शादी होकर जब कटोरी दिल्ली के कसाई छत्ते में पहुँची तो उसे पता चला कि उस मर्दुए की तीन औलादें हैं जो कटोरी से उम्र में बड़ी हैं। साथ ही घर में पचास बरस की एक सास भी मौजूद है। सारा दिन घर के कामों में खटने के बाद यहाँ उसे पेट भर रोटी तो मिलती थी पर साथ में खाविन्द की लातें और घूँसे भी खाने होते थे।

ये सब नगीना ने खुद अपनी आँखों से भी देखा था। एक रात माँ का होंठ ऐसा कटा कि रूई पर मलहम लगाये उसने घंटों रखा पर खून ने रुकने का नाम न लिया। अब्बा के काम पर जाने के बाद वह माँ के साथ इरविन हॉस्पिटल गयी थी, जहाँ माँ के होठ पर डॉक्टर ने दो टाँके लगाये थे। ऐसे जहन्नुम से अगर वो भाग गयी तो क्या बुरा हुआ?

दुल्हन इन्हीं खयालों में गुम थी कि दरवाज़े की कुंडी खुली और रज़्ज़ाक अन्दर दाखिल हुआ। फर्श पर दुल्हन को बैठा देख उसके सिर पर भूत उतर आया और उसने जूतेवाली एक ज़ोरदार लात उसकी पीठ पर जमा दी, "रंडी की बेटी, जैसी छोड़ गया था वैसी ही बैठी है बिना शलवार के... हरामज़ादी अपनी नंगी टाँगें क्या रमज़ानी के लिए खोलकर बैठी है। इन्तज़ार कर रही है उसका कि वो सीढ़ियों से ऊपर आए और नीचे देखे?"

दुल्हन के मुँह से दर्द भरे 'अल्लाह' के सिवा कोई शब्द न निकल पाया। जैसे-तैसे उसने खुद को समेटा और उठकर खाट की ओर चली। शलवार उठा रही थी तो रज़्ज़ाक ने उकड़ू बैठकर बीड़ी जलाते हुए खासे ठंडे ठहरे लहजे

में पूछा – "वैसे तेरी माँ को ये सूझी क्या? क्या बुड्ढा खाने को नहीं देता था?" दुल्हन ने कोई जवाब नं दिया और खाट पर बैठकर दाहिनी टाँग शलवार में डालने लगी।

"अरी तेरी ज़बान भी अपने साथ ले गयी क्या तेरी बद्ज़ात माँ। जवाब क्यों नहीं देती?"

दुल्हन ने अब दूसरी टाँग शलवार में डाली। "ज़िद्दन जवाब दे रही है कि उठूं फिर से... तेरे हाथ-पाँव तोड़ने के लिए?"

शलवार का नाड़ा हाथ में लेकर जाने कहाँ से चीखी दुल्हन, "कसाई था वो कसाई... तेरी तरह... इसलिए।"

रज़्ज़ाक ने आव देखा न ताव। वह उठा और दुल्हन का कन्धा जोर से पकड़कर बीड़ी उसकी कमर से बुझा दी। 'अरी मेरी माँ' कहती हुई दुल्हन छटपटा उठी।

कमर और मर-मर कर जीते मन के फफोले सहलाते-सहलाते दुल्हन के रात-दिन एक खासी सुस्त रफ्तार से गुज़र रहे थे। अब वहाँ मोहल्ले की बुज़ुर्ग औरतों का ताँता नहीं लगता था। उन बुर्ज़ुगों के ज़हन में बसे कस्साबपुरे के कसाई छत्ते के नक्शे से गली दुल्हनवाली की पतली लकीर सबसे ताज़ा होने के बावजूद मिट चुकी थी। एक-आध बार हिम्मत कर अपना बुर्का पहनकर दुल्हन खुद उनके दर पर पहुँची पर उन्होंने दुल्हन से उसकी माँ के बारे में इतने सवाल किये कि दुल्हन को अपने घर की दीवारों पर पुती ऊब, आलस के ढेर-सा ऊँघता दिन और धीमे कदमों से चलतीं कूबड़वाली शामें ही अपनी लगने लगी थीं। शाम ढलने के बाद रज़्ज़ाक आता तो वो चूल्हे पर तवा चढ़ाती। सालन और प्याज़ के साथ गर्म-गर्म रोटी पेश करती। खाना खाते ही रज़्ज़ाक में जान आ जाती और वह इतना बेसब्रा हो जाता कि बिखरी रसोई से दुल्हन को खाट की तरफ घसीट ले जाता।

"क्या करता है रे... चूल्हा तो ठंडा होने दे।"

"चूल्हे की छोड़ पहले मुझे ठंडा कर।"

दुल्हन का रोम-रोम सिहर उठता। ऐसे में उसने एक दिन लजाते हुए पूछा, "इत्ता प्यार करता है मुझे?"

"अरी जा! बड़ी आयी!"

"तो फिर?" दुल्हन की आँखों की खुमारी ने कहा।

"आदत पड़ गयी है मुझे," काँच की मीनेवाली चूड़ियों से भरी उसकी कलाई को पीछे करते हुए कहा रज़्ज़ाक ने।

"जैसे माँ-बहन की गाली देना?" रज़्ज़ाक के पास दुल्हन की बातें सुनने का वक्त नहीं होता था। सो उसने अपना ध्यान हटाकर कोई जवाब देना भी ठीक

नहीं समझा। अपने जी की पूरी करने में लगा रहा।

गली दुल्हनवाली के आखिरी अन्धे कोने से किसी साज़ पर बजायी जाने वाली मातमी धुन गली के रास्ते दुल्हन के घर में दाखिल हो चुकी थी।

"कौन बजाता है ये?" एक लम्बी साँस छोड़कर थकान भरे स्वर में पूछा दुल्हन ने।

"तुझे क्या! अपने काम से काम रख। इधर-उधर का सोचा तो दाँत तोड़ दूँगा। समझी?" कहते हुए रज़्ज़ाक से पसीना पोंछा और सीधा लेटकर छत की कड़ियाँ देखने लगा।

दुल्हन ने सवाल करने तो बन्द कर दिये थे पर इस मातमी धुन से उसका नाता जुड़ गया था। रोज़ रात को वो मायके से आने वाली किसी खबर या सगे की तरह मन ही मन उसका इन्तज़ार करती थी।

करवट बदलकर रज़्ज़ाक ने दुल्हन को एक बार फिर अपनी तरफ खींचा। "सबर तो कर", निकला दुल्हन के मुँह से।

"सारे दिन का भूखा-प्यासा सबर करने आता हूँ क्या घर?" रज़्ज़ाक उस पर बैठ चुका था। दुल्हन के मुँह से एक आह निकल पायी थी बस। मरे को नासूर हो। कहा उसने मन ही मन। जाने कैसा कसाई है। अरे कसाई भी दूसरी बार हलाल करने से पहले छुरा साफ करता है। अल्लाह-ओ-अकबर पढ़ता है। ये नामुराद तो साँस लेने की मोहलत भी नहीं देता। बस हलाल के बाद हलाल के बाद हलाल!

थोड़ी देर बाद ढेर हुए रज़्ज़ाक के खर्राटे सुनते ही दुल्हन उठी। उसने अपने जिस्म को हलाल के बाद बिना साफ किये हुए छुरे की तरह छुआ तो भीतर एक उबकाई-सी उठी। अँधेरी रात में रज़्ज़ाक का मैला तहमद ओढ़ वह नहाने चल दी।

जाने कितनी थकी-थकी सुबहों, बासी अँगड़ाइयाँ लेती दोपहरों और हाँफती रातों के बाद एक रोज़ रज़्ज़ाक जब कमेले से लौटा तो अकेला न था। उसके साथ था छह दिन का एक बकरी का बच्चा। भूखा मिमियाता।

"ये ले सँभाल इस कटरे को... भूखा है," कहते हुए रज़्ज़ाक ने उसे गोद से उतारा था। दुल्हन ने कटरे की पीठ पर प्यार से हाथ फेरा तो उसकी खाल में कँपकँपी-सी दौड़ गयी जो दुल्हन की बाँहों के ज़रिए कलेजे तक पहुँची।

"कल एक चुसनी ले आइयो... इसे बोतल से दूध पिलाएँगें," कहा दुल्हन ने और रूई ले आयी। फिर रज़्ज़ाक के साथ मिलकर उसने बकरी के बच्चे को दूध पिलाया। रूई के फाहे से उसके मुँह में कभी दुल्हन दूध डालती तो कभी रज़्ज़ाक। उकडू बैठा रज़्ज़ाक ज़रा कोहनी ऊपर कर रूई का फाहा बकरी के ऊपर उठे हुए मुँह की ओर ले गया तो दुल्हन ने ठहरकर देखा। शायद पहली

बार रज़्ज़ाक उसे भला लगा था। उसका अपना जी चाहा था कि उसे दिल खोलकर प्यार करे।

"इसे हम पालेंगे," नम आवाज़ में दुल्हन ने कहा।

"तेरे खेलने के लिए नहीं है ये... क्या समझी... खिला-पिलाकर तगड़ा कर इसे जिससे कुछ दाम मिले।"

"क्या!" दुल्हन ने हैरानी से पूछा। "तू इसे बेचेगा?"

"नहीं!" फाहा दूध के कटोरे में छोड़ उठते हुए रज़्ज़ाक ने कहा, "तेरे दूसरे निकाह पर डेग में चढ़ाऊँगा।" फिर बहन की गाली देते हुए चीखा, "चल उठ तवा चढ़ा।"

दुल्हन का दिल ज़रूर टूटा पर ऐसे तारे तो रोज़ ही उसके आसमान में टूटा करते थे जिन्हें ठहरकर देखना उसने कब का छोड़ दिया था।

"इसे हम भूरी कहेंगे," उस सफेद बकरी के भूरे चिकत्तों पर हाथ फेरते हुए कहा दुल्हन ने और फिर चूल्हे की तरफ बढ़ गयी।

भूरी दुल्हन की ज़िन्दगी का एक हिस्सा बन गयी थी। सारा दिन दुल्हन उसी में उलझी रहती। दोपहर को खिला-पिलाकर उसे गली में दरवाज़े के पास एक रस्सी से बाँध देती और खुद दरवाज़ा बन्दकर सो जाती। एक दोपहर में उसके दरवाज़े पर दस्तक हुई। क्या रज़्ज़ाक जल्दी आ गया? वह हैरान थी। नहीं रज़्ज़ाक होता तो दरवाज़ा पीट-पीटकर अपनी गालियों से उसने सारी गली को जगा दिया होता। तो फिर कौन? वह उठी और दरवाज़े के पास आकर ज़ोर से पूछा, "ऐ कौन है?"

"मैं हूँ गौरी...। माँ ने कहा है अपनी बकरी हटा लो... हमारे दरवाज़े पर गन्दा करती है।" इस आवाज़ पर दरवाज़ा खोलकर देखा तो छह-सात बरस की एक लड़की खड़ी थी जो गली के पहले मकान में रहती थी। दुल्हन ने इसे और इसकी माँ को एक-आध बार देखा था पर इन कुछ महीनों में कोई बात नहीं हुई थी।

"गन्दा करती है?" बच्ची के भोलेपन से खेलते हुए पूछा दुल्हन ने।

"हाँ बाहर निकलकर देखो। हमारे यहाँ शाम को मेहमान आने वाले हैं।"

दुल्हन मुस्करायी। दुपट्टा सिर पर सँभालते हुए बाहर आयी और भूरी को अन्दर ले गयी। फिर झाड़ू लेकर आयी और सारी गली से कटरे की मेंगनी बटोरकर बाहर नाली में फेंकी। झाड़ू लिये लौट रही थी तो गौरी को गली के पहले दरवाज़े पर पाया।

"ये बकरी नहीं है।" कहा दुल्हन ने।

"तो ?" गौरी ने हैरानी से पूछा।

"भूरी है भूरी...जैसे तू गोरी है।"

"मैं गोरी नहीं।"

"तो क्या काली है?"

"नहीं मैं गौरी हूँ।" कहते हुए गौरी अपना कन्धा झटककर अन्दर चली गयी और दुल्हन भी मुस्कराते हुए अपने दरवाज़े का टाट हटाकर अन्दर दाखिल हुई।

अगले दिन दुल्हन दरवाज़े की तरफ कान लगाए बैठी थी। जैसे ही गली के पहले दरवाज़े पर हल्का-सा खटका हुआ, उसने अपने टाट में से झाँका। गौरी थी।

"ओ गोरी!" दुल्हन ने पुकारा तो गौरी ने पलट कर देखा। "तुम्हारे मेहमान आ चुके?"

"हाँ, मेरे मामा आये थे। नयी फ्रॉक भी लाये हैं।" गौरी ने पेट पर अपनी फ्रॉक को छूकर कहा।

"अरे वाह! ये तो बड़ी खूबसूरत है। सुन...तेरे घर में कौन-कौन हैं?"

"माँ हैं, पापा हैं, मैं हूँ, भैया हैं।"

"तेरे भैया कितने बड़े हैं?"

"बहुत बड़े हैं। दसवीं में पहुँच गये हैं।"

"अभी घर में कौन है?"

"माँ है और कौन?"

"और तेरे...वो तेरे पापा?"

"पापा तो ऑफिस जाते हैं।"

"माँ क्या सो रही है?"

"नहीं मेथी तोड़ रही है।"

अब दुल्हन अपने दरवाज़े से बाहर आयी और गौरी के दरवाज़े पर पहुँची। दरवाज़ा खुला था। आँगन में गौरी की माँ एक पटरे पर बैठी मेथी साफ कर रही थी। दुल्हन उनके दरवाज़े की पत्थर वाली चौड़ी चौखट पर बैठ गयी।

"अरे आओ आओ...अन्दर चली आओ, " गौरी की माँ ने कहा।

"यहीं ठीक है...यहाँ से अपने दरवाज़े को भी देखती रहूँगी।"

"तुम्हें तो बस पहले ही दिन देखा था...जब दुल्हन बनकर आयी थीं तुम... मैं अनीसा की माँ के साथ आयी थी।" गौरी की माँ ने कहा ।

"हाँ विसने तुम्हारा नेग देते हुए बताया था कि तुम गली में ही रहती हो।" दुल्हन ने कहा।

"मगर फिर तुम कभी दिखी ही नहीं।"

"हाँ मेरा मर्द...," कहते हुए, दुल्हन रुक गयी।

"बहुत गुस्से वाला है," गौरी की माँ ने वाक्य पूरा किया। "गुस्सा तो इन

मर्दों की नाक पर धरा होता है...।"

दुल्हन सिर का दुपट्टा सँभालते हुए मुस्करायी।

"अरे दोपहर में आ जाया कर कभी-कभी...तब तो मर्द लोग होते नहीं...और गली में तेरे-मेरे सिवा भी कोई नहीं होता।" गौरी की माँ की बेतकल्लुफी से दुल्हन की हिम्मत बढ़ी।

"वो एक मकान और है ना आगे?" दुल्हन ने पूछा।

"हाँ मगर वो दोनों तो मास्टर-मास्टरनी हैं। किसी दूर के स्कूल में जाते हैं। शाम को लौटते हैं दोनों। उनके बच्चे भी उसके साथ ही आते हैं।"

"मास्टर-मास्टरनी हैं! फिर रात को वो क्या बजाते हैं?"

"वो...अच्छा...वो जो ग्रीन साहब हैं ना, ईसाई ज़ात हैं। जो उनके चरच में गाना-भजन होता है वही बजाते रहते हैं।"

रज़्ज़ाक से जिन सवालों के जवाबों की उम्मीद नहीं थी वो गौरी की माँ से मिल रहे थे। एक नहीं अनेक दिन, बल्कि रोज़ दुल्हन यहाँ आकर बैठती। गौरी की माँ कभी कपड़े धोती मिलती तो कभी चावल फटकती। और दोनों दोपहर में घंटों बातें करतीं। इस बीच गौरी अपनी तख्ती पर आँगन में बैठी खड़िया मिट्टी पोतती तो कभी अन्दर भैया से पढ़ती। दुल्हन अगर गौरी की माँ के लिए दुल्हन थी तो गौरी और उसके भाई के लिए भी दुल्हन ही थी। दुल्हन गौरी की माँ से अपना अकेलापन बाँटती थी। फिर गौरी की माँ न अपने कुन्बे की थी न जात-बिरादरी की इसलिए वो बेखटके उससे अपने जी की कह लेती थी।

"गौरी की माँ तुम भी मेरी तरह अकेली ही हो। मैं कम से कम छतों से आती इसकी-विसकी आवाज़ें, लड़ाई-झगड़े तो सुन लेती हूँ पर तुम तो अपनी जात-बिरादरी में भी नहीं हो। तुम इस कस्साबपुरे में आयीं कैसे?"

"अब तो दस साल हो गये। गौरी तो यहीं पैदा हुई थी। अरे दिल्ली में सस्ता मकान मिलता कहाँ हैं? इनके दोस्त हैं अशफाक साहब। उन्होंने ही दिला दिया। मकान की छत का कदीमी झगड़ा है इसलिए ज़रा सस्ता मिल गया। फिर दुल्हन, मोहल्ले से क्या होता है! अपना दरवाज़ा बन्द करो तो दुनिया उतनी ही रहती है।"

दुल्हन इस पर खामोश रही तो गौरी की माँ ने भाँपते हुए बात आगे बढ़ायी, "अरे कुछ दिनों की बात है तेरी भी गोद भर जाएगी तो अपने काम धन्धे से लगेगी।" दुल्हन ने मन ही मन इंशा अल्लाह कहते हुए हल्का-सा मुस्करा दिया।

और कुछ ही दिनों में जब दुल्हन के पाँव भारी हुए तो ये खबर उसने सबसे पहले गौरी की माँ को ही सुनायी। "तुमने ही दुआ दी थी इसलिए सबसे पहले तुम्हें ही बता रही हूँ...मेरे अपने लोग पास होते तो...," कहते हुए दुल्हन की आँखें भर आयी थीं।

"अरी जो दुख-दर्द में काम आएँ वही अपने। अपने घरवाले से पूछकर मोहल्ले की किसी बड़ी बी से बात कर ले। डॉक्टर के हो आ। मुझे कहेगी तो मैं तेरे साथ अस्पताल चल सकती हूँ। पर पहले घर में पूछ ले।"

गौरी की माँ की चौखट पर बैठकर दुल्हन ने जैसे पहले और दूसरे बच्चे के लिए छोटे-छोटे स्वैटर, मोज़े और टोप बुने थे वैसे ही अब तीसरे के लिए बुन रही थी। पहली बेटी नरगिस तीन साल की थी और दूसरी मुबीना सवा साल की।

"गौरी की माँ मैं चलती हूँ...रज़्ज़ाक आता होगा।"

"क्यों आज जल्दी आएगा?"

"हाँ आज कमेला बन्द है। इश्ट्राइक है। किसी की बकरियाँ बिकवाने गया है। कभी भी आ सकता है।" ऊन समेटते हुए दुल्हन उठ खड़ी हुई।

"तभी तूने आज गरारा पहना है।" आँखों में चमक भरकर कहा गौरी की माँ ने। इस पर दुल्हन अपनी झेंप को छिपाने के लिए ज़ोर से हँस दी।

"तुझे गरारा काटना आता हो तो मैं कपड़ा दूँगी...सिल मैं खुद लूँगी।"

"हाय-हाय क्या गरारा पहनोगी?"

दोनों तरफ एक निश्छल हँसी गूँज उठी। फिर हँसी को सँभालते हुए कहा गौरी की माँ ने, "नहीं री...हमारे यहाँ तो शादी के बाद सिर्फ साड़ी ही रहती है। गौरी के लिए कह रही थी। अभी बच्ची है...उसे चाव भी बहुत है।"

"हाँ हाँ भेज देना...मैं सिल भी दूँगी," कहते हुए दुल्हन लहराती चाल से अपने दरवाज़े की ओर चली। रज़्ज़ाक ने कहा था आज जामा मस्जिद से बच्चों के लिए कुछ मीठा लेता आएगा और क्या पता आज उसकी बात मानकर उन्हें कहीं घुमाने ले ही जाए। अन्दर आकर उसने खाट पर सो रही नरगिस और मुबीना की चद्दरें ठीक कीं और पालक धोने बैठ गयी। सालन में डाल दूँगी तो मज़ा बदल जाएगा। चूल्हा सुलगाया और सालन के लिए बघार तैयार किया। चूल्हे से निपटी तो रज़्ज़ाक के इन्तज़ार में दालान की सफाई कर डाली। बार-बार अपना गरारा समेटती और यहाँ-वहाँ चलती। दालान में टँगे रोटी के टुकड़ों के छींके को झाड़ा। तभी कुछ याद आया तो रसोई की तरफ बढ़ी। रोटी की डलिया से निकालकर कल की बची रोटियों के टुकड़े किये और छींके में डाल दिये। पड़े-पड़े धूप में तैयार हो जाएँगे तो किसी आड़े दिन काम आएँगे। सोचा दुल्हन ने। नरगिस और मुबीना इस बीच उठकर गली से बाहर भी घूम आयी थीं। तीन साल की नरगिस अक्सर मुबीना को अपनी बायीं ओर कूल्हे के ऊपर की कमर पर बैठाकर मोहल्ले भर में चक्कर लगा आती थी।

रात घिर आयी थी। वही रोज़ का समय मगर रज़्ज़ाक का अता-पता नहीं था। बच्चियों को एक रकाबी में सुबह की रोटी पर ज़रा-सा पालक और सालन देकर उसने कपड़े बदलने शुरू किये। नरगिस ने गस्से तोड़कर खाना शुरू किया और मुबीना सालन के शोरबे को बीच-बीच में उँगली से चाट रही थी। आज ट्रंक से जामुनी गरारा निकालकर पहना था हल्के गोटेवाला। सोचा था रज़्ज़ाक उसे सजा-सँवरा देख शायद घुमाने ले जाने के लिए हामी भर ही दे। पर अब कोई उम्मीद बाकी न थी। उसकी मेहनत और ख्वाब सब बेकार गये। वो तो घर लौटा ही नहीं। चाहे गाली-गलौज ही करता पर वक्त से आ तो जाता। सवाब न अज़ाब कमर टूटी मुफ्त में!

तभी अचानक रज़्ज़ाक घर में दाखिल हुआ। उसने अखबार के कागज़ में लिपटा कुछ दुल्हन को पकड़ाया, "ये ले गोश्त...पाव भर है। ज़रा अच्छा गलाइयो।"

"बड़े का है?"

"तेरे बाप ने पूरा कमेला मेरे नाम कर रखा है ना कि तुझे रोज़ बकरे का गोश्त खिलाऊँ!"

बच्चियाँ सहम गयी थीं। नरगिस ने रकाबी खिसकायी और कोने को हो गयी। मुबीना भी खुद को घसीटकर रकाबी की तरफ ले गयी।

"गरम क्यों हो रहा है...पूछा ही तो था बस," दुल्हन ने जवाब दिया।

"चल-चल रोटी खिला।"

रज़्ज़ाक रोटी खा रहा था तो दुल्हन ने मुबीना को उठाया और छाती से लगाकर दूध पिलाने लगी। अब उसका दूध उतरता नहीं था पर इसके बिना मुबीना सोती भी नहीं थी। नरगिस खुद ही रकाबी नल के नीचे रख चद्दर ओढ़ सो गयी थी। दुल्हन ने सोती मुबीना से अपना दूध छुड़वाया और उसे भी नरगिस की चद्दर में सुला दिया।

आसमान में टहलता पूरा चाँद दुल्हन के दालान में छाँक रहा था जिसकी चाँदनी छिटककर बिना दरवाज़े के कमरे को रोशन कर रही थी।

"मैंने आज गरारा पहना था...जामुनी गरारा।" कहा दुल्हन ने।

"क्यों? कहीं गयी थी क्या?"

"नहीं तेरा इन्तज़ार कर रही थी," गिलास में पानी थमाते हुए दुल्हन ने जवाब दिया। रज़्ज़ाक ने मुड़कर जाती दुल्हन की कलाई पकड़ ली थी "तो जा कहां रही है?"

"रोटी खाने।"

"बाद में खा लीजियो...पहले इधर....," कहते हुए उसने दुल्हन को इतने झटके से अपनी ओर खींचा कि वो उसकी गोद में आ गिरी। "उई माँ...क्या करता है बच्चे जग जाएँगे।"

"अभी तो सोये हैं... नहीं जगेंगे...उनके मुँह पर चद्दर ढक दे," कहते हुए रज़्ज़ाक ने दुल्हन को ज़मीन पर लिटा दिया था। फिर बच्चों के मुंह ढकने का होश किसे रहा! पसीना-पसीना होकर जब रज़्ज़ाक उठा तो दुल्हन ने खुद को समेटकर उठना चाहा। रज़्ज़ाक ने उसकी टाँग पकड़ ली, "लेटी रह।"

"बहुत हुआ...मेरे पेट का तो खयाल कर।" दुल्हन बोली।

"ऐसा क्या है... अभी तो पाँचवाँ ही लगा है," दुल्हन के पेट पर हाथ फेरते हुए कहा उसने, "थक गयी तो साँस ले ले...मैं एक बीड़ी पीता हूँ।"

हाथ लम्बा कर उसने आले में से बीड़ी का बंडल और माचिस ली और अपनी बीड़ी सुलगायी। बीड़ी का कश भरते-भरते उसके हाथ पास लेटी दुल्हन की जाँघों के आस-पास भटक रहे थे। तभी उसके मुँह से निकला, "नरम घास!" जाने किस खुमारी से दुल्हन की आँख मुँद चुकी थी मगर ये शब्द उसके कानों तक पहुँचे थे। रज़्ज़ाक ने दुल्हन के चेहरे की ओर देखा तो उसकी आँखें बन्द थीं। हो गया ससुरी को नशा। सोचा रज़्ज़ाक ने। पहले तो हाथ नहीं लगाने देती फिर आँखें बन्द कर पड़ जाती है। यही तो हरामीपन है इन औरतों का। जाने रज़्ज़ाक के मन में क्या आया कि उसने दुल्हन से हाथ हटाकर माचिस उठा ली। माचिस की तीली जलाने की आवाज सुनी तो दुल्हन ने आँखें खोलीं। क्या दूसरी बीड़ी पीएगा? पर वह समझ न पायी क्योंकि जलती बीड़ी रज़्ज़ाक ने दाँतों में दबा रखी थी और सुलगती तीली की लौ को एकटक देखते हुए वो उसे बहुत धीरे-धीरे दुल्हन की जाँघों की ओर ला रहा था। दुल्हन चौंकी, "हट...क्या करता है?" उसने उठने की कोशिश की। मज़बूत हाथ से रज़्ज़ाक ने उसकी दायीं टाँग खींची, "लेटी रह।"

सुलगती तीली वाला हाथ धीरे-धीरे नज़दीक आ रहा था। "छोड़ दाढ़ीज़ार... छोड़," दुल्हन ने सारा दम बटोरकर ज़ोर लगाते हुए खुद को खींचा तो रज़्ज़ाक ने और मज़बूती से उसकी टाँग अपनी ओर खींची। सुलगती तीली और पास लाते हुए वो ठंडे लहजे में बोला, "कुछ नहीं होगा तुझे... देखने तो दे... अरी फट बुझा भी दूँगा मैं।"

"छोड़ कंजरी के...तेरे कोढ़ हो...।" रज़्ज़ाक की पकड़ और मज़बूत हुई थी। सुलगती तीली की लौ उसकी पुतलियों में हँस रही थी। अचानक दुल्हन को जाँघों के पास आँच महसूस हुई तो वो ज़ोर से चीखी, "या खुदा....!" ज़िबह होने से पहले जैसी यह चीख कमरे और दालान में गूँज उठी। उसने झटके से

बायीं टाँग उठाकर रज़्ज़ाक की छाती पर धक्का मारा। रज़्ज़ाक की सुलगती तीली उसकी उँगली को हल्का-सा जलाती हुई दूर जा गिरी और रज़्ज़ाक का सिर दीवार से टकराया। दुल्हन फौरन उठी। नीचे पड़ी शलवार उठायी और दरवाज़ा खोल घर से बाहर गली में आकर दम लिया। गली के अँधेरे में हाँफते-हाँफते उसने झट शलवार पहनी। तभी अचानक घर का दरवाज़ा उसके मुँह पर बन्द हो गया, "हरामज़ादी रह अब तू बाहर ही।"

"अरे खोल....नासपिटे खोल," दरवाज़ा ठोकते हुए वह बोली। पर भीतर खामोशी छा चुकी थी। अँधेरे का सहारा ले दुल्हन ने गली की दीवार से टेक लगायी और फूट-फूट कर रोने लगी। गली में पहली बार वो बिना दुपट्टे के बैठी थी। "हैवान कहीं का... वो तो अच्छा हुआ कि मैंने कमीज़ पहन रखी थी वर्ना..." रज़्ज़ाक को जन्म भर की सीखी-सुनी गालियाँ मन ही मन देते हुए वो उस उठते नवम्बर की रात में अँधेरा ओढ़कर वहीं घुटनों में सिर टिका कर रोती-सोती रही।

रात के तीन बजे थे। मुबीना ने अम्मी को पास न पाया तो रोने लगी। उसका रोना सुन नरगिस भी जाग गयी और अम्मी को ढूँढ़ा। रज़्ज़ाक ने ज़ोर से डपटते हुए सुलाना चाहा पर इसपर वो दोनों डरकर और ज़ोर से रोने लगीं। बाहर से दुल्हन ने आवाज़ लगायी, "अरे दरवाज़ा खोल... बच्चे रो रहे हैं।"

नरगिस रो रही थी, "अम्मी..." तो रज़्ज़ाक ने कहा "तेरी अम्मी को जिन्न ले गया जिन्न... सो जा वर्ना तुझे भी ले जाएगा।" जिन्न का नाम सुन नरगिस दहाड़कर रोने लगी। रज़्ज़ाक की नींद में खलल तो पड़ ही चुका था। वो उठा उसने दरवाज़ा खोला, "चल अन्दर... सँभाल अपने गुर्दे-कपूरों को। मरे रात-रात भर रोते रहते हैं।" वह लौटा और पड़कर सो गया। दुल्हन दौड़ी हुई आयी तो बच्चियाँ उससे चिपट गयीं। दोनों को बाँहों में लिये वो कब सो गयी उसे पता न चला। सुबह वह रज़्ज़ाक की आवाज़ से ही जगी। "चल उठ पानी चढ़ा मैं दूध ले के आता हूँ," कहता हुआ वो दरवाज़े से बाहर चला गया।

दोपहर में गौरी क़ी माँ ने रात की लड़ाई का हाल पूछा तो दुल्हन टाल गयी। क्या बताती? बस इतना कहा कि कल रज़्ज़ाक के सिर पर ऐसा भूत सवार हुआ कि उसने मुझे रात में घर से निकाल दिया। गौरी की माँ हैरान थी, "तब तूने क्या किया?"

"क्या करती गौरी की माँ? उसी दर पर बैठी रही... ठिठुरती वहीं सो गयी बैठे-बैठे।"

"कैसी मौत है! मैं तो तुझसे ये भी नहीं कह सकती कि हमारे यहाँ क्यों न आ गयी। तब तो तेरा घरवाला तुझे जान से ही मार डालता।"

"छोड़ो वो सब तो बीत गया... दिल खुश करने की कोई बात करो।"

"बता, क्या बात करें।"

"अपने भगवान से दुआ करो कि इस बार मेरे बेटा हो।"

"होगा, होगा... ज़रूर होगा," कहा गौरी की मां ने।

"गौरी की माँ एक बात कहूँ...," दुल्हन ने हिचकते हुए कहा।

"बोल ना," उसे जवाब मिला।

"मेरा जी चाहता है मेरा बेटा हो और अपने बच्चों को मैं तुम्हारे बच्चों की तरह पढ़ाऊँ।"

"ज़रूर पढ़ाना... कहेगी तो मैं इस्कूल में भर्ती करवा दूँगी।" गौरी की माँ ने भरोसा दिया।

"वो ले लेंगे मेरे बच्चों को?"

"हाँ, क्यों नहीं... थोड़ा-सा इन्हें गौरी और उसका भैया घर में भी पढ़ा देंगे।"

दुल्हन के मन में इस्कूल के सपने की नन्ही हरी कोंपलें लहरा उठीं। इस बार उसे बेटा हुआ–मुकीम। उसके बाद सलीम। रज़्ज़ाक से बच्चियों को स्कूल भेजने की बात की तो रज़्ज़ाक पर हैवान उतर आया और उसने दुल्हन को पीटकर घर से बाहर निकाल दिया। गौरी की माँ ने दुल्हन की दो बेटियों की पढ़ाई की इब्तिदा अपने घर में की। दुल्हन पाँचवीं बार पेट से थी तो नरगिस और मुबीना तख़्ती लेकर गौरी के घर जाते थे। वो सारा दिन गिनती और 'क ख ग' की मशक्कत करते थे। रात में तख़्तियाँ कोलकी में छिपा दी जाती थीं।

मुकीम पाँच साल का हुआ तो दुल्हन ने रज़्ज़ाक से उसे स्कूल भेजने की बात की। इस बार रज़्ज़ाक ने उसे बच्चों समेत घर क्या धक्के देकर गली से भी निकाल दिया। पाँच बच्चे लिये वो सड़क पर खड़ी थी। घर से निकलते हुए नरगिस ने उसका सफेद बुर्का उठा लिया था जिसे सिर से पहनकर सड़क पार कर दफ्तरों की बिल्डिंग के साये में बैठ गयी थी। ये बिल्डिंग का पिछवाड़ा था जहाँ दफ्तरों की खिड़कियाँ खुलती थीं पर उनमें अन्दर की हवा बाहर फेंकने के लिए उल्टे पंखे लगे थे। वहाँ एक मुँडेर पर आते-जाते लोगों से अपना चेहरा छिपा वो लगभग तीन घंटे बैठी और जब रज़्ज़ाक का हैवान सिर से उतर गया तो घर लौट आयी।

इन तीन घंटों में वो तय कर चुकी थी कि चाहे जो कुछ हो जाए, मुकीम को इस्कूल में दाखिल कराकर रहेगी। अगले दिन वो बुर्का उठा नरगिस और मुकीम को लेकर पास के स्कूल में गयी और मुकीम का दाखिला कराकर लौटी। इसपर गौरी की माँ ने हैरान हो पूछा, "रज़्ज़ाक मान गया?"

"उस हरामी के तो हाथ-पाँव फड़कते ही रहते हैं, तो क्या करें? जीना तो नहीं छोड़ देंगे ना। पीटेगा तो पीटे। वैसे हम उसे बताएँगे ही क्यों! दीन का न दुनिया का। सुबह निकल जाता है तो रात को शक्ल दिखाता है। ऐसे ही रहेंगे

हम चुप।"

गौरी की माँ खामोश रही। आज उसका मन बातों में खास था नहीं। "अब कुछ दिन हम शायद दोपहर में बातें न कर पाएँ," कहा उसने।

"क्यों? कहीं जा रही हो।"

"नहीं मेरी ननद का ससुर बीमार है। अस्पताल में दिखाने दिल्ली ला रहे हैं। इसलिए चार लोग कुछ दिन अपने यहाँ ही ठहरेंगे।"

"अच्छा इसीलिए कल शाम भाई साहब तुम्हारा हाथ बँटा रहे थे। देखा था मैंने झाँककर तुम कपड़े धो-धोकर पकड़ा रही थी और वो झाड़-झाड़कर सुखा रहे थे। कित्ता खयाल रखते हैं तुम्हारा!"

"अपनी गरज तो बावली होती है। अभी तो एक टाँग पर भी कहोगे तो खड़े हो जाएँगे दिन भर। अपनी बहन के ससुराल का जो मामला है।"

"अरे क्या कहती हो... वो तो अक्सर..."

"मतलब से दुल्हन... सब मतलब से। मेरे जीजा का एक्सीडेंट हुआ तो उनके दिमाग का ऑपरेशन किया गया। तब साफ कह दिया था इन्होंने कि अपनी बहन से कहना अस्पताल के आस-पास ही कोई कमरा ले ले। यहाँ से दूर भी पड़ेगा और अपने पास इंतनी जगह भी नहीं है। अब कोई पूछे कि जब वो एक अकेली नहीं खप सकती थी तो तुम्हारी बहन के चार-चार कैसे खपेंगे!" गौरी की माँ ने मन का गुबार निकाला।

"अब भाई साहब कहाँ है?"

"उन्हें लेने गये हैं इश्टेशन।"

"अरे छोड़ो ना गौरी की माँ," दुल्हन ने कहा। "मुझे तो लगता है कि हम औरतों का दर्द खत्म तो क्या कम होने का भी नहीं। सोने के भाव की तरह बढ़ता ही जाता है।" गौरी की माँ को दुल्हन की बात अजब लगी तो उसे एक टक देखा। दुल्हन उसका जी हल्का करना चाह रही थी, "सोचो गौरी की माँ अगर हमारा दर्द सोने का भाव न होकर आलू-प्याज़ का भाव होता तो? मरा कभी तो कम होता।" और दोनों औरतें ठहाका मारकर हँस दीं।

एक-दूसरे के दुःख-दर्द बाँटते ज़िन्दगियाँ कटती रहीं। दुल्हन दिन में गौरी की माँ से बातें करती तो रात के साँय-साँय अँधेरे में ग्रीन साहब की सरसराती आती धुनें सुनती। जाने उन्हें मातमी धुनों से इतना लगाव क्यों था? गौरी की माँ ने बताया था कि वो अपने ईसा मसीह के दुखों का सोग मनाते हैं। शायद हमारे मुहर्रम की तरह। सोचा दुल्हन ने। दूसरों के दर्द में हम क्यों शरीक होना चाहते हैं? यहाँ तक कि कभी-कभी उस दर्द को गाकर सुकून मिलता है। क्यों? दूसरों का दर्द गाकर-सुनकर कहीं हम अपने दर्द पर ही फाहा तो नहीं रख रहे होते?

दुल्हन ये सब नहीं जानती थी पर हाँ इतना तो समझने लगी थी कि इन अँधेरी रातों में ये धुनें उसकी जलती-रोती रूह पर मुल्तानी मिट्टी का ठंडा लेप लगाती हैं। उसके कलेजे को तुख़्मे बलंग की ठंडक दे जाती हैं।

मुकीम का स्कूल जाना न रज़्ज़ाक से छुप सकता था और न छुपा। घर में कोहराम मचा। दुल्हन मय बच्चों के सड़क पर पहुँची पर मुकीम स्कूल जाता रहा। कुछ साल बाद सलीम भी उसके साथ-साथ स्कूल जाने लगा। गली दुल्हनवाली कभी गर्म दोपहरों में तो कभी सर्द रातों में दुल्हन से महरूम होती रही पर ज़िन्दगियों का चक्का चलता रहा। चलता ही रहता है।

ऐसा ही एक चक्का कुछ दिनों के लिए मस्जिद के सामने रैन बसेरे के आँगन में ठोककर लगाया गया तो बच्चे झूम उठे। अपनी अम्मी से कहने पर बात पूरी हो, कितनी हो या क्या पता न ही हो, सोचकर बच्चों ने नरगिस बाजी से ज़िद की कि उन्हें रैन बसेरे में हिंडोला झुलाने ले चलें। नरगिस बाजी ने ज़िम्मेदारी निभाने की ठान तो ली पर इतने पैसे कहाँ से आते? अम्मी से कहने की हिम्मत न थी। आजकल घर की हालत भी गली की तरह पतली और अन्धी थी। रज़्ज़ाक के पास कोई बँधा काम न था। जिस दिन दिहाड़ी मिल जाती थोड़ी-बहुत तरकारी या कभी-कभार गोश्त ले आता। तभी शाम को एक किलो आटा और सौ ग्राम घी मँगवाया जाता। चूल्हे में जान पड़ती। वर्ना खुदा के फ़ज़ल से चने तो घर में रहते ही थे।

दुल्हन ने कल के पाव भर गोश्त में से कच्चे तीन टुकड़े चुपके से बचा लिये थे। उन्हीं में आज छींके से रोटी के ढेरों सूखे सख्त टुकड़े निकालकर डाले और छौंककर डेगची में हल्की आँच पर रख दिया था। नरगिस ने पूछा, ''आज टुकड़े बनाएँगे?" तो उसे जवाब मिला था, "पराये घर जाएगी सँभलकर बोलना सीख... बच्चों से कह हलीम बना रहे हैं... पकने में ज़रा देर लगेगी।" ऐसे में हिंडोले के लिए पैसे माँगने वाली सूरत नरगिस कहाँ से लाती?

मुबीना को नरगिस ने मना लिया था कि वो खुद और मुबीना क्योंकि बड़े हैं इसलिए हिंडोले पर नहीं चढ़ेंगे। छोटी बहन नन्ही क्योंकि बहुत छोटी है इसलिए उसके डरने और रोने का खतरा था सो तय हुआ कि सिर्फ मुकीम और सलीम को हिंडोले पर झुलाया जाए। नरगिस ने दिल कड़ा किया। छोटी खाला से मिले पैसों में से जो बचे थे वो उसने कोलकी में ट्रंक के नीचे छिपा रखे थे। सो उन्हें निकालकर दुपट्टे के कोने में बाँधा और अम्मी से इजाज़त ले बच्चों के साथ दोपहर में रैन बसेरे की ओर चली। दुल्हन ने हाथ उठाकर दुआ की थी कि ऐसी बाजी अल्लाह सभी को दे।

जून की दोपहर थी। बिना दरवाज़े के कमरे में लू के भँवर कोनों-दरारों तक

में घर किये बैठे थे। दुल्हन ने कमरे के बाहर लगा तिरपाल खोलकर पर्दे की तरह लटका लिया। शायद कुछ फर्क पड़े। आकर खाट पर लेट गयी। गर्मी है कि तौबा! और इसी लू में नरगिस बच्चों को हिंडोला झुलाने ले गयी है। उसका कहना था ऐसी लू में हिंडोले वाला खाली बैठा रहता है शायद सस्ते में मान जाए। ज़रा-सी जान है पर अभी से इतनी ज़िम्मेदार और समझदार हो गयी है। अच्छी लगती है। शक्ल-सूरत तो ऊपर वाले का करम है ही पर माशाअल्लाह उठान भी अच्छी ली है। पर हाँ, ज़रा छातियाँ अभी बच्ची-सी हैं। सोचा दुल्हन ने। फिक्र की क्या बात है। शादी होते ही मर्द का हाथ लगेगा तो सब ठीक हो जाएगा। अभी तो महज़ चौदह की है।

तभी अचानक दरवाज़ा खुला और तिरपाल हटाकर रज़्ज़ाक अन्दर आया। दुल्हन झट उठ बैठी। रज़्ज़ाक ने उसे अखबार में लिपटा लगभग तीन पाव गोश्त पकड़या। दुल्हन ने उसे लिया और एक बड़ी रकाबी में रख ताक पर रखने से पहले ज़रा-सा अखबार हटाकर देखा, "बकरे का है!" उसके चेहरे पर हैरानी थी। "आज लगता है अच्छा काम मिला।"

रज़्ज़ाक ने कुर्ता उतारकर कील पर टाँगा, "नहीं आज भी नहीं मिला।"

"तो? ये गोश्त?"

"अकबर की दुकान पर गया था। उसी ने पकड़ा दिया।"

"क्या ज़रूरत थी उधार लेने की?"

"उधार नहीं है।"

"तो?"

"वैसे ही।"

"वैसे ही!" हैरानी से दुल्हन का मुँह खुला का खुला रह गया। उसने रकाबी से अखबार में लिपटा गोश्त वापस उठाया और दाहिने हाथ में लेकर उनका वज़न जाँचा, "तीन पाव बकरे का गोश्त कोई वैसे ही दे देगा?"

"तेरा दिमाग कुछ ज़्यादा चलता है। चल जा पानी पिला।" रज़्ज़ाक उसे झिड़कते हुए खाट पर बैठ गया। दुल्हन पानी लेकर आयी तो उसने एक ही साँस में सारा गिलास खाली कर दिया, "शोरबे की तरह क्यों दे रही है? और ला।" तीन गिलास पानी पीने के बाद रज़्ज़ाक को अचानक खयाल आया कि घर में दुल्हन अकेली है। "बच्चे कहाँ हैं?" पूछा उसने।

"अभी आ जाएँगे।" दुल्हन ने टालना चाहा।

"तू उल्टी पैदा हुई है क्या? सीधा जवाब नहीं दे सकती? मैं पूछता हूँ बच्चे कहाँ है?" रज़्ज़ाक ने कड़ककर पूछा।

"मस्जिद के सामने हिंडोला लगा है। वहीं गये हैं।"

"मस्जिद के सामने? कहाँ? वो रैन बसेरे में?"

"हाँ।"

"नरगिस और मुबीना कहाँ है?"

"वो ही तो लेकर गयी हैं। आती होंगी।"

"नरगिस रैन बसेरे में गयी है। तेरा दिमाग तो नहीं खराब हो गया? अरी इतनी साँड-सी तू घर में बैठी है और जवान लड़की को बाहर भेज दिया।"

"बच्चे ज़िद कर रहे थे। ले गयी वो। कौन-सा दूर है।"

"हरामज़ादी ज़बान लड़ाती है," रज़्ज़ाक ने अपनी चप्पल को दुल्हन के गाल पर तमाचे की तरह मारा तो दुल्हन चकरा गयी। "मैं अकबर से उसके निकाह की बात चला रहा हूँ और वो बाज़ार में हिंडोले झूल रही है।"

अकबर से नरगिस के निकाह की बात सुन दुल्हन होश में आयी, "अकबर! उस रँडुए की तो दो बेटियाँ भी हैं।"

"यहाँ तेरे चार-चार पालती है तो वहाँ दो नहीं पाल पाएगी!"

"नहीं!" गाल पर हाथ रख चीखी दुल्हन, "मैं ऐसा नहीं होने दूँगी।"

"तू? तू रोकेगी मुझे?"

"तू बाप है कि जल्लाद!"

"होश में आ बावली," रज़्ज़ाक ने आवाज़ को दबाकर समझाने की कोशिश की। "अकबर की दोनों बेटियाँ तो कुछ ही सालों में अपने-अपने घर की हो जाएँगी। फिर उसकी अपनी दुकान है। मकान-दुकान सब नरगिस का और... वो मुझे अपनी दुकान पर काम भी दे रहा है।"

"बेच के खाएगा बेटी को," अचानक दुल्हन को हैवान का साया छू गया। वह उठी और रकाबी में रखा गोश्त उसने तिरपाल के बाहर दरवाज़े की तरफ उछालकर फेंका, "ये हराम है इस घर के लिए।"

रज़्ज़ाक ने उसे चोटी से खींचकर अपनी तरफ किया और घूँसे-लातें बरसाने लगा। दुल्हन ने हिम्मतकर उसे पीछे को धक्का दिया, "इससे तो अच्छा है कि उस मासूम को कमेले ले जाकर ज़िबह कर दे।"

"पहले तो तुझे करूँगा ज़िबह," रज़्ज़ाक सँभलकर फिर दुल्हन की ओर लपका और दीवार से सटाकर उसका गला दबाने लगा। दुल्हन ने जैसे-तैसे अपना घुटना उठाकर उसकी ज़ाँघ पर मारा तो रज़्ज़ाक की पकड़ छूट गयी। शादी के पन्द्रह-सोलह सालों में दुल्हन ने रज़्ज़ाक को निशाना साधकर पहली बार मारा था। रज़्ज़ाक बिलबिलाकर सकते में आ गया। फिर उसकी तरफ बढ़ा तो दुल्हन ने उँगली उठाकर सख्त लहजे में कहा, "बाज़ आ जा... ये रिश्ता नहीं होगा।"

रज़्ज़ाक पर खून सवार था। उसने दुल्हन की बाँह पकड़कर उसे घसीटते

हुए दरवाज़े से बाहर किया, "निकल यहाँ से रंडी की औलाद... जा सड़क पे बैठ।" माँ-बहन की गालियाँ देते हुए उसने दुल्हन को गली के बाहर धकेल दिया और खुद अन्दर चला गया।

कुछ पल वहीं खड़े हो हाँफती दुल्हन ने साँसों को सँभाला। उसकी आती साँस कह रही थी, 'ये रिश्ता नहीं होगा,' तो जाती जवाब दे रही थी, 'हरगिज़ नहीं'। लगातार ऐसी ही साँसे खींचते-छोड़ते उसने बिखरे बालों को पीछे कर दुपट्टा ठीक से सिर पर बैठाया। इधर-उधर नज़र दौड़ायी। चारों ओर जून की दोपहर वाली वीरानी नज़र आयी। चाय की दुकान पर जमाल बेंच पर बाँह का तकिया लगाये सो रहा था। मोटर मेकैनिक सिराज की दुकान खाली पड़ी अलसा रही थी। धीमे कदमों से वह सड़क की तरफ बढ़ी। सड़क पार की और बिल्डिंगों के पिछवाड़े बनी मुंडेर पर बैठ गयी। लू के थपेड़े उसे हर तरफ से तमाचे मारने पर उतारू थे पर दुल्हन उनसे बेखबर सूखे गले में थूक सटकते हुए बहुत तेज़ी से कुछ सोच रही थी। सोचती चली जा रही थी।

घर से बेघर हुई दुल्हन के भीतर जाने क्या-क्या घर करता जा रहा था आज! क्या नहीं किया और सहा उसने रज़्ज़ाक के लिए! ख़ुद को निचोड़कर रख दिया। और रज़्ज़ाक ने उसे बकरे की खाल की तरह खींच-नोंचकर घर से अलग कर दिया। जून की लू के थपेड़ों ने दुल्हन को अचानक अधेड़ कर दिया। आज वो उसकी बेटी की ज़िन्दगी के साथ भी ज़्यादती करने पर उतारू है। बड़े अब्बू कहते थे बकरा ज़ब तक ज़िन्दा रहता है हर बात पर कहता है - मैं मैं मैं। पर वही जब मर जाता है और उसकी खाल रूई धुनने के काम आती है तो धुनिये की उँगली के हर इशारे पर एक ही बात कहता है - तू तू तू। बकरों के साथ रह-रहकर रज़्ज़ाक भी बस मैं मैं मैं करता है हर वक्त। दूसरे का कभी नहीं सोचता खुदगर्ज़। दुल्हन के भीतर कुछ खौल-सा गया। आह! अपनी बेटी को भी ये पराया करेगा तो अपने फायदे के लिए! गाल पर चप्पल की छाप को छुपाने के लिए उसने सिर पर लू से इधर-उधर होता दुपट्टा ठीक किया। उसकी ज़िन्दगी मुकीम का गत्ते वाला साँप-सीढ़ी का खेल हो गयी थी जिसमें रात और दिन आमने-सामने बैठे मानो दाव पर दाव लगा रहे हों। कभी दिन को साँप डस जाता है तो कभी रात सीढ़ी चढ़ते-चढ़ते साँप का शिकार हो जाती। या फिर कोई सीढ़ी से लुढ़कता हुआ नीचे चला आता है। आज उसकी दोपहर सीढ़ी से लुढ़की थी और वह सड़क पर आ गयी थी। लानत है इस छीछड़ों-सी ज़िन्दगी पर कि जब चाहा निकाल बाहर किया। दुल्हन ने गर्दन कुछ इस तरह मोड़ी मानो ज़िन्दगी से मुँह मोड़ रही हो जबकि उसका मन जानता था कि लौटकर उसे वहीं जाना होगा। उसी ओजड़ी में!

तभी सामने से सोती नन्ही को गोद में लिये नरगिस आती दिखाई दी। नरगिस ने जैसे ही अपनी अम्मी को वहाँ देखा, कदम तेज़ी से बढ़ाते हुए उसकी ओर लपकी।

"अम्मी, तुम यहाँ? क्या अब्बू आ गये?" बेसाख्ता उसके मुँह से निकला। दुल्हन खामोश रही। "नन्ही सो गयी... सोचा घर छोड़ आऊँ।" दुल्हन ने कोई जवाब न दिया। वो एकटक नरगिस की मासूम सूरत को देख रही थी। भीतर उगे रेत के टीलों का अन्धड़ गहरा रहा था। नरगिस को कुछ समझ में न आया तो वह नन्ही को थपथपाते हुए चुपचाप वहीं खड़ी रही।

गली से बाहर सड़क पर होने के बावजूद वो दोनों गली के अन्दरवाली घर की दुनिया में थीं कि अचानक उन्होंने एक आवाज़ सुनी, "ये गली दुल्हनवाली कहाँ होगी बहन जी?" नरगिस से नज़र हटाकर दुल्हन ने सड़क की ओर देखा तो साइकिल थामे एक थका अधेड़ व्यक्ति खड़ा था। नरगिस ने भी पलटकर उस अधेड़ व्यक्ति को देखा और फिर अम्मी को।

"अरे भई ये गली दुल्हनवाली....," अधेड़ ने फिर अपनी बात स्पष्ट करनी चाही थी कि गली से बाहर बैठी दुल्हन ने हाथ के इशारे के साथ कहा, "वो वहाँ... सड़क के पार।" फिर दुल्हन उठी और नरगिस की गोद से सोती नन्ही को लेकर दोबारा सड़क की मुँडेर पर बैठ गयी। जाने नरगिस को ये सब क्यों अजब लगा? वो पास बैठी और अपने दुपट्टे से दुल्हन की पेशानी पर उभरी पसीने की बूँदें पोंछने लगी। दुल्हन की हाँफती साँसें कुछ थमी थीं पर भीतर उनकी अनुगूँज एक लय में चक्कर काट रही थी। अब उनमें एक ही आवाज़ थी, "हरगिज़ नहीं...हरगिज़ नहीं।"

दुल्हन और उसकी बेटी ने मिलकर गली दुल्हनवाली की ओर जाते अधेड़ व्यक्ति और उसकी साइकिल को देखा। बिना बोर्डवाली बस नाम भर की गली दुल्हनवाली!

❑

आत्म-तर्पण

प्राय: हर घर के स्टोर में बरसों से पड़े सामान के बीच एक अदद पुरानी कीलों का डिब्बा भी होता है। इसमें हर आकार, हर प्रकार की कीलें होती हैं— छोटी, बड़ी, मोटी, भौंडी और यहाँ तक कि टेढ़ी भी। ज़्यादातर कीलों पर समय का ज़ंग भी लग चुका होता है। पर वे सभी उसी डिब्बे में रखी रहती हैं। उन ज़ंग लगी कीलों के साथ ही एक ओर अखबार के कागज़ में लिपटी नयी कीलें एक पुड़िया में रखी होती हैं। स्टोर की सफाई के वक्त भी प्राय: कीलों के उस डिब्बे को धूल झाड़कर वहीं सँभालकर रख दिया जाता है। उसी स्टोर के एक साफ कोने में। भीतर एक ठंडक के साथ कि वह महफ़ूज़ है।

अस्सी बरस की उम्र में ज़िन्दा रहना भी एक अज़ाब है। ये तो घर के स्टोर से भी लम्बी उम्र हुई शायद। साथ के ज़्यादातर दोस्त 'खामोश शहर' में जा बसे थे और वो खुद दूर एक वीरान फार्म-हाउस में पड़े थे। जगह-जगह से खरीदी और बटोरी गयीं किताबों के सहारे। लगातार किसी के इन्तज़ार में। पर किसका? अपनी उन दो बेटियों का जो अपने-अपने घर की हो गयीं? उस एक बेटे का जो उन्हें फार्म-हाउस में बसाकर खुद ऑस्ट्रेलिया में बस गया? या उस बीवी का जो सात जन्मों तक साथ निभाने का वादा करती-करती इसी जन्म में अकेला कर गयी? या फिर... या फिर... सोचा गिरिराज किशोर ने कि या फिर यादों से भरे उस एक बादल के टुकड़े का जो हमेशा आसमान में ही मँडराया और ज़िन्दगी की इस तपती सड़क पर कभी-कभी पल-दो पल का साया कर गया। गिरिराज किशोर ने मन-ही-मन कुछ शब्दों को स्वर दिया— बानो। क्या वो ज़िन्दा होगी?

बगैर क्लच दबाये ड्राइवर ने ब्रेक दबाया तो उनकी गुनूदगी टूटी। ज़ोर देकर सामने का दृश्य देखा। ड्राइवर को गाड़ी धीमी करने की हिदायत दी। मोहल्ला बहुत बदल गया था। सभी बौने मकान कद्दावर हो गये थे। लगभग सभी मंज़िलों में बातें

करते थे। इन मकानों ने अपनी पुरानी महक खो दी थी। कोई निवास था तो कोई भवन और कोई निकेतन। घर कितने होंगे? गाड़ी धीरे-धीरे सरक रही थी। पुश्तैनी घर आ पहुँचा था। घर जो कभी हवेली कहलाता था। कोई भी शब्द इन्सान की तरह प्राय: किसी और के साये में रोशन होता है, सार्थक होता है। फ्लैट की तुलना में कोठी, बँगला या हवेली। गिरिराज किशोर ने ड्राइवर के कन्धे को हल्का-सा थपथपाया, "बस यहीं... उस हवेली... मतलब उस मकान के सामने बस..." "वो खंडहर?" कहते हुए ड्राइवर तेज़ी से गाड़ी हवेली की ओर ले गया।

खंडहर! आज इस अस्सी बरस की उम्र में वो खुद भी खंडहर दिखते हैं तो भला ये उनके दादा के ज़माने की हवेली खंडहर हो गयी तो क्या! ठीक ही तो लिखा है ओंकार ने, "चाचा जी, एक आप ही हैं जो हवेली का निपटारा कर सकते हैं... उस पीढ़ी के अब आप ही हैं... जब तक दिल्ली में हैं यह काम अपने हाथों करवा दीजिए।" हाँ, उस पीढ़ी का अब मैं ही हूँ और मैं भी क्या हूँ... बस डूबता सूरज समझो!

गिरिराज किशोर ने गाड़ी से अपना दायाँ पाँव बाहर निकाला ही था कि जेब में रखे ओंकार के आखिरी खत का खयाल हो आया। वे बाहर आये और उनकी उँगलियों ने जेब में उस खत के कुछ अक्षरों का स्पर्श किया, "पचपन का होने को आया हूँ पर आज तक बस ज़रूरत भर का ही कमा पाता हूँ। पहले एक बज़ाज़ के यहाँ नौकर था। कुछ साल हुए अपनी दुकान खोल ली है। बज़ाज़ की दुकान। पर जब से सिले-सिलाये कपड़ों का चलन हुआ है अपनी मर्ज़ी के कपड़े सिलवाने से लोगों का जी ही उठ गया है। अपने जिस्म का नाप भी अब दूसरों के पैमानों से तय होता है..." उँगलियों से शब्द फिसल गये। गिरिराज किशोर को अपने दादा की पेशानी के बल याद आ गये। बात तो वो भी कुछ ऐसी ही कहते थे पर कितनी भिन्न होती थी, "कपड़े पहनने का मकसद है तनपोशी, तन का ढँकना—उससे ज़्यादा उस पर क्या ध्यान देना!" मगर खुद अपनी मर्ज़ी से विरक्त हो जाना और किसी दूसरे की पसन्द से खुदी को छोड़ देना दो अलग बातें हैं।

लगभग 150 साल पुरानी हवेली सामने थी। गिरिराज किशोर ने चाहा था कि उल्टे दौड़ते हुए इन 150 वर्षों को पार कर जाएँ। पर अपनी उम्र के पार पहुँच पाना उनके बस में नहीं था। गिरिराज किशोर ने उस बूढ़ी कुएँ वाली हवेली पर एक सूखी-सर्द निगाह डाली। किसी फकीर का लम्बा मटमैला चोगा जिस पर पैबन्द इतने हों कि बस वही दिखते हों! उनके पाँव हवेली में अन्दर जाने के लिए बढ़ गये। अतीत को हम जी-जान की कोशिश से कितना भी ढाँपें पर कुछ ऊँचाइयाँ आज की गिरफ्त से छूट ही जाती हैं जिन्हें हम याद कहते हैं। और जो ढँक जाती हैं, क्या वो याद नहीं आतीं!

गिरिराज इस वक्त हवेली के आँगन में खड़े थे। कुछ तेज़ी से चलकर बाऊजी के

कमरे की तरफ बढ़े तो याद आया कि उनका जन्म इसी देहरी के अन्दर हुआ था। केन्द्रीय सचिवालय में डिप्टी सेक्रेटरी के पद से रिटायर हुए गिरिराज किशोर का जन्म मुरादनगर की इस खंडहर हो गयी हवेली में! दिल की धड़कन की रफ्तार को बूढ़े घुटनों की कमज़ोर पकड़ झेल न सकी। फुर्ती से बरामदे के खम्भे को पकड़ लिया। फिर उस पर आहिस्ता से हाथ फेरा, हथेली को नाक के पास लाये— कहीं कड़वा तेल तो नहीं महक रहा?

जल्दी से दालान के दूसरे खम्भों को एक भयभीत दृष्टि से नापा गिरिराज किशोर ने। हवेली के खम्भे जिन पर अब भी जैसे तेल के निशान चमकते दिखाई दे रहे थे। भाभी जब अपने भन्नाते सिर को हवेली के खम्भों से कभी रगड़तीं और कभी टकराया करती थीं तो सरसों के तेल से भीगा उनका सिर निशान छोड़ जाता था। कभी-कभी वहाँ खून की लकीरें भी होती थीं पर वे भी उस तेल को मिटा नहीं पाती थीं। खून कितना भी गाढ़ा क्यों न हो, तेल, यानी स्नेह की छाप नहीं मिटा पाता। वर्ना पराये घर की बेटी को सँभालने के लिए गिरिराज किशोर के हाथ क्यों बढ़ते थे? उनके सगे बाप-भाई उनकी खोज-खबर लेने कभी क्यों नहीं आते थे?

ऐसे मौकों पर भगवती भाई साहब कुछ अस्फुट शब्दों में बड़बड़ाते हुए हवेली से बाहर हो जाते थे, ''कमबख्त सारे घर का तेल अपने बालों में उँडेलकर बैठ गयी है फिर भी इसका माथा ठीक नहीं होता... ।'' गिरिराज किशोर दिल्ली से छुट्टी लेकर बहाने-बहाने भाभी को सँभालने की छूटती-सी आस सँजोये आते। डूबते को सहारा देना कितना मुश्किल होता है—यह वही जान सकता है जिसने पानी को दलदल होते देखा हो। उनका यह आना अन्ततः छलनी में पानी भरने जैसा हो जाता था।

गिरिराज किशोर को याद आया कि माँ अक्सर ऐसे मौकों पर भगवती भाई साहब को लक्षित कर कुछ आत्मालाप-सा करती कहा करती थीं, ''भगवान से डरो... इस घर को इन बहुओं की हाय खा जाएगी... कुएँ का पानी तो बैठता जा रहा है।''

गिरिराज दूसरे कमरे की ओर बढ़े। यह भगवती भाई साहब का कमरा था जो कभी आधी रात से पहले आबाद नहीं होता था। आबाद रहती थी सिर्फ रसोई जिसे चौका कहा जाता था जिसमें घुटनों पर सिर टिकाये, घूँघट में घिरी भाभी देर रात तक भगवती भाई साहब की बाट जोहा करती थीं। उनकी दबी सुबकियों की गवाह थी चूल्हे की मद्धम आँच जिस पर अक्सर पानी का भगोना चढ़ा रहता। जब पानी खदकने लगता तो गंगा भाभी चाय बना लेतीं और जिस-तिस को पिलाने के बहाने खुद भी पी लेतीं। भूख से अकुलाती अँतड़ियाँ कुछ देर के लिए शान्त हो जातीं, सारी रात करवटें बदलने के लिए। और गंगा देवी की नियति होती वीरान अकेली रातें ओढ़कर अपनों का बेगाना साथ झेलना!

ऐसा ही एक वीराना गिरिराज किशोर बचपन से अपने भीतर के किसी गोशे में

जब-तब महसूस करते थे। एक गुलाम देश जब अपने बच्चों को आवाज़ बुलन्द करने की ताकत नहीं दे पाता तो अक्सर उनकी आत्मा को वीरानी की एक स्याह पोटली थमा देता है जिसे ज़िन्दगीभर छिपाकर रखने के प्रयास में ही ज़िन्दगी थक जाती है। गिरिराज किशोर इस मामले में खुशकिस्मत थे कि उनकी ज़िन्दगी इस प्रयास में थकी ज़रूर पर असफल नहीं रही। उनकी यह पोटली उनकी ऐसी निजी सम्पत्ति थी जिस पर किसी की नज़र नहीं पड़ पायी थी या यूँ कहें कि उन्होंने पड़ने नहीं दी थी।

गिरिराज किशोर ने गर्दन मोड़कर पहले कमरे की तरफ तरसी-सी नज़र डाली। उन्होंने उसकी भुरभुरायी दीवार को हौले से छुआ। वह बाऊजी का कमरा था, रत्नेश्वर प्रसाद का। गिरिराज किशोर का जन्म कहते हैं यहीं हुआ था, इसी कमरे में और उसके दो-ढाई साल बाद से यह कमरा महीनों-महीनों तक बन्द रहा करता था। रत्नेश्वर प्रसाद का तबादला हो गया था। वे हापुड़ गये ज़रूर पर अपने बूढ़े पिता के पास अपनी पत्नी व बच्चों को छोड़कर। हवेली का यह कमरा दुनिया के लिए खामोश और उजाड़ हो गया था पर खुद रत्नेश्वर प्रसाद की आत्मा यहीं छूट गयी थी। इसी कमरे की दीवारों में बने ताकों में अटी हुई ढेरों देशी-विदेशी किताबों में। अपनी इस आत्मा के महीन-महीन टुकड़े कर वे जब-तब हापुड़ ले जाते रहे, कभी-कभी वापस भी लाते रहे। उनसे ज़्यादा उनकी पत्नी यह बात समझती थीं कि कुछ-कुछ हफ्तों के बाद रत्नेश्वर प्रसाद का घर आना बीवी-बच्चों के लिए कम और इस कमरे में रखी किताबों के लिए अधिक होता था। उनके न रहने पर उनकी ताकीद के अनुसार कमरे को बन्द रखा जाता था। आठ-दस दिन में खुलता भी था तो सफाई के लिए।

रत्नेश्वर प्रसाद के इस कमरे का सामान धीरे-धीरे उनके हापुड़ वाले डेरे पर पहुँच गया था। सूना फर्श, सूनी होती दीवारें लिये अनजाने में 'बाऊजी के इस कमरे' ने ही असल में उस वीराने की नींव डाली थी जो अन्ततः पूरी हवेली की नियति हुई। क्या सिर्फ हवेली की...

रत्नेश्वर प्रसाद अपने ज़माने का दस दर्जा पास थे। आगे पढ़ाई जारी रखना चाहते थे पर घर में तो पिता की मर्ज़ी चलती थी और उनकी ज़िन्दगी घर से बाहर की चीज़ नहीं मानी जा सकती थी। पिता को डर था कि एक ही बेटा है, ज़्यादा पढ़ गया तो भला घर में क्यों टिकेगा! उनकी नज़र में पढ़ाई का महत्त्व था पर घर की कीमत पर नहीं। फिर दो-चार होते तो कुछ सोचा भी जा सकता था। बेटी कुन्तो अभी बच्ची थी। वैसे भी उसे अपनी ज़िन्दगी अपनी किस्मत के मुताबिक किसी और के साथ कहीं और ही बितानी थी। यही सब सोचकर उन्होंने अपने अँग्रेज़ अफसर से मिन्नत करके रत्नेश्वर प्रसाद को घर के घर में यानी मुरादनगर पोस्ट ऑफिस में लगवा लिया था। इस तरह रत्नेश्वर प्रसाद को तो उन्होंने एक अर्से तक यानी उनकी पोस्टमास्टर के पद पर तरक्की होने तक अपने पास रोक लिया था पर रत्नेश्वर प्रसाद के मन की डोर उनके बस में नहीं थी। वो

तो उलझी थी गालिब, भारतेन्दु और शेक्सपियर में।

उनकी पत्नी दुर्गा देवी की दुनिया उनका घर था, उनके बच्चे थे। घर में अकेली महिला होने के नाते घर भर का खयाल रखना होता था। बारह कमरों, बारह बरामदों, आगे पीछे के दो बड़े आँगनों व चार हिस्सों में बँटी छत वाली इस दुमंज़िली हवेली को मय उसके कुएँ और नीम के पेड़ के सँभालने में ही उनके दिन-रात बीते जा रहे थे। पूरी हवेली जानती थी कि दुर्गा बहू बहुत धार्मिक प्रवृत्ति की हैं। सन्ध्याबाती करने के बाद श्रद्धा के साथ गाये उनके दो-चार भजनों या चौपाइयों के बाद ही हवेली की शाम सजती थी। पर यह बात तो दुर्गा देवी कभी खुद से भी नहीं कह पायी थीं कि उनकी यह श्रद्धा धर्म से कहीं अधिक संगीत में थी। उनका बस चलता तो रसोई में भी गातीं। इसमें भी कोई शुबह नहीं कि उनके गले की मिठास, आवाज़ का ओज और गीतों में उँडेली गयी लगन भोजन को और अधिक स्वादिष्ट और पौष्टिक ही बनाती !

भगवती प्रसाद उनका बड़ा बेटा था। उसे खूब पढ़ाने का मन था पर दादा-दादी के अत्यधिक लाड़ और दुलार की वजह से वे भगवती के प्रति बहुत सख्त हो गयी थीं। दादी से जितना दुलार लेकर भगवती आता, माँ उसे उतनी ही कठोर और शुष्क मिलती। ये शायद भगवती के प्रति उनका बर्ताव कम और सास को जवाब अधिक होता था। भगवती के गाल पर पड़ा एक लाल तमाचा उसकी दादी को जितना तड़पाता था दुर्गा देवी के आटे में उतना ही लोच लाता था। ये अलग बात थी कि रात के अँधेरे में पास सोये भगवती के बालों में हाथ फेरकर वे अपने इस बर्ताव पर घंटों रोती भी थीं। जब भगवती प्रसाद नौ-दस बरस के हुए तो उनकी दादी नहीं रहीं। पर इधर कुछ समय बाद गिरिराज किशोर का जन्म हुआ और दुर्गा देवी पूरी तरह से अपने इस छोटे बेटे के प्रति समर्पित-सी हो गयीं।

गिरिराज किशोर बचपन से ही भगवती प्रसाद के शब्दों में बहुत 'झेंपू' थे। बातें भी ज़्यादा नहीं करते थे। पढ़ाई में मन लगता था। सो पोस्टमास्टर साहब की 40 रु. की तनख्वाह में ही उनकी पत्नी की ज़िद से गिरिराज किशोर के लिए अँग्रेज़ी, संस्कृत और फ़ारसी के मास्टर लगाये गये थे।

रत्नेश्वर प्रसाद जब छुट्टियों में हवेली आते थे तो एक ओर पकवान बनने लगते थे, उत्सव का-सा माहौल होता था तो दूसरी ओर हवा सहम-सी जाती थी। उन्हें याद है वो लगभग चार बरस के थे और बैठक से गुस्से में चीखते बाऊजी और भाई साहब के रोने की मिली-जुली आवाज़ें आने पर छत से दौड़ते हुए नीचे उतरे तो देखकर सन्न रह गये थे। माँ बैठक के बाहर सहमी-सहमी-सी खड़ी रो रही थीं और बाऊजी अन्दर दादाजी की छड़ी से भाई साहब की पिटाई कर रहे थे, "जाएगा ज़ोरावर की हवेली में अब... तिल गिनेगा छोटी ठकुराइन के... पीठ दबाएगा उसकी?" छड़ी के प्रहार तेज़ होते जा रहे थे, "टाँगें तोड़ दूँगा जो उस तरफ नज़र उठायी अब।" फिर छड़ी को एक

ओर पटककर बोले थे, "तिल गिनेगा उसके जिस्म के! तिल! और... और ये तेरी माँ कहती है ये खुद नहीं गया था... छोटी ठकुराइन ने बुलवाया था।" फिर वे कमरे से निकल गये थे। दरवाज़े पर रुककर माँ की ओर गुस्से से देखा था, "दूसरों के फटे में पाँव डालने का शौक नहीं है मुझे... पर तुम अपने बेटे को सँभालो। वर्ना...", शब्दों को चबाते हुए वे हवेली से बाहर चले गये थे।

बाऊजी के हापुड़ लौटते ही भाई साहब को ठकुराइन की हवेली से निकलते अक्सर देखा जाता था। बाऊजी से माँ ज़्यादा कहतीं तो उनके अपने जीवन और पूरी हवेली की शान्ति नहीं रहती थी। सो सोलह का होते ही माँ की ज़िद पर भाई साहब की शादी करवा दी गयी। अपने सोचे ही सब हो जाता तो ऊपर वाले को कौन याद करता! भाभी का गौना तीन महीने बाद था पर वह तीन महीने भी इन्तज़ार नहीं कर पायीं। बेचारी बस फेरों की गुनहगार हुईं और इस दुनिया से मुँह मोड़ बैठीं। कुछ ही महीनों में भगवती प्रसाद की दूसरी शादी हुई। घर में बहू आयी ज़रूर पर दो-तीन महीने के कैलाश को सौंपकर चल बसी। अब भगवती प्रसाद शामों में अक्सर घर में नहीं मिलते थे। और देर रात में जब लौटते तो नशे में धुत्त होकर। अकेली माँ गिरिराज किशोर को इस माहौल से बचातीं या कैलाश को पालतीं! सो ऐसे में गिरिराज किशोर को बारह साल की उम्र में पाँचवीं के बाद छठी कक्षा से पढ़ने के लिए कुन्तो बुआ के यहाँ मेरठ भेज दिया गया।

कुन्तो बुआ का घर सन्तान के नाम पर खामोश था। हरस्वरूप फूफाजी वहीं एक सरकारी स्कूल में अर्थशास्त्र पढ़ाते थे। घर में उनकी मास्टरी वाला डिसिप्लिन चलता था। यह शब्द 'डिसिप्लिन' फूफाजी का प्रिय शब्द था जो उनके मुँह में दायें या बायें गाल में पान की तरह दबा रहता था और जिसकी समय-समय पर वे जुगाली कर ही लेते थे। इस डिसिप्लिन की रस्सी में लिपटे गिरिराज किशोर को अपनी शक्ल गोल लट्टू जैसी दिखाई देती थी। सुबह सूरज दिखने से पहले उठना। उसके नमूदार होने से पहले ही कसरत कर लेना। क्या भरोसा कहीं वह किसी को कसरत करता देख ले तो हँसी ही न उड़ाने लगे! मुँह अँधेरे ही आँगन में पीछे बने कुएँ के पानी से नहाना। फिर कुएँ के चबूतरे पर ही अपने छोटे-छोटे हाथों से रोज़ अपने कपड़े खुद धोना। दिन भर में कुन्तो बुआ के न जाने कितने छोटे-बड़े ऊपर के कामों में मदद करना।

ऐसी ही अलग-अलग शक्लों में आने वाले इस डिसिप्लिन यानी उस पान का जो किवाम था वह था सैयद शाकिर हुसैन का घर जहाँ उन्हें सप्ताह में तीन-चार दिन उर्दू व फ़ारसी पढ़ने जाना होता था। यह क्रिया 'जाना होता था' धीरे-धीरे कब 'जाते थे' में बदल गयी, यह वो बालक से किशोर हो रहे गिरिराज भाँप न पाये थे।

गिरिराज किशोर का हाथ दरवाज़े के कुंडे पर था। वे अपने हाथ को नज़दीक लाये और उँगलियों को ध्यान से देखा। उनका हाथ कुछ सुन्न-सा पड़ने लगा था। आज की

नज़र ने किसी बहुत पुराने कल को देखा। उन्हें याद आया मेरठ में छठी में दाखिले के समय वो एक मास्टर के सामने खड़े थे। वो संस्कृत व हिन्दी पढ़ना चाहते थे पर उस समय बतौर इंटरव्यू तुलसीदास का जो दोहा उन्होंने सुनाया, उसमें एक मात्रा अधिक होने की वजह से अँगुलियों पर उस मास्टर की पेंसिल की मार खानी पड़ी थी, ''कायस्थ का बेटा है जा फारसी पढ़।'' बस उसी दिन से संस्कृत और हिन्दी एक ख्वाहिश बनकर रह गये। और उन्हें फारसी व उर्दू के मास्टर मिले सैयद शाकिर हुसैन जो इत्तिफाक से कुन्तो बुआ के घर के पास ही रहते थे और हरस्वरूप फूफाजी के दोस्त थे।

''तुम्हारे इस बच्चे में ज़ुबान सीखने की सलाहियत है, इसे बढ़ाना चाहिए।'' शाकिर साहब के इस जुमले के बाद हरस्वरूप फूफाजी मुँह में रखा अपना पान कुछ तेज़ी से चबाने लगे थे। घर पहुँचे तो पान की लाली रंग लायी, ''शाम को क्या करता है... हँह... गली के लौंडों-लपाड़ों के साथ समय की बर्बादी... गुल्ली-डंडा... अरे तुम्हारे भाई का बेटा है इसका खयाल रखो। कहीं बिगड़ गया तो ? कोई ज़रूरत नहीं है आवारा घूमने की... इसे शाकिर साहब के घर भेजा करो... कम-से-कम कुछ पढ़-लिख लेगा... ज़िन्दगी सँवर जाएगी... सलीका सीखेगा।''

इसके बाद अक्सर शाम को गिरिराज किशोर ने हाथ में किताबें व कापी लिये खुद को सैयद शाकिर हुसैन के घर का खड़ा ज़ीना चढ़ते पाया था। शाकिर साहब ज़िला हरदोई से मेरठ आये थे काम की तलाश में, पर उससे ज़्यादा शायद सुकून खोजने। उनकी बीवी एक बिटिया देकर अल्लामियाँ को प्यारी हो गयीं तो उनके दूसरे निकाह की बात ने ज़ोर पकड़ा। पर उसके साथ ही शुरू हुआ घर में जायदाद के बँटवारे का तकाज़ा जिसमें उनके एक चचाज़ाद भाई की जान जाती रही। सो हालात से मजबूर शाकिर साहब ने अपनी बेटी के साथ घर से कूच किया और मेरठ में एक पुराने रईस के घर पनाह ली। रईस के बच्चों को ज़ुबान सिखाने की शर्त पर उन्हें उसी घर के पिछवाड़े में रहने की जगह नसीब हुई। कुछ ही सालों में उन्हीं रईस की मदद से वे एक अच्छे स्कूल मे उर्दू के ज़्यादा और फ़ारसी के कम मास्टर हो गये।

गिरिराज किशोर को आज भी याद है उस खड़े ज़ीने से चढ़कर आँगन जैसी छत से गुज़रते हुए शाकिर साहब के मियानीनुमा कमरे में पहुँचना। कभी-कभी कोई किताब या लुगत यानी शब्दकोश खोजने उस कमरे से चिपकी बैठी कोलकी में जाना। दस-बारह बरस के दो मासूम हाथों का अपने अब्बा के लिए मुरादाबादी गिलास में चाय और एक खाली कटोरा लेकर आना। उन हाथों से नज़र उठाकर जब कभी गिरिराज किशोर देखते थे तो बानो को अपनी ओर देखता ही पाते थे।

फिर बानो का उन्हें कभी कोई केला पकड़ाना या शोर मचाने वाले कागज़ में लिपटी सन्तरी रंग की मीठी गोली। उनके घर पानी, चाय या कुछ भी घर का पका खाने की सख्त मनाही थी। फूफाजी ने ये सब बातें पहले दिन ही स्पष्ट कर दी थीं, ''वहाँ

जाना तो पेट भरकर पानी पी जाना... समझे।'' पर कैसी अजीब बात है कि शाकिर साहब ने भी उसे चाय या पानी को कभी नहीं पूछा। हाँ, कभी-कभी सर्दियों में उसके लिए मूँगफली लाकर ज़रूर रख देते थे। फूफाजी जितने ज़्यादा हिन्दू थे, शाकिर साहब भी उतने ही परहेज़गार मुसलमान थे। दोनों ओर खाने-पीने का परहेज़ था पर मन में मुहब्बत थी। आज हम मॉडर्न हो गये हैं। खाने-पीने का कोई परहेज़ नहीं है पर मन में मुहब्बत का एक कतरा भी तो नहीं है! यह विचार गिरिराज किशोर के होठों पर एक तल्खी भरी मुस्कान की लकीर-सी खींच गया जो बनते ही मिट भी गयी।

लगभग पाँच साल तक, बालक से किशोर होते पाँच लम्बे सालों तक गिरिराज किशोर शाकिर साहब के घर जाते रहे थे। 'मेरठ की शाम' खयाल ही शाकिर साहब के घर का नक्शा खींच जाता था। स्कूल की छुट्टी के बाद दोपहर से ही एक आस पैरों से लिपट जाती थी— बानो... नहीं... शाकिर साहब के घर जाने की। लौटते में गिरिराज किशोर किसी खेत से गन्ना तोड़ लेते थे। कभी-कभी एक छोटा गन्ना बानो के लिए भी ले आते थे। और ऐसे में उनके पाँव जिस लोच के साथ घर की ओर बढ़ते थे, वे समझ नहीं पाते थे कि इसका कारण हाथ में महफ़ूज गन्ने की मिठास है कि शाम को शाकिर साहब से शेखसादी पढ़ने का खयाल।

स्कूल और घर के बीच के पगडंडीनुमा कच्चे रास्ते से आते हुए गिरिराज किशोर दूर-दूर तक फैले सरकंडों के झाड़ देखने अक्सर रुक जाते थे। ठहरकर उन्हें देखते थे। पगडंडी को मात देती सड़क के दोनों तरफ ऊँची-नीची ज़मीन पर सरकंडे के झाड़! सीधे एक पंक्ति में रखे, रूखे-से। उनकी आइन्दा ज़िन्दगी की तरह रोशनाई को तरसते। रोशनाई जिसे स्याही भी कहते हैं और जो अक्सर काली या नीली होती है। ज़िन्दगी की रोशनाई तो सब्ज़ भी हो सकती थी पर क्यों न हुई!

कभी-कभी वो एक सरकंडा तोड़ भी लेते थे, ''शाकिर साहब से इसका कलम बनवाऊँगा... नया कलम जिससे लिखाई और भी अच्छी दिखे।'' लिखाई को शाकिर साहब खुशखत कहते थे। गिरिराज किशोर को इस शब्द में खुश होने की वजह समझ में नहीं आती थी। इसकी गहराई को समझा था उन्होंने लखनऊ की शिकस्त के बाद, जब हवेली के इसी नीम तले वे शेर लिखने लगे थे जिसके लिए शुद्ध अभिव्यक्ति 'लिखना' नहीं 'कहना' है।

'लिखना' और 'कहना' शब्द ज़हन में आया तो गिरिराज किशोर ने नीम की ओर कदम बढ़ाया। वहाँ रखे एक बड़े से धूल भरे पत्थर को एक पल देखा और बिना झाड़े उस पर बैठ गये। कोई किसे समझाए कि जब कहते नहीं बनता तभी तो कोई लिखता है शायद! और जब वह भी नहीं हो पाता तो ? तो कोई इस दुनिया में रहते हुए भी उठ जाता है जैसे सावित्री भाभी भूख से बिलखते कैलाश को छोड़ घंटों नहाया करती थीं— राग-द्वेष से परे। या फिर अपने अन्तिम दिनों में गंगा भाभी— जिनका पल्ला भी कभी

दिखाई न दिया था— उघड़े सिर कमरे की खिड़की पर खड़ी हो जाती थीं, ''अम्माजी आज मनिहार आएगा... उसे रोक लेना... चूड़ियाँ पहनूँगी... कलाइयाँ सूनी नहीं रहनी चाहिए न! मुझ पे पैसे हैं।'' फिर फुसफुसाकर कहती थीं, ''तुमने जो दिये थे... अम्मा याद है ना!''

गिरिराज किशोर जैसे कुछ याद आ गया हो वाले अन्दाज़ में पत्थर छोड़ उठ खड़े हुए। पतलून से धूल झाड़ने के लिए हाथ पीछे किया ही था कि वह ठहर गया। जैसे ही उनकी नज़र ऊपर भाभी के कमरे की खिड़की पर गयी तो वह हाथ भटकता-सा लौट आया। वे दो कदम आगे बढ़े और बायीं ओर झुककर गर्दन टेढ़ी कर देखा। सामने भगवती भाई साहब का कमरा था। बन्द दरवाज़े पर लटकते जाले देखकर कौन कह सकता था कि इसमें कभी कुर्क अमीन साहब रहते थे।

गिरिराज किशोर जब मेरठ में थे तो सुना था भाई साहब कुर्क अमीन हो गये हैं। घर आकर देखा था कि उनकी शान ही निराली थी। घने बालों की एक लम्बी पूँछ वाला अरबी घोड़ा सदा खिदमत में रहता था और उसकी लगाम थामे उनका प्यादा रामभज। कुर्क अमीन साहब के पास रिश्वत का पैसा बेहिसाब था। इतना बेहिसाब कि थैलों में इकट्ठा करते-करते रामभज अक्सर हिसाब में गड़बड़ा जाता था। कुछ दिनों बाद रुपयों का नहीं बस थैलों का हिसाब रखना आसान लगने लगा था। रामभज जैसे प्यादे के रहते भला भगवती बाबू क्यों हिसाब-किताब की चिन्ता करते! उन्हें नहीं मालूम था कि आने वाले समय में यही रामभज उन्हें हर तरह के हिसाब-किताब की चिन्ता से हमेशा के लिए मुक्ति दिला देगा!

भगवती प्रसाद का बेटा कैलाश जब पाँच-छह बरस का हुआ तो उनका तीसरा विवाह रचाया गया गंगा देवी से। भगवती प्रसाद जहाँ छोटे कद के मामूली शक्ल-सूरत और कदोकाठी के व्यक्ति थे वहीं धूप जैसे रंग वाली गंगा देवी के नैन-नक्श पैने और कद भगवती बाबू से लगभग तीन इंच अधिक था।

गिरिराज किशोर जब कभी मुरादनगर आते तो गंगा भाभी को हमेशा खाना बनाकर भगवती भाई साहब का इन्तज़ार करता पाते। 'दीया जले मर्द मानस घर भले' वाली माँ की नसीहत को मानना तो दूर भगवती प्रसाद ने कभी ठहरकर सुना भी न होगा। एक बार रात देर से गिरिराज किशोर ने भाई साहब के कमरे के बाहर से गुज़रते हुए ज़रूर सुना था, ''ये मनहूस शक्ल बनाकर मत आया करो यहाँ... तुम क्या सोचती हो शाम हुई नहीं कि तुम्हारे घुटनों से लगकर बैठ जाऊँ... उन मर्दों-सा नहीं हूँ मैं...''

इसके दो दिन तक गिरिराज किशोर भाई साहब और गंगा भाभी के बारे में ही सोचते रहे थे। रात को खाना खाने रसोई में पहुँचे तो भाभी ने उनकी प्रिय खुश्क उड़द बना रखी थी। इतनी खुश्क और खिलवाँ कि फर्श पर गिरे तो खील की तरह बिखर

जाए। कैलाश आखिरी गस्सा खा रहा था। उन्हें देखते ही भाभी ने उनका थाल लगाया और फिर धीरे से बोलीं, ''लाला, तुमने उन्हें देखा आज... सुबह के बाद कभी?'' गिरिराज किशोर ने 'न' में सिर हिला दिया तो कुछ क्षण को वे चुप हो गयीं। फिर बोलीं, ''जब मेरठ जाते हैं तो तुमसे मिलने आते हैं कभी?''

''नहीं कभी नहीं... रामभज आता है फल-मिठाई लेकर... बुआ बताती हैं। अबकी आम की टोकरी भिजवायी थी।''

गंगा भाभी के धूप से रंग में हल्दी मिल गयी थी। गिरिराज ने नज़र उठाकर देखा। ये वो भाभी नहीं थीं जो दुल्हन बनकर आयी थीं। ठीक हवा न मिलने से शोले दहकने के साथ बुझने भी लगते हैं। उन पर राख की परत-सी छा जाती है।

हालाँकि गिरिराज किशोर भाई साहब से काफी छोटे थे पर वे खुद को अब उतना छोटा भी नहीं मानते थे। भाभी का यूँ रात-रात भर भूखे-प्यासे इन्तज़ार करना उन्हें तकलीफदेह लगा तो एक सुबह भगवती प्रसाद के कमरे में दाखिल हुए। भगवती प्रसाद पीठ मोड़े बदन पर तेल की मालिश कर रहे थे। आहट सुन अचानक चौंक उठे, ''किसने भेजा है तुम्हें?''

''भाई साहब... मैं...'', गिरिराज किशोर कुछ हैरान हुए।

''अरे किशोर तुम! आओ... बैठो।''

गिरिराज किशोर सामने रखे मूढ़े पर बैठ गये थे। इधर-उधार की बातें करने के बाद नज़रें बचाकर उन्होंने कहा, ''भाई साहब... भाभी कुछ बुझी-बुझी-सी रहती हैं... मैं आपसे...''

''बुझी रहती है! क्या कमी है उसे? इतनी बड़ी हवेली की मालकिन है... पैसा है... कुआँ पूजने की तमन्ना थी उसे, वह भी... मेरा मतलब जल्दी गोद भरने वाली है। और क्या कर...।''

''आपका यूँ रात को देर से आना... इतना पीना... ये सब...''

''तुम बच्चे हो... अरे यही तो मर्दों की निशानी है। और औरत... सुनो किशोर... जिसकी जो जगह है उसे वहीं रखा जाना चाहिए। घास सड़क पर आ जाए तो सड़क बर्बाद हो जाती है और सड़क घास में उभर आए तो घास क्या भला घास रहेगी! इस औरत जात को मैं बहुत अच्छी तरह जानता हूँ। अभी बच्चे हो...'', कहते हुए भाई साहब तौलिया उठा कुएँ की ओर चल दिये थे।

गिरिराज किशोर भी उठकर बाहर बरामदे में आ गये थे और वहाँ रखी आराम कुर्सी पर बैठ गये थे। पीछे से माँ ने आकर कन्धे पर हाथ रखा था। एक थका स्पर्श जो न जाने क्या-क्या कह रहा था, ''किसे समझा रहा है बेटे... ये तो तीस होने से पहले ही सठिया गया है। किसी की नहीं सुनता... न जाने इसे क्यों लगता है कि हम सब इसके खिलाफ हैं।''

''खिलाफ!'' गिरिराज ने पलटकर देखा तो माँ सामने बैठ गयी थी।

"हाँ बेटा, इसे आज भी लगता है कि वो इसके खिलाफ कोई साज़िश कर रहा है और हम सब भी उसके साथ हैं।"

"वो? वो कौन?"

"वो... ज़ोरावर का छोटा भाई... छोटा ठाकुर।"

"छोटा...," कहते-कहते गिरिराज की ज़बान तालू से चिपक गयी।

माँ का मवाद बह चला था, "कितनी बार समझाया है कि छोटा ठाकुर अब यहाँ कहाँ... वो तो अपनी उस सुरमेदानी को लेकर कब का ससुराल में पड़ा है। नाटा बैल... खेती उसके बस की कहाँ! उसका ससुर गुज़र गया तो वहाँ सब समेटकर बैठ गया। पहले गीदड़ भभकियाँ देता था पर उस पर ध्यान कौन देता था... माल न राखे आपनो, चोरो गाली देय!"

ओंकार के जन्म के कुछ दिनों बाद एक दिन नशे की हालत में भगवती प्रसाद ने गिरिराज को बताया था कि नशा करना उन्हें अच्छा लगता है। नशे में उन्हें लगातार आती उन आवाज़ों से मुक्ति मिलती थी जो उन्हें उकसाती थीं या जो उनके अहित के लिए उनका पीछा करती थीं और वे अचानक कह उठे थे, "ज़रा धीरे बात करो यहाँ कोई तीसरा भी है।"

गिरिराज ने सशंक नज़रें चारों ओर दौड़ायी थीं पर वहाँ उन दोनों के सिवा कोई न था। गिरिराज धीरे-धीरे समझ रहे थे कि भाई साहब की ज़हनी हालत कुछ से कुछ होती जा रही है। बहरहाल भगवती प्रसाद उनके इकलौते बड़े भाई थे। क्या कहते, किससे कहते! भौं का गिला आँख किससे करे!

बाऊजी का तबादला सहारनपुर पोस्ट ऑफिस में हो गया था। जैसे ही गिरिराज किशोर मैट्रिक पास हुए उन्होंने उसे अपने पास बुला लिया और वहाँ तारघर में क्लर्क के पद पर डेलीवेजिज़ पर लगवा दिया था। बाऊजी को उम्मीद थी कि एक बार सरकारी महकमे में प्रवेश कर लेने के बाद गिरिराज किशोर को वापस मुड़कर नहीं देखना होगा। गिरिराज किशोर के पास कोई विकल्प न था। उन्होंने एक बार भाई साहब को लिखा भी कि उनका जी यहाँ नहीं लगता, अगर पैसे होते तो वे अपनी पढ़ाई जारी रखते। पर न उस खत का कभी जवाब आया न कभी ज़िक्र हुआ। न जाने वह खत कभी भगवती प्रसाद को मिल भी पाया था या नहीं। सोचा गिरिराज किशोर ने। कहीं रामभज ने उसे पहले ही...। अब इन बातों में रखा भी क्या था! अन्धा कुआँ!

'कुआँ' शब्द ज़हन में आते ही गिरिराज किशोर आँगन के सूने कुएँ की ओर बढ़ गये। उसकी जगत पर झुककर अन्दर झाँककर देखा। सूखा अँधेरा! जगत पर अपने दायें हाथ से यूँ स्पर्श किया मानो बचपन को छू रहे हों। इस जगत पर झुककर माँ रोज़ पानी भरती थीं। कई बार पानी भरते-भरते चिल्लाकर किसी को कोई निर्देश देती थीं तो भूल

ही जाती थीं कि उनका चेहरा तो कुएँ की ओर है। सारे शब्द रस्सी की तरह नीचे जाकर पानी पर बैठ जाते थे। झल्लाकर उन्हें चेहरा हवेली की ओर कर वही शब्द फिर दोहराने पड़ते थे। उस बचपन में गिरिराज सोचते थे कि माँ के ये दोबारा कहे गये शब्द पुराने शब्दों ने भी सुने होंगे। ज्यों अपना चेहरा अचानक कोई किसी दूसरे के दर्पण में पाए!

माँ हमेशा तुलसी पर दीया बालकर एक दीया कुएँ की जगत पर भी रखती थीं। बाद में अपना यह नियम उन्होंने गंगा भाभी को सौंप दिया था। गंगा भाभी ने भी मन से माना था कि घर का कुआँ घर की धड़कन है। सो जब तक निभा पायीं नियम से दीया बालना कभी न भूलीं। वैसे इस कुएँ और इसकी जगत से गंगा भाभी का एक और रिश्ता भी था। ऐसा गिरिराज किशोर ने महसूस किया था। कुएँ के जल की ठंडक से उसकी जगत के पत्थर शान्त-शीतल रहते थे। उसी जगत से पीठ टिकाये सुस्ताने के बहाने गंगा भाभी प्राय: मन के कुएँ में झाँककर अन्धकार में से रोशनी के कण बीनती थीं। गिरिराज किशोर ने एक बार फिर उस अन्धे कुएँ में झाँका। पानी का नामोनिशान न था। जल को कैसे पता चला कि जीवन अब आस-पास नहीं है!

गिरिराज किशोर नीम के पास लौट आये। उन्होंने उसे ऊपर से नीचे तक देखा। आँगन नीम की कसैली गन्ध से महक रहा था। सारे आँगन में पत्ते व निबौरियाँ बिखरी हुई थीं। जगह-जगह उन्होंने छोटी-छोटी ढेरियों की शक्ल ले ली थी। उन्होंने झुककर कुछ निबौरियाँ दायें हाथ से उठायीं और उन्हें आधी मुट्ठी बन्द कर सूँघा। कितना कुछ बदल गया था पर ये खुशबू नहीं बदली थी। इसी खुशबू ने याद दिलाया कि ज़िन्दगी के कुछ महीने उन्होंने चौबीसों घंटे सिर्फ इस नीम के नीचे बैठे-लेटे बिताये थे।

सहारनपुर में नौकरी चाहे डेलीवेज पर ही लगी थी पर रत्नेश्वर प्रसाद ने झट अपने गिरिराज की शादी तय कर दी थी सुशीला से। सुशीला शक्ल-सूरत में जितनी साधारण थी उसके रख-रखाव में उससे कहीं ज़्यादा। रत्नेश्वर प्रसाद ने सोचा था दीवान साहब की भतीजी है गिरिराज किशोर की मुफलिसी को ढँक लेगी। पर हुआ कुछ और ही था। दीवान साहब ने अपनी बेटी की शादी शान से की थी और वही शानोशौकत रत्नेश्वर प्रसाद की नज़रों में चढ़ी हुई थी परन्तु अपनी भतीजी की शादी के समय दीवान साहब ने हाथ खींच लिया था। यह रत्नेश्वर प्रसाद की दूरदर्शिता के लिए बहुत बड़ा धक्का था। सो सुशीला का गौना करने की किसी को कोई जल्दी महसूस नहीं हुई थी।

गिरिराज किशोर शादी के बाद बिना गौना हुए सहारनपुर चले गये थे। उन्हीं दिनों हरस्वरूप फूफाजी के बड़े भाई अमरनाथ फूफाजी किसी सरकारी काम से वहाँ आये थे और एक रात रत्नेश्वर प्रसाद के यहाँ ही ठहरे थे। अमरनाथ फूफाजी लखनऊ में शारदा कनाल प्रोजेक्ट में चीफ इंजीनियर थे। सो एक रौबदार जीप रत्नेश्वर प्रसाद के घर के बाहर रात भर खड़ी रही थी।

गिरिराज किशोर से उन्होंने काफी बातें की थीं और जाते हुए रत्नेश्वर प्रसाद को

कह गये थे, "भाई साहब गिरिराज बहुत ज़हीन लड़का है। मैं इसमें बहुत कुछ देख रहा हूँ। ज़रा-सी मेहनत करे तो कुछ बन जाएगा। यहाँ डाकखाने में क्या कद्दू में तीर मारेगा? लखनऊ भेज दीजिए मैं अपना ए.डी.सी. बना लूँगा।"

और इस तरह गिरिराज किशोर तारघर से निजात पाकर लखनऊ पहुँचे थे। लखनऊ जो उनके जीवन का ऐसा पन्ना है जो पन्ना होते हुए भी अपनी गहनता में किसी अध्याय से कम नहीं। अध्याय भी ऐसा जो समय-समय पर पृष्ठवार और पंक्तिवार अक्सर ज़हन में घूम जाता था, ढेरों प्रश्नवाचक व विस्मयादिबोधक चिह्न लिये।

लखनऊ में कभी-कभी जो घोड़ा और कभी-कभी जो ब्लैक मॉरिस अक्सर शाम को गिरिराज किशोर के चेहरे पर धूल उड़ाते हुए सामने से गुज़र जाती थी, उनकी मालकिन थी राजेश्वरी, अमरनाथ फूफाजी की इकलौती बेटी। एक दिन दोपहर में हरकारे ने दफ्तर में आकर कहा था कि चीफ इंजीनियर साहब के यहाँ आपकी दरकार है। वे उनके घर पहुँचे थे। नज़र उठाकर देखा था तो सामने राजेश्वरी खड़ी थी।

"आप पापा के ए.डी.सी. हैं?"

"जी।"

"एक चिट्ठी ड्राफ्ट कर दीजिए... नीचे सड़क के मोड़ पर कल से एक गधा मरा पड़ा है... उसे उठवाना है।"

"जी", कहकर गिरिराज वहाँ से रुख़्सत होने को हुए तो उन्होंने पीठ पर सुना, "आप हमारी चाची के रिश्तेदार हैं... सुना है उन्हीं के घर रहकर पढ़े हैं।" गिरिराज ने पलटकर देखा तो वह कह रही थी, "इस नाते आप यहीं बैठकर चिट्ठी बना सकते हैं।" और उसने मेज़ की ओर इशारा कर दिया था जिस पर कागज़ और कलमदान रखे थे।

फिर न जाने कितनी चिट्ठियाँ, न जाने न्यौतने के कितने बहाने जो गिरिराज किशोर को कभी बहाने लगे नहीं थे। गिरिराज यह बात समझते थे कि उनकी शादी हो चुकी है बस गौना बाक़ी है पर उस मन का क्या करते जो उस ओर बहने लगा था जिस ओर जाना मुमकिन न था।

अक्सर रात में चीफ इंजीनियर साहब के घर की सीढ़ियाँ चढ़ते हुए गिरिराज जब नीचे की दूसरी-तीसरी पौड़ी से ऊपर देखते थे तो लगता था कि बानो खड़ी है, हाथ में दीया लेकर। यह सोचकर कि जो आ रहा है उसके कदम बहक न जाएँ। आँखों पर ज़ोर देकर देखते थे तो दीवार पर बड़ा-सा अँग्रेज़ी हंडा दिखाई देता था।

दिल को सही मायने में धड़कना सिखाया था बानो के उस मासूम-से साथ ने और धड़कन में जो धीमी आँच-सा सुलगता है, जिसे हम प्रेम कहते हैं शायद, वह प्रेम जाना था राजेश्वरी के सान्निध्य में। परन्तु सारी ज़िन्दगी जिसे निभाया वह थी उनकी विवाहिता सुशीला।

अँग्रेज़ शासकों की सोहबत की शान पर चढ़ा अमरनाथ फूफाजी का तेज़ दिमाग

गिरिराज को घेरने की चौसर बिछा चुका था। उन्होंने गिरिराज को बहुत जल्दी एक तरक्की भी दी। गिरिराज किशोर की भाषा की पकड़, बढ़िया ड्राफ्टिंग, रख-रखाव और सलीके की तारीफ़ करके फूफाजी बात को हमेशा एक ही सम पर लाकर दम लेते थे— ''भई तुम्हारे बाबूजी ने बड़ी जल्दी की। कुछ सोचा-समझा नहीं। सुना है बड़ा बेमेल रिश्ता हो गया तुम्हारा। हमारी बात पर ध्यान दो। हम विलायत भेजकर तुम्हें तालीम दिलवाएँगे। यू आर ए जीनियस। शाम के वक्त राजेश्वरी को हवाखोरी का शौक है। ज़रा ड्राइवर से कहकर गाड़ी निकलवाओ...।'' संगीत के कार्यक्रम, मेले, नुमाइश आदि के प्रस्तावों की कई बाज़ियाँ खेली जार्ती। अमरनाथ फूफाजी अपने पत्ते बिछाये बैठे गिरिराज किशोर की बाज़ी का इन्तज़ार कर रहे थे पर उस ओर कोई हरकत न हुई तो उन्होंने अपना रवैया बदला। अब वे गिरिराज किशोर पर कुछ सख्तियाँ बरतने लगे थे। उन सख्तियों ने जब अपनी हदों को पहचानने से इनकार कर दिया तो गिरिराज किशोर परेशान हो गये थे। राजेश्वरी उनके भीतर बानो की दी हुई धड़कनों की आत्मा बन चुकी थी। वह सपनों का सुर थी। फिर क्या सिर्फ कर्तव्य निभाने के लिए ही उन्होंने उसके प्रति ऐसा कठोर या यूँ कहें नॉन कमिटल रुख अपनाया था? नीम के चबूतरे पर बैठते हुए सोचा गिरिराज किशोर ने तो भीतर से जो साँस निकली कहा उसने, ''नहीं।'' अपनी परवरिश के कारण राजेश्वरी गिरिराज किशोर से कहीं अधिक आधुनिक थी। जो राजेश्वरी गिरिराज किशोर के सपनों की सरगम थी वह उनकी कल्पना की झीनी ओढ़नी से सिर ढके रहती थी। परन्तु जब गिरिराज राजेश्वरी से रू-ब-रू होते थे तो वह ओढ़नी वहाँ दिखाई नहीं देती थी।

अमरनाथ फूफाजी की सख्तियाँ इस कदर बढ़ रही थीं कि सारा दफ्तर समझने लगा था। उन्हीं दिनों एक बुज़ुर्ग सहयोगी ने गिरिराज को एक दिन परेशान देखकर समझाया था— ''चीफ इंजीनियर साहब की बात मान लो वर्ना... या फिर अपना रास्ता लो। कहीं डिसमिस कर दिया किसी ग्राउंड पर तो सारी ज़िन्दगी के लिए सरकारी नौकरी के लिए डिबार हो जाओगे''। और गिरिराज किशोर ने रातोंरात लखनऊ छोड़ दिया था। वे मुरादनगर लौट आये थे। इस हवेली में और फिर महीनों तक इस नीम के नीचे चारपाई पर पड़े-पड़े सोचते रहते थे कि उनका यह फैसला सही था या गलत। राजेश्वरी वह ओढ़नी ओढ़े उनके भीतर उनके साथ ही चली आयी थी। फिर बहुत से दिन एक अलग दुनिया की नज़र हो गये थे। सुबह से शाम तक एक खरैरी खाट पर पड़े-पड़े बीत जाते। पतझर का मौसम था और मन में वसन्त का पतझर। पर इतने सूखे पत्तों का ढेर देखकर विश्वास न होता था कि यहाँ कभी फूल भी थे। इस नीम के पेड़ के नीचे तबीयत कुछ अजीब रहती। स्मृति साथ देती तो बहुत से खुशनुमा रंग बिखेर देती पर सहसा एक कूची उन रंगों पर स्याह रंग पोत जाती थी। 45 रु. महीने की नौकरी यूँ झटके में छोड़कर आना कोई मामूली बात तो थी नहीं! इसलिए रत्नेश्वर प्रसाद के

अनगिनत सवाल भी इसी नीम के नीचे पत्तों व निबौरियों की ढेरियों-से सामने पड़े दिखाई देते रहते थे— नौकरी क्यों छोड़ी? ऐसा क्या हो गया? तुम्हें निकाला गया या तुमने छोड़ी?

चन्द महीनों में इस खबर का आना एक और तूफान लाया था कि राजेश्वरी नहीं रही। गिरिराज किशोर यह खबर सुनकर ठंडी नज़रों से बस नीम के पीले पत्ते देखते रह गये थे। रिश्तेदारी का मामला था। फिर खलक का हलक भला किसने रोका है! चन्द ही दिनों में यह अफवाह भी उस नीम तक पहुँची कि राजेश्वरी के पाँव भारी थे सो शायद अमरनाथ जी ने ही उसे खुद ज़हर...। यह सुनते ही गिरिराज किशोर मानो नीम के सूखे पत्तों के ढेर में दब गये थे। यानी जिसकी आस तक को भी वो अपने ज़्यादा पास नहीं फटकने देते थे वो इस हद तक कहीं और थी! अब दिन तो दिन, रातें भी इसी नीम के नीचे बैठे-बैठे कटने लगी थीं। उन्हें ताज्जुब हुआ था यह देखकर कि बाऊजी के सवालों की कसैली ढेरियाँ और बढ़ गयी थीं— राजेश्वरी की मौत के कारण कहीं तुम ही तो नहीं? राजेश्वरी के साथ तुम्हारे सम्बन्ध...? इसीलिए तुम भाग आये क्या?

गिरिराज किशोर को इन सवालों से पूरी देह पर फफूँदी-सी महसूस हुई थी। किससे कहते? क्या कहते? कौन समझता? कौन मानता? उन्हें लगा था कि वो एक ऊँचे पहाड़ पर खड़े ऐसे अकेले, भयभीत पेड़ हैं जिसे देखते ही भीतर की हरियाली सिहर उठे। ज़िन्दगी पर वीरानी का पलस्तर पुत चुका था।

अमरनाथ फूफाजी की दुनियादारी, तेज़ निगाह और दूर की नज़र की गुत्थी तो गिरिराज किशोर सुलझा चुके थे पर राजेश्वरी का अन्त उनके मन में बहुत-सी गाँठें छोड़ गया था। गुज़रे दिनों का साया लगातार उनका पीछा करता रहता। ज़्यादा मीठी चाय पीने के बाद ज्यों एक बकबका-सा ज़ायका मुँह में बना रहता है। सोचते, कैसे वो सच झूठ हो गया। वो सच था भी?

मन में न जाने क्या-क्या घुमड़ता रहता था। कभी-कभी रसोई में चाय का प्याला रखने या पानी पीने की गरज़ से जाते तो भाभी खोयी-खोयी-सी बैठी खाना बना रही होतीं। वे उन्हें ऐसे देखतीं जैसे कि दो जंगली बिल्लियाँ एक साथ घर से पीटकर धकियायी जाने के बाद एक साथ बैठी एक-दूसरे के ज़ख्मों को सिर्फ आँखों से पोंछ रही हों। पर बात न हो पाती। भाभी शरीर से मानो झरने लगी थीं। माँ कहतीं उसे पित्त उछल आती है इसलिए अक्सर हाथ-पाँव पर दाने-से उभर आते हैं। उन्हें वैद जी की दवा लाकर दे दी जाती। उनकी नब्ज़ देखने कोई नहीं आता था। उनका कहीं जाना तो बहुत दूर की बात थी। कोई कहाँ समझ पाता था कि गंगा देवी को गोली के नहीं बोली के घाव मिले हैं। कैसे भरते? कौन-सी दवा मरहम बनती?

गिरिराज किशोर को उस ज़माने में कभी-कभी शाकिर हुसैन साहब का खयाल आता था। उनसे मिलने का जी होता पर बानो का खयाल आते ही तमन्ना पर मिट्टी डाल देते। मुर्दे पर सौ मन मिट्टी, एक मन मिट्टी और सही। फिर शाकिर साहब के पास जाने

का मुँह भी नहीं पड़ता था। शाकिर साहब ने चाहा था कि वो आगे पढ़ाई करें। कम-से-कम किताबों की दुनिया आबाद रखें। लखनऊ जाने से पहले उनसे मिलने गये थे तो उन्होंने ए.डी.सी. बनने के प्रस्ताव का दबे लफ़्ज़ों में विरोध भी किया था। सो इस नीम के नीचे खुद ही तानने और पूरने का सिलसिला चलता रहता। मन में उन सवालों की झड़ी लगी रहती जो धूल के गुबार में लगातार यहाँ से वहाँ होते रहते। सो जाते तो इतने सपने आते कि सोना-जागना बराबर-सा लगता। एक मिनट पहले कही-सुनी बात ध्यान से उतर जाती। स्नान-ध्यान का नियम भंग हो गया था। खाना खाने से पहले हाथ धोने की याद भी किसी के कहने पर आती या न भी आती। फिर अचानक बाऊजी के सवाल घेर लेते। एक के बाद एक। निबौरियों के ढेर!

ऐसी निबौरियों की बौछार शरीर को चिपचिपा जाती और चारों ओर एक कड़वी गन्ध बिखेर देती थी। फिर नहाने का भूत सवार हो जाता। हर घंटे बाद बाल्टी और लोटे का सम्बन्ध स्थापित होता। दुर्गा देवी भगवती प्रसाद की दोनों बहुओं के लच्छन देख चुकी थीं। खुद रत्नेश्वर प्रसाद को भी जवानी के दिनों में एक बार पटरी से उतरते देखा था। पढ़ाई छुड़ा देने पर बेकारी के दिनों में घंटों अकेले बैठे रहना। किताब हाथ में और निगाह आसमान में। चाय के लिए आवाज़ देते। चाय आने पर गिलास पकड़कर फौरन छोड़ देते। कहते, ''बहुत गर्म है, मुँह फूँकोगी क्या!'' ठंडा करके लातीं तो आँखें तरेरकर कहते—''चूल्हे में आग नहीं है क्या?''

दुर्गा देवी ने आव देखा न ताव किसी तरह पोस्ट-मास्टर साहब को मनाकर सुशीला का गौना करवा कर ले आयीं। बहार आने पर सूखे तनों में भी कोंपलें फूट आती हैं। गिरिराज की तबीयत पलट गयी। पर हाँ पतझर के वो दौर कभी-कभी आते ज़रूर थे। उस दौर में धूल के बगूले उठते तो शायरी के नम छींटे उसे दबा देते।

अब सामने सुशीला थी पर जेबें ज़िन्दगी की तरह खाली थीं। सुशीला के आने से दिनों में माँड-सा लग गया था। नीम अकेला छूट गया था और गिरिराज ने केन्द्रीय सरकार में 120 रु. की नौकरी कर ली थी। वे दिल्ली चले गये थे। न जाने कितनी उम्र फिसल गयी थी इन चन्द महीनों में हाथों से। उम्र की यह ढलान चेहरे पर, चाल में, मिज़ाज में और बात करने के अन्दाज़ सबमें झलकने लगी थी। गिरिराज किशोर ने समझ लिया था कि ज़िन्दगी की समाप्त लय को पकड़ना है। सुशीला को भी दिल्ली बुला लिया था।

नयी नौकरी मिल जाने के बाद दिल्ली रवाना होने से पहले नीम की छाया से निकलकर गिरिराज किशोर ने जब हवेली की ओर देखा था तो पता चला था कि यक्ष्मा रोग होने की वजह से भगवती प्रसाद की नौकरी जाती रही थी। वे चौबीसों घंटे नशे में धुत्त रहते थे। भाभी नन्हे ओंकार के साथ अलग कमरे में रहती थीं। रामभज धीरे-धीरे सब धन-दौलत समेटकर ले गया था। यहाँ तक कि नशे की हालत में उसने

भगवती प्रसाद से उन ज़मीनों के कागज़ात पर भी हस्ताक्षर करवा लिये थे जो भगवती प्रसाद ने खरीदी थीं। और एक दिन रत्नेश्वर प्रसाद ने पाया था कि उनकी एक मात्र पुश्तैनी यादगार यानी यह कुएँ वाली हवेली भी गिरवी रखी है तो इस सदमे को वे सह न सके थे। हवेली के कागज़ात हाथ में लिये वे सहारनपुर में ही चल बसे थे। हवेली को गिरिराज किशोर ने बमुश्किल दफ्तर और दोस्तों से उधार लेकर छुड़वाया था।

रत्नेश्वर प्रसाद के बाद उनकी पत्नी दुर्गा देवी मोहल्ले की महिला कीर्तन मंडलियों में व्यस्त रहने लगीं। घर में ऐसा था ही क्या जहाँ मन लगातीं! भगवती प्रसाद के घर अगर सुबह चूल्हा जला तो शाम भी जलेगा इसका कोई ठिकाना न था। उनका बेटा कैलाश आठवीं में घर छोड़ कहीं चला गया था। करीब दस साल बाद पता चला था कि वह किसी अँग्रेज़ अफसर के घर नौकर हो गया था।

हवेली के लगभग सभी कमरों में ताले पड़ गये थे। गंगा देवी जैसे-तैसे घर चला रही थीं। पीछे की ओर एक किरायेदार रखा गया था जिसका किराया चूल्हे में जान फूँकता था। पर भगवती प्रसाद की नशे की आदत न छूटती थी। घर में जो कुछ बेचने योग्य होता वे बेचकर पी आते थे।

नीम की एक डाल पर पुरानी रस्सी का टुकड़ा लटका देखा तो गिरिराज किशोर ने पास जाकर उसका स्पर्श किया। झूला रहा करता था यहाँ। उन्हें याद आया माँ ने बताया था कि तीज आने को थी। गंगा भाभी का मन बहुत ज़ोरों से हुआ था कि मेहँदी लगाएँ और काँच की धानी चूड़ियाँ पहनें। पर जिस घर में सुबह के बाद शाम की रोटी नसीब न होती हो उस घर में चूड़ियों के पैसे कहाँ से आते! उनकी तरसती आँखों को शायद दुर्गा देवी ने देख लिया था। गंगा देवी की आँखों के दर्द में बहुत दिन बाद उन्हें चाह के बादल का एक टुकड़ा-सा नज़र आया था। वो बादल का टुकड़ा था या काँच में खनकता धानी रंग? उन्होंने अपनी कुर्त्ती की जेब से चार आने निकालकर गंगा देवी के हाथ में रखे थे, ''बहू... तीज है। दोपहर में मनिहार आए तो अबकी चूड़ियाँ पहन लेना... क्या ऐसे खाली हाथों तीज मनाएगी!''

''अम्मा जी, ये पैसे कहाँ से... ?'' गंगा देवी फटी आँखों अपनी हथेली पर रखे चार आनों को देख रही थीं।

''ज़्यादा बारीक नहीं छानते... कहा ना चूड़ियाँ पहन ले...'', कहते हुए दुर्गा देवी रसोई से निकल गयीं पर गंगा देवी ने उन्हें जाते हुए बड़बड़ाते सुना था, ''ठाकुर जी छिमा करो... छिमा करो... तुम्हारा ही चढ़ावा है... तुम्हें ही चढ़ा दिया... प्राण-प्राण में तुम्हीं हो... छिमा करो... छिमा करो।''

गंगा देवी ने मुट्ठी ज़ोर से भींच ली। तो अम्मा जी ने चढ़ावे के पैसे मुझे दे दिये! और उन्हीं अम्मा जी का बेटा मुझे लूट-खसोटकर बाज़ार में जाकर पी आता है। दरवाज़े पर भगवती प्रसाद के कदमों की आहट सुनाई दी तो वे घबरा गयीं। कहाँ रखूँ? इन पैसों पर

कहीं नज़र पड़ गयी तो ये भी गये। उन्हें कुछ समझ नहीं आया तो सामने चूल्हे की आधी ठंडी पड़ गयी राख पर झट पानी के छींटे दिये और पैसे वहाँ छिपा दिये। उँगलियों में चिनगारियाँ लगी थीं सो हाथ पल्ले से झाड़ते बाहर आयीं। बाहर आकर एक क्षण को ठिठकीं। कुछ सोचा और तेज़ी से रसोई में लौटीं। चूल्हे की राख को पानी से ठंडा किया था अपशकुन होता है, सो राख पर दूध के छींटे दिये। झाड़न से हाथ पोंछते हुए बाहर आयीं।

भगवती प्रसाद नशे की हालत में भीतर आ चुके थे और चीख-चीखकर पीने के लिए पैसे माँग रहे थे। न अपनी देह सँभाल पा रहे थे न आवाज़। गंगा देवी ने एक दर्द भरी निगाह उन पर डाली— दीमक का खाया पेड़ किसी काम का नहीं होता। पर उनकी अपनी देह? क्या उसे चिन्ता की दीमक नहीं खा रही? उनकी दीमक तो उनकी देह ही नहीं उनकी आत्मा को भी खा रही है।

"देती है या...", भगवती प्रसाद का हाथ उठ गया था जिसे आँखें तरेरकर गंगा देवी ने देखा, "या? क्या या?" न जाने उस नज़र में क्या था कि भगवती प्रसाद ने हाथ वापस खींच लिया। नर्म काठ को कीड़े खा जाते हैं। बहुत सीधा होना अच्छा नहीं। झाड़न को झटककर गंगा देवी भगवती प्रसाद को वहीं खड़ा छोड़ कमरे की ओर बढ़ गयीं। चाहा था कड़ककर भगवती प्रसाद से कहें कि एक ही काम है तुम्हारा— खाना और गुर्राना। पर वे कुछ कह नहीं पायी थीं। वैसे भी जिस मुँह से पान खाया हो उस मुँह से कोयले क्या चबाना! गंगा देवी कमरे में जाकर लेट गयीं। मारे गुस्से के उनका दिमाग भन्ना रहा था! फिर उन्हें आँखों के सामने काले धब्बे-से नज़र आने लगे। गुस्से के धब्बे थे शायद। उन्होंने आँखें बन्द कर लीं। कुछ ही मिनटों में हल्की-सी नींद ने आकर उन धब्बों को पोंछ दिया।

जब चौंककर उन्होंने आँख खोली तो पाया कि हवेली के दरवाज़े पर पड़ोस की एक बुढ़िया आवाज़ लगा रही थी, "अरी गंगा बिटिया... मनिहार आया है री... चूड़ियाँ पहन ले!" कानों में चूड़ियों की खनक लहरा उठी। ऐसा लगा कि वह धानी रंग उन्हें हाथ से खींचकर दरवाज़े की ओर लिये जा रहा है। बुढ़िया मनिहार को आँगन में ले आयी थी। गंगा देवी ने अपना घूँघट ठीक किया और उकडू बैठकर अपनी कलाई मनिहार की ओर बढ़ा दी। कुछ ही क्षणों में दो-दो ठो काँच की चूड़ियों वाली वह कलाई धानी और सुनहरी ढेरों चूड़ियों से रच-बस गयी थी। चूड़ियाँ कलाइयों ने पहनी थीं या मन ने? वे उठीं और लहराती हुई रसोई की ओर बढ़ीं, "अभी लाती हूँ पैसे भाई।"

रसोई में पहुँचकर उन्होंने हाथ को सँभालकर चूल्हे की राख में डाला। पर वहाँ कुछ हाथ न आया तो बेतहाशा दोनों हाथों से अधजले कोयलों को खखोलने लगीं। "अरे वो पैसे! अरे मेरे चार आने... अरे वो कहाँ... वो पैसे... अरे मनिहार... अरे यहीं तो...।" वे राख को खखोलती जा रही थीं पर वह राख तो बहुत पहले उनकी किस्मत पर पुत चुकी थी। भगवती प्रसाद राख में दबाये वे पैसे निकालकर ले जा चुके थे। उन्हें

विश्वास नहीं हो रहा था। उस गर्म राख में हाथ डाल-डालकर वे चिल्लाती जा रही थीं। बाहर खड़ी बुढ़िया भीतर आयी तो अन्दर का दृश्य देख हैरान हो गयी, ''अरी क्या करती है तेरे हाथ जल रहे हैं।'' कैसे बतातीं गंगा देवी कि हाथ नहीं करम जल गये हैं।

मनिहार को तो लौटना ही था वह लौट गया पर गंगा देवी कभी लौटकर न आ पायी थीं। वह बावली हो गयी थीं। उसके बाद से जितने महीने भी जीवित रहीं न पति की फिक्र न बेटे ओंकार की। बस उसी दिन से वो चूल्हे की राख पूरी हवेली पर पुत गयी थी। फिर जिसका पति हर मील के बाद घोड़ी बदलता हो भला उसे रोगों की क्या कमी! जो रोग न हो वही कम।

गिरिराज किशोर केन्द्रीय सचिवालय में सूखी नौकरी नहीं कर रहे थे। ऊपरी आमदनी के तौर पर अँग्रेज़ अफ़सरों के साये ने विलायती शिक्षा के रोशनदान का पट खोल दिया था। ऑफिस की लाइब्रेरी और अँग्रेज़ों के समर कैपिटल शिमला में नये विचारों की आँधी में से कुछ कच्चे ही सही फल बटोर लिये थे। बीमार मन की सतहों का उन्हें कुछ अन्दाज़ा हो चला था। गंगा भाभी की बीमारी से माँ खीजकर जब भूत-प्रेतों की अटकलों पर आ जातीं तो गिरिराज किशोर का नव-आधुनिक मन विद्रोह कर उठता। आला अँग्रेज़ अफसरों से डिक्टेशन लेने वाले गिरिराज किशोर का मस्तिष्क अब यह मानने को तैयार न था कि गंगा भाभी की देह में भगवती भाई साहब की दूसरी पत्नी सावित्री का भूत प्रवेश कर गया था जो कैलाश की पैदाइश की खुशी में शरीक होने के बजाय माँ बनने के बोझ से दबकर कुएँ वाली हवेली से सदा के लिए विदा हो गयी थीं। माँ जब भी गंगा भाभी के लिए सयानों-दीवानों के गंडे-तावीज़ लातीं तो उन्हें लगता कि इन तावीज़ों की ज़रूरत तब क्यों नहीं समझी गयी जब अँधेरी सीली कोठरी में 40 दिनों तक सावित्री भाभी मुँह में पल्ला दबाये ज़ार-ज़ार रोती रही थीं। वहाँ भगवती प्रसाद को जाने की मनाही थी। कहीं छूत लग जाती तो! सावित्री भाभी के खाने-पीने पर भी पाबन्दियाँ लगी हुई थीं। आती-जाती रिश्तेदार महिलाएँ कहतीं, ''बहू पर ऊपर का असर हो गया है। खुले सिर नीम के नीचे से गुज़र गयी होगी। तभी तो कहते हैं जच्चा-बच्चा की रखवाली करना लोहे के चने चबाना है।''

तब गिरिराज किशोर ने स्थिति को भला क्या समझा होगा पर आज उन्हें डॉक्टर की बात याद आती है कि टी.बी. का आधा-अधूरा इलाज बीमारी को लाइलाज और जानलेवा बना देता है। सम्बन्धों का भी तो यही हाल होता है। चिनाई करते समय भी पलस्तर को मज़बूत करने के लिए बराबर पानी छिड़कना होता है बहुत सब्र के साथ। नहीं तो गृह-प्रवेश का बन्दनवार भले ही लगा लें पलस्तर किसी गलत मौके पर यूँ ही चुपचाप ढह जाता है। शायद सावित्री भाभी उन्हीं मधुर छींटों के लिए तरसती रह गयी होंगी। गिरिराज किशोर का सिर भन्नाने लगा पर वे इतने विदेह कहाँ हो पाये थे कि सूनी हवेली के किसी खम्भे से जी की बात कह लेते!

ऐसी ही बेगानगी के एक रोग ने गंगा भाभी की जान ले ली। एक बीमार चाँदनी रात उनके जीवन की आखिरी रात रही। उनके जाने के बाद एक गमगीन खामोशी ने भगवती प्रसाद के मन को घेर लिया था और लकवे ने उनकी देह को। कई वर्ष इसी हवेली में अपने लकवे वाली देह के साथ बिताये थे उन्होंने।

ओंकार को उसके मामा के यहाँ भेज दिया गया था जहाँ कुछ वर्ष रहकर वह लापता हो गया था। उसका पता चला था एक खत से जो उसने एक ज़माने बाद चाचा गिरिराज किशोर को लिखा था। भगवती प्रसाद और माँ के बाद गिरिराज किशोर कभी हवेली नहीं आये थे। सुशीला का मानना था कि यह मनहूस हवेली है। इसे खा गया है घर की बहुओं का शाप।

गिरिराज किशोर ने एक ठंडी साँस छोड़ी और हवेली के अहाते से बाहर आ गये। बाहर खड़े होकर उन्होंने पलटकर कुएँ वाली हवेली को देखा जिसके आँगन में आज भी नीम का पेड़ था। नीम ज़िन्दगी ही तो बितायी इस हवेली के बाशिन्दों ने। अपने से दूर, अपनों से दूर। तीन-तीन पीढ़ियाँ जैसे किसी शाप की भेंट चढ़ गयीं। अपना जीवन भी जीवन की तरह कोई जी ही नहीं पाया। किसी दूसरे की इच्छा या किसी दूसरे का साया बनकर ज़िन्दगियाँ घिसटती रहीं। किसी अनाम भय या आतंक का साया मानो हर किसी पर मँडरा रहा था। खुद अपना जीवन भी अपने साये से अधिक कुछ न महसूस हुआ। अँधेरे-उजाले की आँखमिचौली में हर आत्मा विदेह हो भटकती रही। अब भी कहाँ सुकून पा सकी होगी! खुद उनकी तरह रोशनाई की तलाश में भटकते सरकंडे के कलम की मानिन्द।

गिरिराज किशोर धीरे-धीरे पलटे और हवेली के दरवाज़े की ओर बढ़ने लगे। धीमे कदमों से। हवेली के हालात उनकी नज़रों के सामने थे। कुआँ सूख चुका था। अब उन्हें इस हवेली का सौदा करना था। हवेली का सौदा! सोचा उन्होंने। न जाने ये हवेली का सौदा होगा या उनकी स्मृतियों का। उन्हें भीतर एक खाली अकेलापन महसूस हुआ। किसी को स्थितियाँ अकेला नहीं करतीं, अकेला वह तब होता है जब मन अकेला हो। गिरिराज किशोर का पाँव बाहर जाने के लिए उठा था पर इन बेहिसाब विचारों की वजह से ठीक अनुपात न बैठा पाया और चौखट से ठोकर खा बैठा। बाहर ड्राइवर उनके इन्तज़ार में गश्त लगा रहा था जो उन्हें सँभालने के लिए लगभग दौड़ा, ''सँभलकर साहब, सँभलकर... ये पुरानी चौखटें हैं... जानदार होती हैं।''

गिरिराज किशोर ने सँभलते हुए ड्राइवर को ठहरकर देखा। वे बाहर आये तो भीतर मन ने कहा, ''जानदार! हाँ उन हालात की तरह जिन्होंने यहाँ के बाशिन्दों को क्या से क्या कर दिया! धकेल दिया उन्हें किसी गुमनाम वीराने में।'' उन्होंने हवेली का दरवाज़ा बन्द करने की कोशिश की तो ड्राइवर ने आगे बढ़कर हाथ बँटाया। गिरिराज किशोर गाड़ी की ओर बढ़ रहे थे पर अपने भीतर उन्होंने फिर सुना, ''हवेली वाले तो हवेली की चौखटों से ठोकरें खाते हैं पर हवेली से बाहर के लोग? क्या वो ठोकरें नहीं खाते?''

हर इनसान बस अपनी बसी-उजड़ी बस्ती का ही हाल जानता है। माँ कहती थीं घर-घर मटियाले चूल्हे! उन्हें खुद भी इस चौखट से अन्दर का हाल मालूम था पर क्या अपने से बेगाने हो गये लोगों की दास्तान सिर्फ कुएँ वाली हवेली की ही जागीर है? गिरिराज किशोर को कनपटी पर दिल की धड़कन महसूस हुई। डॉक्टर कहते हैं दिल अनजाने धड़कता रहे तभी नार्मल माना जाता है। यानी अनजानी स्थितियों-परिस्थितियों-मनस्थितियों में से तैर जाना असामान्य नहीं सामान्य है? धड़कनों की खामोश धड़कन सामान्य है? किनारे को छूकर पलटती लहरें सामान्य हैं, किसी किनारे पर आजीवन सर पटकना असामान्य?

सवालों का भँवर गहराता गया। गिरिराज किशोर ने सोचा गाड़ी रुकवाकर एक गोली खा ही लेनी चाहिए। फिर न जाने क्या सोचकर ड्राइवर से कुछ न कहा। जेब को टटोला, हमेशा की तरह गोली मौजूद थी। पास ही रखी थरमस को चलती गाड़ी में ही सँभलते-सँभलते खोला। उसकी कैप में थोड़ा पानी भरा। गाड़ी की रफ्तार के साथ हाथ की लरज़िश का मेल नहीं बैठ पाया। कैप मुँह की ओर ले जाते हुए कुछ पानी उनपर छलक गया। उनका हाथ ठहर गया। उन्होंने एक बार हाथ में पकड़ी कैप और फिर अपने कपड़ों पर गिरे पानी को देखा। क्या यह तर्पण है? जो जल से ही दिया जाता है, जल ही को साक्षी मानकर। उनका तर्पण जो रिस-रिस कर जिये या यह तर्पण है खुद अपने उस हिस्से का जो उनके साथ मन ही मन सिसकता रहा। उस गोशे का जो आज भी भीतर कहीं धड़कता है और जिसे सुलाने के लिए डॉक्टर गोली की शक्ल में उसपर खाक डाल देते हैं। गिरिराज किशोर ने पाया कि खाक नहीं बल्कि थरमस से अँजुरी भर पानी लेकर वे उसे एकटक देख रहे थे और उसकी कुछ-कुछ बूँदें गाड़ी की गति के झटकों के साथ बीच-बीच में खुद-ब-खुद उनपर गिर रही थीं... गिरती चली जा रही थीं।

❑

धामपुर

जाने क्यों रात और दिन पौराणिक कथाओं की तरह जीवन में बस गये हैं। एक के बाद एक। लगातार-लगातार। खत्म होने में ही नहीं आते। यूँ ही जीवन बिता रहे हैं एक-दूसरे का पीछे करते। जाने रात दिन का पीछा कर रही है या दिन रात को खोजता फिर रहा है। उजाले से मुँह मोड़ती एक उदास शाम के बाद फिर वही रात। अँधेरा बढ़ता है और बढ़ता चला जाता है। घर के खिड़की-दरवाज़ों को बिना चबाये निगलता हुआ। भूखा भिखारी! अपने बिस्तर पर एक और करवट बदलते हुए सोचा नित्या ने। मन की जड़ें भी बहुत अँधेरी होती हैं। आपस में उलझी हुई। ऐसे अँधेरे में उन्हें किन आँखों से देखा जाए! कहते हैं पृथ्वी के नीचे सात लोक हैं यानी सात पाताल। इस मनोलोक के न जाने कितने पाताल हों!

अपने मन के इस उफान का क्या करे नित्या? बीच-बीच में करवटें बदल लेती है बस! ज्यों उबलते दूध में करछी चलायी जाती है। लगता है अब भोर के साथ ही यह आँच ठंडी होगी और उफान थमेगा। भोर के उजास का इन्तज़ार हरेक को होता है चाहे वह भोर पाले की मारी ही क्यों न हो। उसकी भोर भी होगी कल। इस शब्द 'कल' के साथ ही अन्धकार की काली बरौनियों में कुछ हरकत हुई। उसने पलकें खोलकर देखा तो पाया कि नित्या के चेहरे पर एक विद्रूप भरी मुस्कान थी। कुछ ही घंटों दूर खड़ा समय भी कल कहलाता है। कल जो है वही तो कहलाएगा यानी कल। जैसे उसका घर क्योंकि घर है इसलिए घर कहलाता है। तो कल सुबह उसे घर लौटना है। अपने घर!

उसे याद आया ये एक शब्द 'घर' कभी भीतर किसी सलोने स्वप्न-सा पींगे भरता रहता था, रह-रहकर। घर एक सपना है और उसका अपना होना उससे भी बड़ा अहसास। यही तो लिखा था उसने अपनी लिपस्टिक से अलमारी के एक

पल्ले पर जड़े बड़े आईने पर उस दिन जब पहली बार उसने चन्द्रमोहन के गाज़ियाबाद वाले कमरे को सजाकर घर बनाया था। अब यह शब्द 'घर' क्यों उबलते हुए भात की तरह सीने में खदबदाता रहता है। वह झट से उठ बैठी और खुद से कहा, उसे ये सब नहीं सोचना चाहिए। कल सुबह उसे घर लौटना है। अपने घर!

इस घुप्प अँधेरे में उसने इन शब्दों को स्वर नहीं दिया था। भला अँधेरे में कानों को शब्द दिखाई कैसे देते? इसलिए कान बेखबर रहे और मन भी। उसने तकिया उठाया और बाहर आ गयी खुले में। शायद मन कुछ लम्बी साँसें खींच सके यहाँ। आँगन में एक ओर दीवार के सहारे खड़ी चटाई को बिछाया और तकिया उस पर रख वहीं लेटना चाहा। कृष्णपक्ष की त्रयोदशी जितना प्रकाश लिये चाँद शायद उसे ही देख रहा था। उस मद्धम प्रकाश में तकिये पर निगाह गयी तो एक ही क्षण में उसे लगा कि वह पत्थर की मूर्ति हो गयी है या कोई खंडहर क्योंकि खंडहर इतिहास और वर्तमान दोनों को जीते हैं।

मन में एक पुराना पीला-सा दृश्य थरथरा उठा। इसी मकान की छत पर बिछी खाट पर प्रभा बुआ बैठी तारकशी से तकिये के गिलाफ पर कढ़ाई कर रही थीं और पैताने बैठी नन्ही नित्या खुली किताब हाथ में लिये गिलाफ पर कढ़े 'स्वागतम्' और गुलाब के फूल को देख रही थी। प्रभा बुआ उस फूल के हरे काँटे बना रही थीं।

"बुआ इतनी सुन्दर कढ़ाई कैसे होती है?"

"मैं क्या जानूँ... सूई से पूछ!"

नाक चिढ़ाकर नित्या ने चेहरा खुली किताब में छिपा लिया था। प्रभा बुआ मुस्करा रही थीं। सूई से धागे को ऊपर की ओर खींचते हुए उन्होंने पूछा था—"कहानी पढ़ रही है? कैसी है?"

"मैं क्या जानूँ... किताब से पूछो!" कहकर नित्या अपनी हाज़िरजवाबी पर खुश होकर ऐसे हँसी कि कुछ पल प्रभा बुआ अपना हाथ ऊपर का ऊपर रोक कर उसे देखती रह गयी थीं। फिर वह हँसी अकेली न रही थी।

नित्या के बचपन ने दूर तक प्रभा बुआ का साथ पाया था। बुआ होने के अतिरिक्त प्रभा बुआ उसकी क्या थीं? शायद बड़ी बहन, शायद छोटी माँ, शायद बूढ़ी सहेली, शायद सब कुछ या शायद कुछ भी नहीं क्योंकि औरों की तरह नित्या भी नहीं जानती कि प्रभा बुआ आखिर कहाँ...! अचानक नित्या के खयाल ठिठककर काँप-से गये। कई साल पहले प्रभा बुआ का वह धामपुर से भेजा गया खत याद आया जिसमें उन्होंने खुद अपने हाथ से छोटे-छोटे सुन्दर अक्षरों से सिर्फ एक कोटेशन लिखकर भेजी थी—

"हमारे भीतर ऐसी बेइन्तहा ज़मीन पड़ी है जिस पर कोई नक्शा नहीं खिंचा। यदि हमें अपने भीतर उठने वाली तेज़ हवाओं और तूफ़ानों को समझना है तो इस ज़मीन का भी ध्यान रखना होगा।"

अन्त में लिखा था— 'लिखनेवाले का नाम नहीं लिख रही हूँ क्योंकि न तुझे ये इम्तिहान के लिए याद करना है और न उससे कोई फर्क पड़ता है।' खत में नीचे उन्होंने अपना नाम भी नहीं लिखा था। शायद उससे भी कोई फर्क न पड़ता हो!

मन के आकाश में आकृतियों, घटनाओं और शब्दों का शोर-सा रहता है। ये आपस में कतराते-बचते हुए भी प्रायः टकरा जाते हैं। कभी शब्द ढूँढ़ता है किसी आकृति को जो बैठी होती है किसी घटना के कन्धे पर सिर टिकाये तो कभी कोई आकृति पीछा करती है किसी घटना का जो अवसन्न खड़ी होती है कुछ शब्दों की ओट में।

आज इस धुँधली चाँदनी में प्रभा बुआ के हाथों की कढ़ाई वाले तकिये के गिलाफ पर सिर रखकर नित्या देखना चाहती है उन क्षणों को क्रम से जिनमें उसने प्रभा बुआ को पाया था। पर कहाँ से लाये जाएँ वे गुज़रे लम्हे? सामने खड़े कुछ क्षण एक माफी माँगती-सी हँसी हँस देते हैं क्योंकि न जाने कितने क्षणों का तो रक्तपात हो चुका है। "नीतू, इतिहास भूलने की नहीं, बार-बार याद करने की चीज़ है।" कहती थीं वह। सर्दियों की धूप का पीछा करना पड़ता है जैसे, वैसे ही नित्या गुज़रे समय के पीछे हो ली। पर हाथ कितनी आ पाती है वह धूप!

प्रभा बुआ के पिता यानी नित्या के दादा कालीचरण का परिवार हापुड़ से आकर दिल्ली में तभी बस गया था जब कालीचरण की बड़ी बहन प्राणो देवी अम्बिका दत्त से दिल्ली में ब्याही गयी थीं। बिन माँ-बाप के इन दोनों बच्चों को ताऊ ने पाला था। कालीचरण दो साल छोटे थे पर उनकी शादी पहले करवा दी गयी थी क्योंकि ताई को वह अपनी सगी भतीजी के लिए भा गये थे। प्राणो के लिए लड़का मिलने में वक्त लग रहा था। फिर दिल्ली के अम्बिका दत्त का रिश्ता आया जिनकी दो पत्नियों का स्वर्गवास हो चुका था। शुभ-लाभ की करनी यह थी कि दहेज तो दोनों ओर से अच्छा मिला था पर परिवार का बहीखाता खाली था। सो इस बार उन्हें दहेज का अधिक लालच न था। इसलिए बिन माँ-बाप की बेटी प्राणो अम्बिका दत्त के इस अच्छे खाते-पीते परिवार में प्रवेश पा सकी।

इकलौता छोटा भाई कालीचरण यानी काली वह तोता था जिसमें प्राणो देवी के प्राण बसते थे। सो कुछ ही सप्ताह में अम्बिका दत्त को राज़ी कर प्राणो देवी ने अपने काली को सदा के लिए सपरिवार अपने यहाँ बुला लिया था। परिवार के नाम पर कालीचरण के पास अब तक एक धर्मपत्नी और एक बेटा द्वारिका प्रसाद ही थे। अम्बिका दत्त की आटे की मिल थी। काम लगातार बढ़ रहा था जिसे

सँभालने के लिए एक मैनेजरनुमा व्यक्ति की सख्त ज़रूरत थी वर्ना उनकी अपनी पूरी की पूरी ज़िन्दगी आटे की गर्द से बेशक्ल हो जाती। ऐसे में खास अपने साले से अधिक सगा और विश्वासपात्र मैनेजर कहाँ मिलता! फिर रिश्ता ऐसा कि जो देते ले लेता। मुँह खोलकर माँगने की हिम्मत न करता। पत्नी प्राणो पर जीवन भर का अहसान रहा सो अलग।

कालीचरण के बाकी तीन बच्चों यानी सरोज बाला, प्रह्लाद प्रसाद और प्रभा बाला ने उसी आटे की मिल के परिसर में जन्म लिया जो दिल्ली में थी। ताज़िन्दगी घर पर प्राणो बीबी का वर्चस्व रहा तो ज़िन्दगियों पर अम्बिका दत्त का। किस बच्चे को किस स्कूल या कॉलेज में जाना है, कितना पढ़ना है या नहीं पढ़ना है— ये फैसले मूलतः अम्बिका दत्त के होते थे। खुद उनका सिर्फ एक बेटा हुआ जिसने उन्हें इस तरह के फैसलों की ज़िम्मेदारी से मुक्त ही रखा। आठवीं के बाद उसने विद्यालय को सदा के लिए प्रणाम किया और मोहल्ले की दादागिरी का बीड़ा उठाया। उसके रंग-ढंग देख प्राणो देवी के कहने पर अम्बिका दत्त ने उसे जल्द ही मिल के कामों में लगा दिया था। उसे उसकी प्रवृत्तियों के अनुसार पैसों की उगाही का जो काम सौंपा गया था वह उसने सहर्ष स्वीकार भी कर लिया। इस तरह धीरे-धीरे मिल का आर्थिक पक्ष उसकी जेबों में भरने लगा। बेचारे मामा कालीचरण बहीखातों के आधे-अधूरे पन्नों को देख खून सुखाते रहते। उन्हें बरसों पहले तय किया गया वेतन मिलता जो लगातार बढ़ते परिवार पर एक फटी छोटी चादर-सा तना रहता। किसी महीने द्वारिका प्रसाद के पाँव उघड़े रहते तो किसी महीने प्रह्लाद दत्त के। पर ज़िन्दगी प्राणो बीबी के स्नेह की छाया में आत्मिक सन्तोष के साथ कट रही थी।

घर में पहला विद्रोह का स्वर प्रह्लाद प्रसाद की ओर से उठा जब उन्होंने आटे की मिल में जुटने से मना कर दिया। उन्होंने फिज़िक्स में बी.एस-सी. करने की ठान ली थी। वे द्वारिका प्रसाद की तरह एकाउंट्स में बी.ए. कर सपनों में आटे की मिल देखना बर्दाश्त न कर पाते थे। बी.एस-सी. तक बात जैसे-तैसे निभ गयी पर उसके बाद जब उन्होंने एम.एस-सी. की रणभेरी बजायी तो अम्बिका दत्त को सख्त फैसला लेना पड़ा। प्रह्लाद प्रसाद को घर से मिलने वाली हर प्रकार की आर्थिक मदद बन्द कर दी गयी। अब प्रह्लाद प्रसाद ट्यूशन कर अपनी एम. एस-सी. करने लगे थे। उन्हें कोई मलाल न था बल्कि खुशी थी। उन्होंने सोचा भी न था कि उन्हें आटे की मिल से इस तरह इतनी जल्दी मुक्ति मिल जाएगी। उनका घर मिल के परिसर में था पर दुनिया उस परिसर से बाहर थी।

उनकी इस दुनिया में घर से सिर्फ एक ही शख्स का आना-जाना था और वह थीं प्रभा बाला यानी नित्या की प्रभा बुआ। प्रभा अपने भाई प्रह्लाद से सिर्फ

तीन साल छोटी थीं। पढ़ने में अच्छी थीं पर अम्बिका दत्त के विचारों के अनुसार उन्हें ग्यारहवीं करवाकर सिलाई के कोर्स में डाला गया था। सिलाई-कढ़ाई वह चाव से सीखती थीं पर अधिक मन उनका लगता था प्रह्लाद भाई साहब की दी गयी पुस्तकों में। प्रह्लाद भाई साहब जो किस्से-कहानियाँ और उपन्यास लाते थे, उन्हें जब तक प्रभा न पढ़ ले, वे वापस नहीं जाते थे। प्रह्लाद भाई साहब के साथ वह एक-दो बार दिल्ली विश्वविद्यालय भी हो आयी थीं और उसकी वह आटे की मिल जितनी बड़ी लाइब्रेरी भी। भाई साहब के साथ रेलवे स्टेशन पर बनी दिल्ली पब्लिक लाइब्रेरी जाना भी उसे बहुत भला लगता था।

कभी-कभी भाई साहब उसे किताबों के रैकों के पास अकेला छोड़ कहीं दूसरी तरफ चल देते थे। उस सुनसान कमरे में उन असंख्य पुस्तकों के साथ वह अकेली! एक खुश्क-सा अनजान डर भीतर सरसराता था। कितनी किताबें, कितनी कहानियाँ-किस्से, कितनी बातें! कई बातें तो एक-दूसरे को काटती भी होंगी। पर यहाँ सब चुपचाप बैठी हैं। झगड़े की गन्ध भी कहीं महसूस नहीं होती। कितनी अजीब बात है दो अलग-अलग विचार निश्शब्द रहकर एक ही साथ एक ही कमरे में बिना वाद-विवाद के! बोलते शब्द जब खामोश रहते हैं तो अपना स्वरूप बदल लेते हैं। या खामोश शब्द जब बोल पड़ते हैं तब भी ऐसा ही होता है। प्रभा बाला आगे बढ़कर हौले से कभी-कभी किसी शब्द का स्पर्श भी करती थीं। सिर्फ यह देखने को कि स्पर्श से कहीं ये स्वर तो नहीं पा जाएँगे! नित्या को बताया था प्रभा बुआ ने ये सब एक दिन दिल्ली पब्लिक लाइब्रेरी के एक ऐसे ही खामोश कोने में खड़े होकर। शादी नहीं हुई थी तब तक बुआ की।

नित्या यह भी जानती थी कि प्रह्लाद चाचा कभी-कभी लाइब्रेरी ले जाने के बहाने प्रभा बुआ को रीगल या ओडियन पर सिनेमा फेस्टिवल की कोई फिल्म भी दिखा लाते हैं। उस फिल्म की सारी कहानी प्रभा बुआ फिर छत पर अकेले में नित्या को सुनाती थीं।

कुछ ही सालों में प्रह्लाद चाचा कॉलेज में लेक्चरर हो गये थे। ये उनके जीवन की बहुत बड़ी जीत थी। उनकी इस जीत को प्रभा बुआ साड़ी पर ब्रॉच की तरह लगाये घूमती थीं। अभी उन्हें लगभग छह महीने हुए थे। फिर आया वह दिन। वे कॉलेज के एक ट्रिप के साथ असम गये थे। वहाँ एक दिन अचानक उनकी क्लास का एक लड़का फिसलकर लोहित नद की चपेट में आ गया। उसे बचाने के लिए प्रह्लाद प्रसाद ने भी लोहित में छलाँग लगा दी। और उसके बाद न कभी क्लास का वह लड़का मिला न प्रह्लाद प्रसाद। प्रभा बुआ के जीवन की एक रोशन खिड़की ज़ोरदार धमाके से बन्द हो गयी भीतर तक उन्हें ठहराकर खामोश करते हुए। बेटे के सदमे में माँ यानी नित्या की दादी भी चल बसी थीं।

अब तक द्वारिका प्रसाद के दो बच्चे हो चुके थे— मुकेश और नित्या। बड़ी बहन सरोज बाला बरेली में ब्याही गयी थीं। उनकी भी एक बेटी थी। छोटी प्रभा बाला प्रह्लाद के बाद थीं और द्वारिका प्रसाद व सरोज बाला से उम्र में काफी कम। फिर भी वह अब बीस को छू रही थीं। बिन माँ की बच्ची के ब्याह की फिक्र प्राणो देवी को खाये जा रही थी। उन्होंने काली से कहकर इस मुहिम को तेज़ करवाया। रिश्ता कहीं बैठ नहीं रहा था। जहाँ बैठ रहा था वहाँ माँग बहुत थी। इधर अम्बिका दत्त की मुट्ठी कुछ ढीली पड़ रही थी। उस मुट्ठी से आटा क्या आटे की पूरी मिल फिसलती नज़र आ रही थी। उनका बेटा मिल के बहीखातों में लगातार घाटा दिखा रहा था।

घर के दरवाज़े एक उम्मीद में लड़के वालों के लिए खुलते थे पर उनके जाते ही जल्दी बन्द भी हो जाते थे। कभी-कभी ऐसा भी होता है कि आप दरवाज़ा खोलते हैं किसी की उम्मीद में और बाहर कोई दूसरा खड़ा मिलता है। ऐसे ही एक रोज़ सरोज बाला के पति यानी प्रभा बुआ के दुष्यन्त जीजाजी बरेली से आये। दफ्तर की तरफ से दिल्ली में छह महीने की ट्रेनिंग के लिए। प्रह्लाद के जाने से घर में जवान लड़के की जो जगह खाली हुई थी उसे कालीचरण के लिए दुष्यन्त कुमार ने भरा। ऊँचा कद, गठा कसरती जिस्म, उस पर हर बात को किस्से की तरह बयाँ करने की अदा। प्रभा बुआ के भीतर जो खामोशी छा गयी थी उसमें कुछ लहरें पैदा हुईं। दुष्यन्त कुमार की पसन्द-नापसन्द का खयाल रखना अब प्रभा बुआ का ज़िम्मा हो गया था। जब जीजाजी जेब में रूमाल डालकर ज़रा लहराते हुए घर से निकलते तो प्रभा बुआ देखती रह जातीं। उस वक्त आँखों में जीजाजी कहीं नहीं होते। वहाँ प्रह्लाद भाई साहब होते थे। ये बात जीजाजी कभी नहीं समझ पाये। अपने ससुरजी से इजाज़त लेकर एक बार दुष्यन्त कुमार प्रभा, मुकेश और नित्या को 'मुगले आज़म' दिखाने भी ले गये थे। जीजाजी और प्रभा के बीच में दोनों बच्चे बैठे थे पर इंटरवल में सन्तरे की फाँकें एक-एक करके देते हुए जीजाजी ने जिस नज़र से प्रभा बुआ को देखा था और प्रभा बुआ ने जिस तरह नज़र झुकाकर वे फाँकें ली थीं उस बचपन में भी ये सब नित्या को कुछ अजीब महसूस हुआ था।

नित्या को वह निपट अकेला दिन भी ठीक से याद है जब अम्बिका दत्त की रिश्ते की बहन की मातमपुरसी में दादाजी, पिताजी व मुकेश तीनों बल्लभगढ़ गये थे। दोपहर का वक्त था। लगभग आठ बरस की नित्या अपनी माँ जानकी के साथ अन्दर सोने की कोशिश में थी। जानकी को सारे दिन की थकान ने नींद के कुहासे से ढक-सा दिया था।

प्रभा बुआ बाहर के कमरे में बैठीं 'सरिता' पढ़ रही थीं। तभी अचानक

दरवाज़े पर खटका हुआ और प्रभा बुआ ने देखा कि शाम को आनेवाले जीजाजी दफ्तर से जल्दी आ गये हैं। खटके से नित्या भी उठी और धीरे-धीरे बाहर वाले कमरे की चौखट पर पहुँची।

''अरे आप जल्दी आ गये!'' दरवाज़ा बन्द कर प्रभा बुआ ने पूछा, ''खाना लाऊँ क्या?''

''बाकी लोग कहाँ हैं?'' जीजाजी ने घर के सन्नाटे को सूँघते हुए कहा।

''बल्लभगढ़ गये हैं... काशी बीबीजी नहीं रहीं।'' जीजाजी सोफे पर बैठ चुके थे। प्रभा बुआ ने हड़बड़ाकर कहा, ''पानी लाती हूँ।''

''सुनो'', जीजाजी ने बुआ को टोका, ''यहाँ आओ।'' बुआ ने ठहरकर उन्हें देखा। ''बैठो तो सहो।'' प्रभा बुआ ठिठकी खड़ी थीं। जीजाजी ने उठकर उन्हें हौले से बाँह से खींचकर सोफे पर बैठा दिया और पूछा, ''क्या पढ़ रही थीं?''

''सरिता,'' प्रभा बुआ की आवाज़ कमज़ोरी से कुछ काँप-सी रही थी।

''सरिता तुम्हें अच्छी लगती है?''

''जी,'' कुछ निगलते हुए जवाब दिया प्रभा बुआ ने।

''हमने कल रात पढ़ी थी... कुछ शेरों पर निशान भी लगाये थे, हल्के से... देखे क्या?''

''नहीं, मैं दूसरा कॉलम पढ़ रही थी... 'हमारी बेड़ियाँ'', खुद को सँभालते हुए कहा था प्रभा बुआ ने।

जीजाजी को प्रभा बुआ का यूँ सँभलना व बचना शायद भा रहा था। बुआ के गाल पर हल्की-सी चपत लगाते हुए कहा उन्होंने, ''सिर्फ पढ़ती हो, उनसे आज़ाद कहाँ हो पाती हो!'' बुआ ने वहाँ से उठना चाहा तो उन्होंने झट बायें हाथ से उनकी बाँह पकड़कर वापस बैठा दिया और दायें हाथ से उन्हें कन्धे से पकड़कर घेर-सा लिया। प्रभा बुआ ने फिर खड़े होने की कोशिश की, ''जीजाजी, ये ठीक नहीं है।''

''तुम सोचती बहुत हो,'' कहकर उन्होंने अपनी पकड़ इतनी मज़बूत की कि प्रभा बुआ वहाँ से हिल भी न पायीं।

''छोड़िए ना... जाने दीजिए,'' किसी तरह वह अपनी कमज़ोर आवाज़ में कह पायी थीं। जीजाजी कुछ और पास सरक आये थे और प्रभा बुआ के बाल सूँघ रहे थे, ''इतने दिनों से मैं यहाँ हूँ... सब देख रहा हूँ... तुम्हारी ये खोयी-खोयी आँखें... मेरे ध्यान से उतरती नहीं... जाने क्या-क्या सोचकर थकती रहती हो। ये उम्र इतना सोचने की नहीं...''

''नित्या!'' नित्या पर नज़र पड़ते ही प्रभा बुआ के मुँह से चीख की तरह उसका नाम निकला तो जीजाजी के हाथ ठंडे पड़ गये। गिरफ्त ढीली हो गयी और

वो सँभल गये। अपना नाम सुनते ही नित्या चोरों की तरह वहाँ से भागी और माँ के पास जाकर आँखें बन्द कर लेट गयी। प्रभा बुआ भी जीजाजी को वहाँ अकेला छोड़ जा चुकी थीं। हड़बड़ी में वह पास रखे एक स्टूल से टकरायी थीं और उस पर रखा मुरादाबादी फूलदान झन्न की आवाज़ करते हुए ज़मीन पर आ पड़ा था। इस आवाज़ ने जानकी को जगा दिया। ''कौन है, बिल्ली है क्या?'' कहती हुई वह तेज़ी से बाहर के कमरे की तरफ गयी और वहाँ अकेले दुष्यन्त कुमार को बैठा देख हैरान हुई। रसोई में जाकर देखा तो प्रभा दीवार से लगकर ज़ोर-ज़ोर से साँस खींच रही थी। अचानक जानकी को याद आया कि उसके ''कौन है, बिल्ली है क्या?'' के जवाब में पास लेटी नित्या ने शायद कहा था, ''नहीं, बुआ है।''

जानकी झट अन्दर आयी और नित्या को जगाकर पूछा, ''अरी तुझे कैसे पता कि बिल्ली नहीं बुआ है? तू तो सो रही थी ना?'' इस पर नित्या ने गहरी नींद वाली एक करवट ली और फिर सो गयी। पर जानकी की नज़रों के आगे सारा माजरा एक चित्र-सा खिंच आया। उस पर पक्की मोहर लगा दी खुद दुष्यन्त कुमार के व्यवहार ने। उसी शाम दुष्यन्त कुमार ने घोषणा की कि कल से उन्हें अपनी अकादमी के हॉस्टल में रहना है और अगले दिन वे मय बोरिया-बिस्तर वहाँ से रवाना हो गये थे।

बात घर की घर में रह सकती थी अगर जानकी भाभी चाहतीं तो। पर सरोज बाला को आगाह करना उन्होंने अपना फर्ज़ समझा। उसे चिट्ठी डालकर बुलवाया गया। फिर अपनी बड़ी ननद की हितैषी बनते हुए उन्होंने प्रभा की ओर इशारा कर सरोज बाला से कहा, ''बीबी, अपना घर बचा कर रखो। मर्दों की नज़र का फौरन थोड़ी पता चलता है। तुम वहाँ बैठी रहोगी और यहाँ जाने क्या-क्या टरेनिंग हो जाए!''

सरोज बाला का माथा ठनका। पिता कालीचरण की उम्र काफी हो चुकी थी। उस पर उन्हें डायबिटीज़ ने घेर रखा था। सो द्वारिका प्रसाद से मिलकर उन्होंने प्रभा बाला के लिए लड़का तलाशने की मुहिम का गेयर बदला तो गाड़ी फर्राटे से दौड़ निकली।

प्रभा को दिल्ली में रखना अब ठीक नहीं समझा गया। इसलिए दिल्ली से बाहर के लड़के ही देखे गये। इन्हीं दिनों एक छोटे-से शहर धामपुर के इनकम टैक्स ऑफिस में हैड-क्लर्क राधेश्याम से प्रभा बुआ की बात पक्की कर दी गयी। शादी की जल्दी जितनी कन्या पक्ष को थी उससे अधिक वर पक्ष को थी। शादी का जोड़ा पहनकर प्रभा बुआ जब तैयार हुईं तो उन्होंने खुद को आईने में निहारा। नित्या ने देखा वो हल्का-सा मुस्करा रही थीं। उसने उनका पल्ला हिलाकर प्यार से पुकारा, ''बुआ... अच्छी लग रही हो।''

प्रभा बुआ ने लगभग बेशर्मी से कहा, ''सो तो है।'' यह नित्या को कुछ अजीब लगा। वह जानना चाहती थी कि प्रभा बुआ के मन में क्या है, ''बुआ क्या सोच रही हो?''

''कुछ नहीं... अम्मा याद आ रही हैं। अक्सर कहती थीं— दिल्ली की लड़की और मथुरा की गाय, करम फूटे तो बाहर जाय।'' कहकर प्रभा बुआ हल्की-सी हँसी हँसीं। ''जानती है वो दिल्ली के गाँव की थीं और ब्याही गयीं हापुड़ में।'' फिर कुछ ठहरकर गम्भीर स्वर में उन्होंने जोड़ा था, ''पर उनके करम फूटते-फूटते बच गये थे। सारा परिवार वापस दिल्ली आ गया था।''

नित्या का छोटा-सा जी थरथरा-सा गया। उसने प्रभा बुआ से नज़रें बचाकर उसकी हथेली थामते हुए कहा, ''पापा बता रहे थे धामपुर अच्छी जगह है... देखो तुम्हारी मेहँदी का रंग कैसा है!''

''धामपुर जैसा!'' कहते हुए प्रभा बुआ ने हथेली वापस खींच ली थी और आगे बढ़ गयी थीं।

दिल्ली की प्रभा जब धामपुर के एक बड़े बाबू के संयुक्त परिवार में पहुँची तो उसके करम शायद फूट चुके थे। घर में दो जेठ और दो जेठानियाँ मय अपने बच्चों के पहले ही मौजूद थीं। साथ ही एक अनब्याही और एक बाल विधवा ननद भी विराजमान थीं। जेठानी और ननदें या तो ठेठ रसोई थीं या चाँदी पर सोने का पानी जड़े ज़ेवर। अपनी हैंडलूम या खादी भंडार की सेल की साड़ियों और कम-से-कम आभूषणों वाली सादगी की वजह से प्रभा अपनी जेठानियों में आलू के झोल में पड़ी बड़ी इलाइची-सी दूर से दिखाई दे जाती थी। बड़े बाबू राधेश्याम छोटे शहर के एक टिपिकल छैला थे। खाने-पीने के शौकीन। दोस्तों के साथ हर फिल्म पहले ही सप्ताह में देखने वाले। जब भाभियाँ उन्हें छेड़तीं, ''लल्ला जी, ये कैसी जोगन लाये हो,'' तो वह प्रभा बाला से कुछ और विरक्त हो जाते।

प्रह्लाद भाई साहब के साथ सप्रू हाउस में नाटक देखने वाली, चाहे आधी-चौथाई ही समझ में आए, पर 'बेनहर' जैसी अँग्रेज़ी फिल्म देखनेवाली प्रभा धामपुर की ज़गर-मगर बजरिया की कभी-कभार की आउटिंग्स में कभी जी न लगा पायी। अब एक ही आस थी— बच्चे की कि शायद बच्चे उसे धामपुर की खूँटी से बाँध सकें। सो उसमें देर पर देर हुई जा रही थी। राधेश्याम बाबू ने एक दिन ठान ली और फौरन दिल्ली आकर युद्ध स्तर पर प्रभा बाला की जाँच करवाने का कार्य शुरू हुआ। एक नहीं कई जगहों से। जैसे ही डॉक्टरों ने यह संकेत दिया कि कमी प्रभा में नहीं है, राधेश्याम बाबू ने अपनी खोज अधूरी छोड़ तत्काल धामपुर का रास्ता लिया और उसके बाद दिल्ली या अपनी ससुराल

में ज़रा कम ही देखे गये।

ससुराल क्या उन्होंने तो ससुराल से आयी प्रभा बाला से भी कन्नी काटनी शुरू कर दी थी। उस दिन के बाद से राधेश्याम बाबू कुछ ज़्यादा घनी मूँछें रखने लगे। लड़कपन के वो सारे खेल जो पीछे छूटने लगे थे नये सिरे से शुरू होने लगे। अपनी मर्दानगी दिखाने के लिए अब उनकी शामें अक्सर बाहर बीततीं। उनका रस्सा लगभग टूट चुका था पर घर भर में ज़िक्र यह था कि खराबी खूँटे में है बैल में नहीं। बेचारा बैल! रस्सा तो टूटना ही था!

इन्हीं दिनों दोपहर में अचानक प्रभा बाला ने अपनी सन्दूकची खोली तो पाया कि उसमें रखे सारे ज़ेवर गायब हैं। चोरी की यह खबर दिल्ली पहुँची तो सब सन्न रह गये।

''किसकी चोरी और कैसी चोरी? घर में तिनका धरने की जगह नहीं है। छोटे-छोटे तीन कमरों के उस मकान में जहाँ सामान कम, लोग ज़्यादा हैं... कदम रखने की तो जगह नहीं... चोर कब को कहाँ से आ गया? दे दिये होंगे अपनी होती-सोती को,'' वृद्धावस्था के कारण खाट पकड़े बैठे कालीचरण जी ने मफलर से होठों के किनारे पोंछते हुए कहा था।

इधर दुष्यन्त कुमार का तबादला दिल्ली हो गया था। सो वे सपरिवार दिल्ली में ही बस गये थे। प्रभा बाला के विवाह को पाँच ही साल हुए थे कि एक सड़क दुर्घटना में जीजाजी के चिथड़े-चिथड़े होने की खबर आयी। प्रह्लाद भाई साहब की मौत के बाद इस दर्दनाक हादसे ने प्रभा बुआ को हिलाकर रख दिया। शादी के बाद उनका अपनी बहन सरोज बाला से मिलना कभी किसी हार-त्योहार में ही हुआ था। वो भी रिश्तेदारों की भीड़ में। जीजाजी के मातम में रोते हुए प्रभा बुआ जब सरोज बाला की ओर बढ़ीं तो सरोज बाला ने उन्हें कोहनी से रोक दिया। दुष्यन्त कुमार के दुनिया से चले जाने के बाद भी सरोज बाला वह पुराना हादसा दिल से जुदा न कर पायी थीं। या दुष्यन्त कुमार समय-समय पर प्रभा बाला का कुछ ऐसा बखान किया करते थे जो सरोज बाला के शरीर में भाले की नोंकों की तरह बस गया था। प्रभा बुआ दुष्यन्त कुमार के बहाने एक बार फिर अपने प्रह्लाद भाई साहब का ही सोग मना रही थीं पर अपना-सा मुँह लेकर, अपना दर्द कलेजे में ले वापस लौट गयीं। इन दो दर्दनाक हादसों ने जीवन से कुछ और विरक्ति का आभास-सा दिया था।

सरोज बाला की बेटी ब्याह कर विदेश चली गयी थी। दुष्यन्त कुमार का पेंशन और मकान तो था ही पर अकेलापन इन दोनों से कहीं अधिक था। जानकी भाभी ऐसे मौके को हाथ से कैसे जाने देतीं! सो तय पाया गया कि सरोज बाला अब से द्वारिका प्रसाद और भाभी के साथ रहेंगी और मकान से आनेवाला किराया

उस एवज़ में उन्हें देंगी। उनके अपने गुज़ारे के लिए पति की पेंशन बहुत थी। इस तरह जानकी भाभी की माली हालत को भी सहारा मिला और ज़माने ने जाना कि भाई-भाभी हों तो ऐसे जो विधवा बहन को सदा के लिए सहारा दें।

नित्या की स्कूल की पढ़ाई खत्म हो चुकी थी। वह किसी विदेशी भाषा का अध्ययन करना चाहती थी परन्तु नियमित पाठ्यक्रम में प्रवेश न मिल पाने के कारण उसने पत्राचार से बी.ए. करना शुरू किया और शाम को मैक्समूलर भवन से जर्मन भाषा के तीन वर्षीय पाठ्यक्रम में भी प्रवेश लिया। साथ ही संगीत कला केन्द्र से संगीत सीखना शुरू किया।

प्रभा बुआ से विरासत में मिली ज्ञान की पिपासा ने घर वालों का प्रतिरोध सहकर भी एक नयी डगर पकड़ तो ली थी पर बसन्ती बयार को अकेले झेलने से अक्सर मन में जो खुश्क पतझर होता है वह उसके हिस्से में नहीं आया। दिल और दिमाग के उलझे रिश्ते की तरह संगीत कला केन्द्र में उसकी मुलाकात चन्द्रमोहन से हुई।

चन्द्रमोहन बिहार के एक दूर-दराज़ इलाके का होनहार लड़का था जो नाटक मंडली के साथ एक बार ऐसा दिल्ली आया कि यहीं का होकर रह गया। उसके गाँव के लड़के जो दिल्ली में अध्ययन करते थे, कटवारिया सराय में एक कमरा किराये पर ले रह रहे थे। चन्द्रमोहन भी उन्हीं में शामिल हो गया। चन्द्रमोहन को संगीत का अच्छा ज्ञान था सो उसे नाटकों, रंगारंग कार्यक्रमों आदि में संगीत देने का कार्य आसानी से मिलने लगा।

लगभग दो साल की दोस्ती के बाद नित्या और चन्द्रमोहन ने विवाह का फैसला किया। घर में यह फैसला गुंजाने से पहले नित्या ने एक दिन प्रभा बुआ का जी लेना चाहा। अम्बिका दत्त को गुज़रे साल भर हो चुका था। इस पर भी प्रभा बुआ का ऐसा जवाब सुन उसे कुछ विस्मय-सा हुआ, ''देख ले नीतू... जो भी बात घर में करे सोच-समझ कर करियो। इस घर से फूफाजी गये नहीं हैं कहीं... वो जाएँगे भी नहीं... ये घर उन्हीं का था और उन्हीं का रहेगा... मुझे तो डर है....''

''क्या?''

''कहीं तुझे भी बहस में आकर धामपुर न ब्याह दें।'' फिर कुछ क्षण ठहरकर धीमे से बोली थीं, ''जाने घर-घर में ऐसे फूफाजी, ताऊजी, बाबूजी कब तक रहेंगे!''

नित्या के फैसले से पिता द्वारिका प्रसाद सन्न रह गये थे। माँ जानकी कुछ सोच-समझ पातीं उससे पहले ही बुआ सरोज बाला ने अपनी सुमरनी के मनके फेरने शुरू कर दिये थे, ''न जात न बिरादरी... ऊपर से मिरासियों के करम...

सारी दुनिया छोड़कर इसे यही मिला! अरे ऐसे होता है कहीं... हमारे भी लड़की हुई... सही घाट देखकर लंगर डाल दिया हमने... आज इज़्ज़त से अपना घर-द्वार लिये बैठी है। कहे देती हूँ भाभी, लड़की के ये लच्छन ठीक नहीं।''

फिर भाई द्वारिका प्रसाद के पास पहुँचीं, ''मैंने तो पहले ही कहा था... हो चुकी पढ़ाई-लिखाई... क्या तीन-तीन कोर्स लिये बैठी हैं... पर तुमने सुनी ना मेरी। अरे हमने कौन-सी बोरे में भरकर लड़की भेजी थी। बारहवीं करवायी थी। दबे-ढके घर की लड़की थी और वैसा ही लड़का देखा जो माँ को माँ समझे, बहन को बहन।''

इस बीच नित्या का जर्मन का कोर्स पूरा हुआ और उसे अनुवाद का कार्य मिलने लगा। वह सुबह ही घर से निकलती। किसी लाइब्रेरी में बैठती और शाम को लौटती। अपनी आर्थिक ज़िम्मेदारियों से भी उसने परिवार को मुक्त कर दिया था। ऐसे में उत्साह के न रहते हुए भी मुकेश के समझाने पर नित्या का विवाह चन्द्रमोहन से कर दिया गया।

शुरू के पन्द्रह-बीस दिन दोनों कटवारिया सराय वाले कमरे में ही रहे जिसे चन्द्रमोहन के दोस्तों ने अस्थायी रूप से उनके लिए खाली कर दिया था और खुद वे लोग जे.एन.यू. के हॉस्टल में अपने दोस्तों के पास शिफ्ट हो गये थे। यह व्यवस्था न अधिक चल सकती थी न चली। अतः जल्दी ही चन्द्रमोहन ने गाज़ियाबाद में अपने दोस्त के मकान में कम किराये पर एक कमरा लिया और नित्या दिल्ली से अपने घर गाज़ियाबाद पहुँची।

कुछ ही दिनों में हरे पत्ते पिराने लगे। दिल्ली में यों भी रातोंरात वसन्त को पतझड़ घेर लेता है। मंडी हाउस की खामोश चौड़ी सड़कों पर फैले पत्तों पर सिर्फ अपने पैरों की आहट सुनाई दिया करती है, लम्बी उदास दुपहरियों में। अब चन्द्रमोहन अपनी नाटक मंडलियों में खासा व्यस्त रहता। नित्या एक निजी कम्पनी में नौकरी करने लगी थी जिसके लिए उसे रोज़ दिल्ली आना होता। खाली वक्त में वह अपने अनुवाद का कार्य करती। घर की आर्थिक तंगी को कम करने के लिए दोनों बराबर जुटे रहते। दिन, महीने, साल खाली ठेले की तरह आँखों के सामने से धीरे-धीरे खिसकते रहे। अब उसके पास चन्द्रमोहन कम और उसके साथ की स्मृतियाँ अधिक रहती थीं।

स्मृतियों के साथ जीना सिर्फ जीने का एक भ्रम होता है। जब-जब नित्या चन्द्रमोहन से परिवार को बढ़ाने की बात करती है, वह टाल देता है। नित्या का इसरार कुछ गम्भीर होता नज़र आता तो वह उसके करीब जाकर उसकी लटों को फूँक से उड़ाते हुए कहता, ''अभी हम फादर बनने के मूड में नहीं हैं डियर।''

नित्या पत्थर बनी रहती तो समझाता, ''पहले हम लोग ठीक से सैटल हो जाएँ। फिर शादी को अभी समय ही कितना हुआ है... तुम ये सब मत सोचा करो... अपनी नौकरी में मन लगाओ... जो डेलिगेशन बाहर से आते हैं उनपर ध्यान दो... ज़्यादा से ज़्यादा अनुवाद करो... यू नो डारलिंग पैसा... पैसे की सख़्त ज़रूरत होती है ज़िन्दगी में।''

''बच्चा आएगा तो अपनी किस्मत से पैसा भी लाएगा।''

''क्या वाहियात बातें करती हो... थिंक बिग... बच्चे-वच्चे तो होते ही रहते हैं... काम पर ध्यान दो... काम पर।''

ऐसे लम्हों में भी स्मृति प्रभा बुआ को खींच लाती। प्रभा बुआ ने ही बताया था एक बार बहुत उदास होकर! जब वह धामपुर से आयी थीं—

''तूने तो अपनी दादी देखी नहीं नीतू... जानती है उनके दाहिने हाथ की तर्जनी का नाखून नहीं था। बहुत अजीब लगती थी मुझे उनकी वह उँगली। मैं अक्सर पूछती थी — अम्मा इसका नाखून क्यों नहीं है... क्या टूट गया? वह कहतीं--नहीं जन्म से ही नहीं था।''

''जन्म से?'' नित्या ने हैरान होकर पूछा था।

''हाँ... फिर एक बार मैंने पूछा — क्यों नहीं है? तो बोलीं — क्योंकि मैं माँ हूँ। जो अच्छी माँ होती है उसकी इस उँगली में नाखून नहीं होता।''

''क्यों?'' नित्या ने बाल-सुलभ जिज्ञासा से पूछा था।

''मैंने भी तो उससे यही पूछा था कि — क्यों? तो बोलीं थीं — जिससे मैं अपने बच्चों की आँखों में बिना किसी डर के आराम से काजल लगा सकूँ। उनके हलक में कुछ फँस जाए तो उन्हें बिना चोट पहुँचाये इसी उँगली को उनके हलक में डालकर झट वह चीज़ निकाल सकूँ।'' नित्या उत्सुकता से सुन रही थी।

''और जानती है नीतू... मैंने उस बात को सच मान लिया था। तब तो मैं हर आने-जाने वाली औरत की तर्जनी को ध्यान से देखती थी। मगर सबका नाखून वहाँ मौजूद होता था और मैं मन ही मन यह सोचकर खुश होती थी... बहुत खुश... कि मेरी माँ सबसे अच्छी माँ है। उसके जैसा कहीं कोई नहीं।'' यह कहकर प्रभा बुआ उदास हो गयी थीं। उन्होंने अपनी तर्जनी के नाखून को देखा था, ''देख नीतू मेरा भी नाखून है... मगर मैं... अच्छी क्या मैं तो कभी माँ ही नहीं बन पायी... अच्छी-बुरी, कैसी भी नहीं!''

प्रभा बुआ का अवसाद, जो मन के रास्ते उनके तन पर छाता जा रहा था, नित्या को अपने भीतर उतरता महसूस हुआ। उसने भी अपने दाहिने हाथ की तर्जनी के नाखून को देखा और नज़रें मोड़ लीं, ''जाने किस्मत में क्या

लिखा है!''

चन्द्रमोहन को अक्सर नाटक मंडली के साथ कुछ-कुछ दिनों के लिए दूसरे शहरों के लिए निकलना पड़ता। सो जब अनुवाद का काम अधिक न होता तो नित्या मायके चली आती थी। बुआ सरोज बाला का दबाव माँ जानकी पर कुछ इस कदर बढ़ता चला जा रहा था कि नित्या को भी माँ के घर की बदली हुई महक भीतर से खामोश कर जाती थी। फिर विवाह के बाद की मुश्किलों का ज़िक्र किससे करती! वैसे भी यह खुद उसका निर्णय था। एक रात को उसने सरोज बुआ को फुसफुसाते हुए भी सुना था, ''भाभी, ज़रा होशियार रहो, नित्या का बार-बार यूँ अकेले चले आना मुझे कुछ जँचता नहीं।''

''सब ठीक ही होगा... वर्ना कुछ तो कहती,'' माँ जानकी ने उस फुसफुसाहट का जवाब दिया था।

''अब कहेगी क्या और किस मुँह से कहेगी... पर ये रंग-ढंग ठीक नहीं। अरे जापा हो या हारी-बीमारी में आए तो अलग बात है... पर लड़कियों का यूँ बार-बार मायके आना अपनी समझ में नहीं आता।''

सरोज बाला ज़रूरत पड़ने पर भाई द्वारिका प्रसाद को अपनी पेंशन में से भी कभी-कभी कुछ दे दिया करती थीं। परिवार के लिए यह बहुत बड़ा सहारा था। अम्बिका दत्त के बाद आटे की मिल का सारा कार्यभार उनके बेटे पर था। द्वारिका प्रसाद एक अदना से कर्मचारी भर बनकर रह गये थे। कालीचरण जी भी अपनी खटिया को छोड़कर सिधार चुके थे। मुकेश की नौकरी लगती तो दो-चार महीने की। वह अब तक न जीवन में कहीं टिक पाया था न नौकरी में।

नित्या ने महसूस किया था कि उसकी शादी से बहुत पहले ही सरोज बाला के इस वर्चस्व से प्रभा बुआ का अकेलापन व उदासी उसके कुछ और करीब हो गये थे। शादी के बाद भाई-भाभी के अधिक न पूछने पर भी वह अक्सर किसी त्योहार या किसी के जन्मदिन पर खुद ही आकर रिश्ते का एक पुल बनाती थीं। ''भाभी दशहरा मुबारक हो'', कहते हुए जब वह प्रवेश करती थीं तो जानकी भाभी सिर का पल्ला ठीक करने के बहाने सिर झुकाकर बड़बड़ाती थीं, ''आ गयी... अब पाँच-छह दिन से कम में तो क्या टलेगी!'' फिर खड़ी हो प्रभा बुआ को गले लगाकर कहतीं ''अरे आओ बीबी... अबके बड़े दिनों पे आयीं। नित्या का बड़ा जुड़ाव है तुमसे... अक्सर तुम्हें याद करे है।''

एक-आध दिन बाद प्रभा बुआ अकेले में नित्या से कहतीं, ''जब मैं जाऊँ तो अपनी कोई हैंडलूम की साड़ी निकाल दीजिओ... पुरानी ही।'' साड़ी देते हुए नित्या का मन सूखे आँसुओं से रोता रहता। ये सब पुरानी बातें हैं। अब तो नित्या की शादी हुए भी पाँच साल हो चुके हैं। दो साल पहले एक बार उसने सेल में

एक नीली, सुरमई और सफेद हैंडलूम की साड़ी ली थी प्रभा बुआ के नाम की। सोचा था इस बार मिलेंगी तो उनके माँगने से पहले ही दे दूँगी, ''बुआ तुम्हारी साड़ी... मेरी अपनी तनख्वाह से है।'' कहते हैं खयाल भूत की तरह पीछे लगे रहते हैं पर नित्या के पीछे वह हैंडलूम की साड़ी ऐसी लगी, ऐसी लगी कि तब से प्रभा बुआ कभी दिखाई ही नहीं दीं। किसी को भी नहीं।

आखिरी बार जब प्रभा बुआ मिली थीं तो उन्हें देख नित्या हैरान रह गयी थी। गर्मियों की एक दोपहर में एक कपड़े का थैला टाँगे उन्होंने मायके में प्रवेश किया था। अपने विवाह के बाद नित्या उनसे पहली बार मिल रही थी। जिस्म की जिल्द रूखी और काली पड़ गयी थी।

भोजन के बाद जब सब सो गये थे, नित्या किसी तरह समझा-बुझाकर उन्हें बाथरूम में ले गयी थी और वहाँ उन्हें नहलाया था। काले मैल की बत्तियाँ रगड़-रगड़कर उतारी थीं। मैल इतना था कि नित्या बार-बार उन पर पानी उँडेल रही थी। नाली के पास मैले पानी पर तैरती मैल की बत्तियों व साबुन के मैले झाग का सैलाब आ गया था। तभी प्रभा बुआ हँसी थीं ज़ोर से, ''देख कैसा मैल का सैलाब है... लगता है धामपुर ऐसे ही बह जाएगा पानी के साथ नाली में।''

फिर नित्या की एक पुरानी हैंडलूम की साड़ी पहनकर उसके साथ वह कूलर की हवा में बैठी थीं। धीरे-धीरे उन्होंने टाँगें फैला ली थीं और खुद को तकिये पर छोड़ दिया था। आँखें बन्द किये जाने कहाँ खोकर उन्होंने पास लेटी नित्या को पुकारा था हौले से, ''नीतू।''

''हाँ, बुआ।''

''जानती है नीतू, मन तो सबका होता है और उसपर ना, एक नेमप्लेट लगी होती है। मेरे मन पर जो नेमप्लेट लगी है ना.. जी चाहता है उसे... उल्टा कर दूँ... पलट दूँ... क्योंकि उसपर लिखा है— दु:ख। पर फिर मैं नहीं करती।''

नित्या की नींद उड़ चुकी थी। वह अपनी धड़कनें सँभाले करवट बदलकर आँख बन्द किये लेटी प्रभा बुआ को महसूस कर रही थी। उसके कानों ने सुना, ''जानती है क्यों? क्योंकि उसके पीछे ही तो लिखा है सुख। नेमप्लेट उल्टी कर दी तो सुख तो सामने आ जाएगा पर दु:ख फिर मन की दीवार से सटकर और करीब हो जाएगा री।''

प्रभा बुआ को नींद नहीं आ रही थी। शायद आदत पड़ चुकी थी उन्हें उन नींद की गोलियों की, जो राधेश्याम फूफाजी अक्सर उन्हें खिलाते रहते थे। प्रभा बुआ को सुलाकर रखने में उन्हें सुविधा होती होगी। लगता होगा कि देह में प्राण तो टिके रहेंगे पर मन का वेग थम जाएगा। व्यंग्य भरी मुस्कान के साथ सोचा नित्या ने। वे क्या जानें मन को कि इसका वेग थमने के लिए नहीं होता है। बस

दिशा बदल लेता है कभी-कभी। चल पड़ता है किसी अन्धलोक में। लक्ष्यहीन, आवारा-सा।

ऐसे ही आवारा सड़कें भी प्रभा बुआ की ज़िन्दगी की एक फाँक-सी होती जा रही थीं, ''मुझे सड़कों पर रहना, चलना, घूमना अच्छा लगता है नीतू... बहुत अच्छा और खास तौर से सड़क पर रोना... घर तो इसका-उसका होता है... किसी का है किसी का नहीं... किसी का कम किसी का ज़्यादा... सड़क सबकी होती है... बराबर... इस नाते मेरी भी तो हुई।''

क्या किसी दिन प्रभा बुआ किसी सड़क किनारे बैठी रोती मिल जाएँगी उसे? नित्या को याद आया उन्होंने आगे भी तो कुछ कहा था, ''जानती है नीतू कभी-कभी मैं घर में रहते हुए भी... जबकि बाकी लोग खाना खा रहे होते हैं सिर्फ फल खाती हूँ... क्योंकि फल सड़क की तरह होते हैं — किसी के भी नहीं... फिर भी सबके।''

मुकेश से पता चला था कि कई बार वो धामपुर से किसी से बिना कुछ कहे भी चली आती थीं। ऐसे में उन्हें अगले दिन मुकेश बस अड्डे ले जाकर धामपुर की बस में बैठा देता था। महीनेभर बाद वह फिर ऐसे ही चली आतीं। झोला घर में रख घंटों बाहर बाज़ार में घूमती रहतीं। थककर कहीं किसी मुँडेर पर बैठ बाज़ार की आवाजाही देखतीं और रात को घर लौटतीं। सुबह मुकेश उन्हें जबरन कह-सुनकर स्कूटर में बैठाकर बस अड्डे ले जाता और वहाँ धामपुर की बस में सवार करवा देता।

धामपुर! आँखों में पानी और काँपते चेहरे पर एक लकीर-सी मुस्कान लिये मन-ही-मन दोहराया नित्या ने—धामपुर। क्या है ये धामपुर? धाम यानी जहाँ रहा जाता हो यानी घर और पुर यानी बस्ती यानी जहाँ रहा जाता हो। एक तरह से घर ही। धाम भी पुर भी? यानी दो बार घर! यानी घर-घर। नित्या की नज़रों के सामने उसका बचपन घूम गया जब वह अन्य खेलों के साथ एक खेल यह भी खेलती थी-- घर-घर। 'आओ घर-घर खेलें' का वाक्य बच्चियाँ छुटपन में अपनी सखियों से सुनती हैं। क्या वही यौवन की देहरी पर पहुँचकर माँ-बाप और बुजुर्गों से सुनती हैं—आओ तुम भी घर-घर खेलो। घर-घर यानी धामपुर जो सच नहीं खेल ही की तरह एक सुनहरा भ्रम होता है। एक ऐसी मरीचिका जो लगातार खरे सच का आभास देती है और जिसके लिए व जिसके सहारे स्त्रियाँ जीवन बिता देती हैं। बिताती चली आयी हैं सदियों से और शायद बिताती रहेंगी आगामी सदियों में भी।

एक धाम और होता है यानी देह जो आत्मा का धाम है। उसमें पुर नहीं होता। पर छूट तो वह भी जाता है कभी न कभी ऐसे ही हाथ से फिसलता हुआ!

यह जानते हुए कि देह का यह धाम भ्रम है, माया है, हम उसे निभाते हैं, जीते हैं, तड़पते हैं उसके लिए। साथ ही ईश्वर के आगे गिड़गिड़ाते हैं कि हमें इस माया-सरोवर से पार उतारो। पर छोड़ते कहाँ बनता है यह धाम!

आखिरी बार जब प्रभा बुआ अपना झोला टाँगकर धामपुर से आयी थीं तो सुबह के सात बजे थे। जाने रात को वहाँ से चली थीं या रात बस-अड्डे या किसी धर्मशाला में बिताकर आयी थीं। उनके आते ही जानकी भाभी के तेवर चढ़ गये थे, ''बीबी चैन ना है तुम्हें अपने घर में... अरे घर में तो खटपट चला ही करे है... कभी तख्त तो कभी तख्ता... यूँ रूसकर घर छोड़ा जाए कहीं?''

''नहीं भाभी कोई खटपट नहीं हुई... मैं क्या रूठूँगी किसी से,'' फिर धीमे स्वर में बोली थीं, ''मेरा मन तो खुद अपने आप से रूठा रहता है। बहुत मनाती हूँ मगर...''

''क्या सोचते होंगे फूफाजी?'' कहा था मुकेश ने।

''बेटा, उनके पास सोचने को बहुत कुछ है। तू उनकी फिक्र न कर... मैं यहाँ नहीं रुकूँगी।''

''चलो तो तुम्हें बस में चढ़ा दूँ... वापस जाओ धामपुर।'' मुकेश ने कुछ सख्त लहजे में कहा था।

''अरे बार-बार धामपुर क्या भेजेगा बेटा... अब तो चोला थक गया... जी भी नहीं लगता अब। मेरा इन्तजाम किसी धाम में करा दे... वर्ना हरिद्वार में अगर किसी को जानता हो तो...'', कहते-कहते वह कुछ थकी-सी अपने पुटलियानुमा थैले के साथ ही दीवार की टेक लगाकर फर्श पर बैठ गयी थीं।

''सुनो जी, तुम चाय बनाओ,'' भीतर से आते हुए द्वारिका प्रसाद भाई साहब ने जानकी से कहा था, ''प्रभा को चाय-नाश्ता कराओ... अबकी मैं खुद इसे धामपुर पहुँचाकर आऊँगा।''

''अच्छा-अच्छा भाई साहब, ठीक है... ठीक है...'', प्रभा ने आजिजी से कहा और हिम्मत करके खड़ी हुईं, ''भाभी, चाय बनाओ, मैं अभी आयी।'' वह उठकर जाने को हुईं।

''अरे कहाँ जा रही हो?'' द्वारिका प्रसाद ने कड़ककर पूछा।

''कुछ नहीं भाई साहब... पीछे बाज़ार से अपनी पसन्द के बिस्किट लेकर आती हूँ... भाभी तुम चाय बनाओ... मैं आती हूँ ना बिस्किट लेकर।'' अपना झोला टाँगे प्रभा बुआ बाज़ार की ओर चल दी थीं। मगर उसके बाद न वे कभी लौटीं, न धामपुर पहुँचीं और न किसी ने उन्हें कभी देखा। जाने कहाँ खो गयी होंगी प्रभा बुआ! जाने क्या अन्त हो उनका! ऐसे ही किसी धर्मशाला में लावारिसों की तरह या शायद किसी आवारा सड़क पर। पता भी कहाँ चलेगा! सभी लावारिस

लाशों का ब्यौरा कोई अखबारों में थोड़े छपता है। नित्या वह नीली, सुरमई और सफेद हैंडलूम की साड़ी लिये एक अपाहिज उम्मीद के साथ आज तक उनका इन्तज़ार कर रही है।

इन्तज़ार तो नित्या आज रात से एक सुबह का भी कर रही है। आसमान में हल्का सन्तरी प्रकाश आना चाहता था। ये रोशनी, ये धूप, मन की सरहदों तक आकर न जाने क्यों अक्सर ठिठक जाती है। भीतर बना रहता है एक झुटपुटा—अन्धकार और प्रकाश का झुटपुटा—यानी सान्ध्यवेला। आज की इस सान्ध्यवेला में आत्मलोक में स्थित स्मृतियों के प्रकाश में बीते क्षणों को टटोलते हुए सोचा नित्या ने कि ये शैडोवॉर—मन में ये नेपथ्य की लड़ाई कब तक चलेगी? क्या ज़िन्दगी भर?

सुबह आँख खोलते ही पाती है वह हर रोज़ एक ऐसा नया दिन जो उसका अपना नहीं होता। ढेर सारा अजनबी-सा वह दिन उसे ही जीना होता है। जब उसे ज़रूरत होती है अपने-से दिन की तो वह नहीं होता आस-पास। उसकी किस्मत में बस उतना ही दिन लिखा है शायद जितना हम आटे में नमक डालते हैं। और कभी-कभी वो नमक डालना हम भूल भी तो जाते हैं!

और प्रभा बुआ? उनकी तो रातें भी उपेक्षित थीं। फिर भी अपनी लगती होंगी वे रातें—अन्धकारमय जीवन जैसी काली रातें। क्या उन्होंने भी कभी सोचा होगा कि किसी एक दिन इस काली रात को ही रगड़कर नहला दूँ और गोरा कर बना लूँ उसे अपना दिन? रात के असंख्य आलों में रखे उन बेतरतीब सपनों का वह क्या करेंगी? सोचा नित्या ने। उन्हें... उन्हें प्रभा बुआ अपने ब्लाउज़ में छिपाकर रख लेंगी। दिन नहीं जान पाएगा फिर कुछ भी। वैसे भी वहाँ तो बरसों से कोई भी न झाँका होगा।

सुबह बाकायदा सिर पर खड़ी थी। एक अजीब-सा मन लिये नित्या ने जैसे-तैसे नाश्ता किया। घर समझ चुका था कि उसे अपने पति के घर जाने की बहुत बेसब्री है। उसके कामों में जल्दी-जल्दी हाथ बँटाया गया और वह विदा ले मुकेश के साथ बसस्टाप पर पहुँची। गाज़ियाबाद की बस उस स्टाप पर खड़ी थी। यात्री भीतर बैठे थे। कंडक्टर कुछ और यात्रियों को बटोरने के लिए नीचे खड़ा आवाज़ लगा रहा था— "गाज़ियाबाद... गाज़ियाबाद।"

नित्या के कदम उसी दिशा में कुछ तेज़ी से बढ़े। मुकेश भी झट पीछे हो लिया। नित्या को देखकर कंडक्टर का टिकट वाला हाथ सक्रिय हुआ— "एक या दो? कहाँ की?"

मुकेश पैंट की जेब में हाथ डालकर बटुआ निकाल ही रहा था कि नित्या ने मुट्ठी में भिंचा पचास का नोट कंडक्टर को थमाते हुए कहा— "एक टिकट... धामपुर!"

मुकेश का हाथ जेब में ही ठिठक गया, ''नीतू!'' अपना ठिठका हाथ लिये वह उसे देखता रह गया।

कंडक्टर के मुँह से कुछ हैरान-से शब्द निकले, ''धामपुर!''

मगर नित्या उसके हाथ से टिकट लेकर कन्धे पर बैग लटकाये बिना मुड़े बस में चढ़ चुकी थी। कंडक्टर ने कन्धे उचकाये और बस में चढ़ गया। सीटी की आवाज़ सुन ड्राइवर ने बस स्टार्ट की और बस चल पड़ी। जाने गाज़ियाबाद की ओर या धामपुर!

बसों की मंज़िलें प्राय: तय होती हैं। और वे अपने यात्रियों को उनकी तयशुदा मंज़िलों तक पहुँचाती भी हैं। फिर नित्या? अपने धामपुर के लिए रवाना होने के बावजूद वह नहीं जानती थी कि इस बस से अपनी मंज़िल तक पहुँचेगी या नहीं। कहीं बीच में ही तो नहीं उतर जाएगी? यह फैसला वह शायद बस में सवार हो जाने के बाद करे। फिलहाल उसने उन लोगों से विदा ली थी जो घर की बेटियों को हर हालत में हर बार बदस्तूर धामपुर की बस में बैठा आते हैं।

❑

डोडो

"विलुप्त परिवार का कोई विशालकाय उड़ान रहित पक्षी, पुराने फैशन का बुद्धू अथवा निष्क्रिय व्यक्ति, परम पुरातन...", अनन्या ने अँग्रेज़ी के शब्दकोश में 'डोडो' का अर्थ तलाशकर पढ़ा और मन-ही-मन हिन्दी में सीढ़ियाँ उतरती गयी। वहाँ भीतर 'डोडो' के अँग्रेज़ी और हिन्दी के सभी अर्थ गड्ड-मड्ड हो एक-दूसरे की बाँह थामे एक घेरे में घूमते-से गये जिनमें से एक को लपककर उसके होठों ने बुदबुदाया, "एन ओल्ड फैशंड स्टूपिड"। अचानक हवा से खिड़की का एक पल्ला खुलते ही कमरे में आ बैठे हल्की धूप के टुकड़े की तरह बुदबुदाहट के साथ ही मुस्कान उसके चेहरे पर खिल उठी।

शब्दकोश को धप्प से बन्द करके उसने मेज़ पर रखा ही था कि हल्का-सा लँगड़ाते हुए पारिजात ने कमरे में प्रवेश किया। उसके कपड़े और देह धूल से लथपथ थी। अनन्या के चेहरे की मुस्कान ने धीरे-धीरे क्लान्ति के लिए स्थान छोड़ना शुरू किया और अन्ततः हौले-से खिसक चली, "क्या हुआ परी?"

पारिजात ने बल्ला और गेंद एक कोने में पटका और बड़े वाले सोफे की ओर बढ़ना चाहा ही था कि अपने शरीर पर लगी धूल और पाँव के मैले जूतों का खयाल आते ही वह ठिठक गया। फिर उसने खुद को ढीला छोड़ा और वहीं नीचे फर्श पर औंधे मुँह लेट गया। अनन्या उसके पास आकर उकड़ूँ बैठ गयी। पारिजात के सिर को सहलाते हुए उसने पूछा, "क्या हुआ बेटा?" कोई जवाब न पाकर अनन्या ने दम लगाकर उसे करवट दिलाते हुए सीधा किया तो पाया कि धूल से पुते गालों पर दोनों ओर एक पतली सूखी नदी के से चिह्न शेष हैं। अनन्या की धड़कनें बहुत तेज़ी से तेज़ हुईं और फिर ऊँचाई से गिरती हुई स्थिर राह पर लौटीं, "आज फिर?"

अनन्या की नज़रों से नज़र मिलते ही पारिजात ने अपनी बाँह टेढ़ी कर पलकें ढक लीं। अनन्या ने भी वहाँ से गर्दन मोड़ ली। फिर घुटने पर लगे घाव को देख साँस-सी

छोड़ते हुए वह उठी। थोड़ी-सी रूई में स्प्रिट लेकर आयी और उकडूँ बैठकर घाव को पोंछने लगी। उसकी आँखों के गुस्से ने घाव साफ करती उँगलियों की वेदना को महसूस किया तो गुस्से पर कुछ और लाली छा गयी, "कब तक... कब तक पिटता रहेगा तू दूसरे बच्चों से... क्या कोई दिन होगा ऐसा जब और बच्चे मुझसे आकर कहेंगे कि पारिजात ने उन्हें मारा है?" अनन्या के रुँधे गले से निकला एक-एक शब्द उसकी अपनी आँखों का अक्स बन गया था।

पारिजात ने चेहरे से बाँह हटायी और रुआँसी आवाज़ में चीखते हुए बोला, "कभी नहीं... कभी नहीं...।" फिर अनन्या ने सिसकियों में घुले उसके नर्म निस्सहाय शब्द सुने, "खुद ही तो कहती हो... अगर दुनिया गलत काम करे तो क्या हम भी करें... फिर कहती हो मारता क्यों नहीं!" कहते-कहते पारिजात के भीतर कुछ फूट पड़ा, "मैं नहीं मार सकता माँ... अपने दोस्तों को नहीं मार सकता!" अनन्या की जान-सी सरक गयी कहीं। वह कब फर्श पर टिककर बैठ गयी उसे पता ही न चला। उसने दोनों हाथों से पारिजात का सिर उठाकर अपनी गोद में रख लिया। उसके धूल भरे बालों में उँगलियाँ फेरते हुए उसकी आँखों ने धीरे-धीरे सारा गुस्सा बहा दिया।

अपने सीने से टकराकर आती पारिजात की घुटी हुई आवाज़ की गूँज वह सुन रही थी, "पापा का फोन आये तो मत बताना।" अनन्या के सीने में मानो बर्फ के टीले उग आये। इन टीलों के वज़न से उसे अपनी साँसें दबती-सी महसूस हो रही थीं।

पारिजात ने तीसरी कक्षा में प्रवेश किया ही था जब राघव को उसकी कम्पनी की ओर से तीन साल के लिए अमरीका जाने का प्रस्ताव प्राप्त हुआ था। एक कम्प्यूटर इंजीनियर होने के नाते यह प्रस्ताव राघव के लिए एक ऐसा सपना था जो अक्सर भोर की नींद का साथी होता है। जिसमें या तो किसी रेलवे स्टेशन पर किसी रेल को पकड़ने के लिए उसके पीछे दौड़ा जाता है और रेल मुँह पर धुआँ छोड़ती हुई लगातार अपनी रफ्तार बढ़ाते हुए स्टेशन से निकल जाती है या एक खुले मैदान में कोई हवाई जहाज़ तेज़ी से दौड़कर आकाश की ओर उड़ जाता है और हम अक्सर उसी ओर गर्दन उठाये जहाज़ को ऊपर से भी ऊपर की ओर उड़ता हुआ देखते रह जाते हैं। सो प्रस्ताव-पत्र मिलते ही इस पर ज़्यादा कुछ भी सोचना ज़रूरी था ही कहाँ! बहुत जल्द पारिजात ने गर्मियों की छुट्टियों की एक रात माँ के साथ पापा को खुद अन्तरराष्ट्रीय हवाई अड्डे पहुँचाया था। अब वह चौथी में आ चुका था और जब-तब पापा की आवाज़ के सहारे ही उनके चेहरे तक पहुँचना, उनके चौड़े कन्धों पर चढ़ना और उनकी मज़बूत बाँहों से 'टग ऑफ वार' करते हुए उन्हें ध्वस्त कर देना उसकी दैनिकचर्या में शामिल था।

पापा के जाने के बाद से घर उसे बिना मॉनीटर की कक्षा लगता था। मानो मॉनीटर जाते हुए कह गया हो कि चुपचाप बैठकर ठीक से अपना काम करना वर्ना...। जब किसी दूसरी कक्षा का कोई बच्चा किसी काम से उनकी कक्षा में आता था

तभी कुछ क्षणों के लिए सब अपने-अपने काम छोड़ उसकी ओर ताकते थे या उससे बातें करते थे। कुमारेश का कभी-कभी घर आना कुछ ऐसी ही स्थिति की याद दिलाता था। उसी बिल्डिंग की दूसरी मंज़िल पर रहने वाले कुमारेश से पारिजात की सीढ़ियों वाली दोस्ती थी। वे दोनों अक्सर सीढ़ियों पर उतरते-चढ़ते मिलते थे और एक-दूसरे को देखकर मुस्कराते थे। यही मुस्कान उन्हें धीरे-धीरे हल्की-सी दोस्ती की ओर ले चली थी।

एक बार सीढ़ियाँ चढ़ते हुए पारिजात को लगा था कि उसका वह सीढ़ियों वाला दोस्त तीन-चार दिन से उसे दिखाई नहीं दिया है। घर आकर उसने अपनी यह फिक्र माँ को बतायी और उसकी सलाह पर वह एक और मंज़िल पार कर कुमारेश से मिलने उसके घर पहुँचा। कुमारेश को बुखार था जो अब काफी सँभल चुका था। पारिजात को अपनी दोस्ती पर खासी शर्म आयी थी कि इतने दिनों तक उसे यह पता ही नहीं चला कि उसका दोस्त बीमार है। उदासी की परत चढ़ाये वह घर लौटा। शाम को वह दोबारा कुमारेश से मिलने गया। फिर कुछ दिनों तक जाता रहा जब तक कि कुमारेश ने उसे यह यकीन नहीं दिला दिया कि वह बिल्कुल ठीक है और अगले दिन से पढ़ाने कॉलेज ज़रूर जाएगा।

फिर एक शनिवार की दोपहर में कुमारेश पारिजात के घर जाने के लिए दरवाज़े तक पहुँचा तो उसे खुला देखकर ठिठक गया। उसने दरवाज़े पर दस्तक दी और कदम अन्दर बढ़ाये। सामने रसोई में एक महिला को वॉशबेसन के पास व्यस्त पाया। नल खुला है, तभी सम्भवत: उसे दस्तक सुनाई न दी हो, सोचते हुए कुमारेश ने रसोई के दरवाज़े को भी खटखटाया। काम छोड़कर विम लगे हाथों को टपकने से बचाते हुए अनन्या ने मुड़कर देखा। अधसूखे खुले बालों में एक सलोना चेहरा। रंग काफी दबा-सा, मगर चेहरे पर मेधा की आभा। आँखों पर हल्का मंगोलियाई प्रभाव जिसे काजल की लकीरों ने गहराई से मुखरित करना चाहा था। घर में सामने अचानक किसी को खड़ा पाकर अनन्या के होंठ कुछ कहने को हिले तो कुमारेश ने देखा कि हल्के गुलाबी रंग में कलौंस की-सी छाया भी आकर्षक लगती है। गहरे कत्थई रंग की टसर की साड़ी पर मोटे ब्रश से खिंची काली आड़ी-तिरछी, कटी-फटी लकीरें और खद्दर का काला ब्लाउज़ उस कलौंस का सुन्दर सहयात्री लग रहा था। ढेरों छोटे-छोटे काले मोतियों की लड़ियों को बँटकर बना एक खासा मोटा हार गले से नीचे आते हुए कुछ उभार के बाद जहाँ विश्राम पा रहा था वहाँ भी खासा कलौंसपन लिये एक चाँदी का बड़ा-सा गोल पैंडेंट झूल रहा था। अनन्या के अचानक मुड़कर ठहरने से वह पैंडेंट भी झटके से हिलकर अब ज़रा ठहर पाया था। उस पर बीचोंबीच आसन लगाये योग की किसी एक मुद्रा में कोई स्त्री बैठी थी... योगिनी... एक मायावी अन्धकार के प्रभाव में बैठी योगिनी।

"आप तो वही... वो ऊपर रहते हैं आप...," शायद अपने भीगे हाथों पर लगे विम की वजह से हिचकते हुए कहा था अनन्या ने। सवाल के जवाब में कुमारेश के चेहरे

पर एक माफी माँगती मुस्कान आ गयी थी, "जी मैं कुमारेश... पारिजात आता रहता है मेरे पास।"

"हाँ, आप उसके दोस्त हैं," अनन्या ने हल्का मुस्कराते हुए कहा था, "बैठिए न अन्दर... मैं बस हाथ धोकर आती हूँ।"

"नहीं, आप काम कीजिए... मैं तो बस अपने दोस्त का शुक्रिया अदा करने चला आया था।"

"वो आज अपने किसी और दोस्त के यहाँ गया है... दावत में..."

"चलता हूँ... फिर कभी सही...", कहते हुए कुमारेश यूँ ही अनन्या की ओर मुँह किये पीछे की ओर कदम बढ़ाता रहा। चार-पाँच कदमों के बाद हल्का-सा झुकते हुए पलटा और दरवाज़े से बाहर चला गया। जाते हुए वह दरवाज़ा बन्द कर गया था।

पारिजात ने सुना तो उसे भीतर बहुत अच्छा महसूस हुआ। रविवार की सुबह थी। ज्यों ही पापा का फोन आया उसने उन्हें सबसे पहले यही बताया था। फिर थोड़ी देर बाद वह कूदता हुआ कुमारेश के घर गया था और एक बार फिर चलने का इसरार करता हुआ उन्हें बाँह से पकड़कर अपने यहाँ ले आया था।

कुमारेश से बातें करना उसे हमेशा प्रिय रहा था। अपने घर में कुमारेश को बातें करता देख उसे कुछ और भला लगा। अब वह अक्सर कुमारेश को घर आने का न्यौता देने लगा। कुमारेश के रोचक किस्सों पर जब वह ज़ोर से हँसता तो आस-पास माँ की भीनी-भीनी हँसी भी महसूस करता था। उसका मन चाहता था कि कुमारेश रोज़ शाम को घर आए। वह नहीं आता तो उसे बुला लाता था। माँ अक्सर मना करती थी पर पारिजात के मन का खयाल आते ही चुप हो जाती थी।

एक बार पारिजात पढ़ाई से ऊबा बैठा था तो कुमारेश ने अपने विद्यालय का एक किस्सा सुनाया था— "यार ये पढ़ाई...! मुझे भी ऐसा ही लगता था बचपन में। जानते हो मुझे व्याकरण से बहुत चिढ़ थी। वो 'ए' पर्चा था हिन्दी का। शायद पचहत्तर नम्बर का। पर्चा पढ़ा... पाया कि बस अलंकार आते हैं जो पाँच नम्बर के थे। उन्हें किया फिर पर्चा दोबारा पढ़ा तो पाया कि उसमें से निबन्ध के अलावा मुझे सचमुच कुछ भी नहीं आता था। पहले तो बहुत उदास हुआ। फिर निबन्ध लिखना शुरू किया। खूब जम कर लिखा। दस नम्बर का था और विषय था, 'वर्षा का एक दिन'। सत्रह पृष्ठ लिख डाले।"

"सत्रह पृष्ठ...! आप थके नहीं?"

"निबन्ध लिखने में तो भैया मैं नहीं थकता था...।"

"तो फिर आप पास हो गये?"

"अरे सुन तो... हफ्तेभर बाद मुझे मास्टर ने बुलाया और जमकर झिड़की लगायी।" कुमारेश ने मास्टर की नकल बनाते हुए किस्सा जारी रखा, बोला— 'मूर्ख, पर्चा पूरा क्यों नहीं किया?' मैं चुप...! क्या कहता! फिर मास्टर कड़ककर बोला, 'फेल हो

जाएगा... सिर्फ चौदह नम्बर हैं तेरे... किया क्यों नहीं पूरा?' मेरी तो जान सूख गयी। चेहरा लटकाकर धीरे से बोला—आता नहीं था।'' कुमारेश ने 'आता नहीं था' कहते हुए सचमुच चेहरा लटकाने का अभिनय किया तो पारिजात ठहाका मारकर हँसने लगा।

''मास्टर फिर चीखा, 'आता नहीं था! ये... ये सत्रह पेज पर इतना कुछ लिख डाला... फिर कहता है आता नहीं था... बेवकूफ... जा वो कोने में कागज़ रखा है उठाकर ला... ये ले पेन और लिख'।'' दो पल ठहरकर कुमारेश ने साँस-सी ली। फिर संजीदा होकर आगे कहा, ''मैं कागज़ उठाकर लाया और उसके सामने ज़मीन पर बैठ गया। उसने लगभग तीस नम्बर के सवालों के जवाब मुझे बोलकर लिखवाये और पास किया।''

अनन्या ने महसूस किया था कि कुमारेश की आवाज़ कुछ नम हुई थी जिसे उसने जल्द ही सँभालना चाहा था, ''जब मैंने उसे वो कागज़ थमाये तो फिर मुझे प्यार से झिड़कते हुए बोला, 'जा भाग जा... पास कर दिया है।' मैं दरवाज़े तक पहुँचा ही था कि उसने टोका, 'सुन...' मैंने पलटकर देखा। 'लिखा कर... अच्छा लिखता है तू'।'' कहते हुए कुमारेश कहीं बीते वर्षों को लाँघता हुआ पीछे दौड़ा था। शायद उन ठिठके क्षणों को नज़र भरकर देखने के लिए। अनन्या भी पास आकर बैठ गयी थी। कुमारेश ने उसे अपनी ओर नज़र भरकर देखते हुए पाया तो उन क्षणों को अपने पीछे कहीं छिपाना चाहा था पर मन ने साथ कहाँ दिया। एक अलग-सी फीलिंग थी यह जो बन्धन के साथ ही मुक्ताकाश भी चाहती है, ''अनन्या जी, जानती हैं, मेरी माँ हमेशा इम्तिहानों में मुझे कहती थीं कि समय से पहले पर्चा मत देना। चाहे कुछ भी करो पर कमरे से बाहर मत आना जब तक कि घंटी न बज जाए। उस निबन्ध के बाद भी मेरे पास बहुत समय बचा था। समझ नहीं आया क्या करूँ... मैंने वर्षा के दिन का एक चित्र बना डाला था पेंसिल से।''

''तो आपके मास्टर को चित्र कैसा लगा?'' पारिजात ने पूछा।

''कैसा लगा! यार उस पर भी डाँट पड़ी। बोला, 'भोंदू, लिखने को बोलते हैं तो चित्र बनाता है...! चित्र बनाने का शौक है तो शब्दों से बना..., जैसे निबन्ध में बनाया है'।'' कहते हुए कुमारेश फिर खो-सा गया, ''कहाँ मिलेंगे अब ऐसे मास्टर!''

बीता हुआ समय कभी भाप बन जाता है तो कभी जमकर बर्फ!

कुमारेश का रोज़ घर आना उतना ही आदत में शामिल हो गया था जितना बाल सँवारते हुए दर्पण में अपना चेहरा देखना। उसके आते ही घर अपने ऊब के मोज़े उतार बाहर कहीं सीढ़ियों के पास पटक आता था। और कुमारेश... वो बार-बार अनन्या से कुछ कहना चाहता था जिसके अबोले बोल भँवर बनकर भीतर चक्कर लगाते रहते थे। मगर अनन्या सिर्फ इतना ही सुन पाती थी, ''पता नहीं अपनी हर बात मैं आपसे क्यों करना चाहता हूँ... आपका वजूद मेरे लिए कड़कती धूप में गुलमोहर के साये से कम नहीं।''

"ऐसा क्यों है?"

"असल में आप जो सुनती हैं कानों से नहीं मन से सुनती हैं और जो कहती हैं होठों से नहीं दिल से कहती हैं... मैं ये ओस की बूँदें सहेजने बढ़ता हूँ तो अचानक धूप खिल उठती है।"

अनन्या दूर दीवान पर बैठे कुमारेश की ओर पीठ किये मेज़ के पास खड़ी थी। उसे अपनी पीठ पर सिहरन का स्पर्श-सा महसूस हुआ। वही स्पर्श उसने उँगलियों की पोरों में भी पाया तो मन के सहारे के लिए कुर्सी पर बायें हाथ का दबाव-सा डाला और मुड़कर कुमारेश की ओर देखा। कुछ कहना चाहा था, "कुमारेश..."। तभी पारिजात ने खीझते हुए घर में प्रवेश किया, "ऐसा क्यों होता है? हमारी टीम कभी जीत क्यों नहीं पाती? भगवान हमारे साथ ऐसा क्यों करता है?"

कुमारेश की नज़रें अनन्या से मिलीं। उसे लगा अनन्या की पलकें बतख के परों की भाँति अपना वज़न नहीं सँभाल पा रही हैं। वह वज़न पलकों के साथ-साथ समूची देह पर हावी होता जा रहा है। वो फुर्ती से पारिजात की ओर बढ़ा, "अब इसमें भगवान कहाँ से आ गया?"

"हमारी टीम बहुत अच्छा खेलती है पर भगवान उसे कभी नहीं जिताता... हमेशा दूसरी टीम...", उसकी आँखें डबडबा आयी थीं।

कुमारेश ने उसका ध्यान बँटाने की कोशिश की, "यार, क्यों तंग करते हो भगवान को... उसे तो बहुत से काम होते हैं... वो कोई मैच देखने रोज़ थोड़ी आ सकता है!"

"क्या काम होते हैं उसे?" रुआँसी आवाज़ में उसने पूछा।

"अरे... सारी दुनिया चलानी है... छोटे-बड़े सब काम करने हैं... और तो और... पता है रोज़ रात को हम जैसों के चेहरों की खाल में घुसकर दाढ़ी को भी थोड़ा-थोड़ा बढ़ाना होता है।" उसने अपने गालों पर हाथ फेरते हुए कहा, "देखो है कि नहीं!" पारिजात के चेहरे के आँसू मुस्कान का स्पर्श पा गये। वज़न भी छँट चुका था।

समय का वज़न भी कम होने लगा था। अब वह धीरे-धीरे हवा में तैर-सा रहा था। वो पूर्णिमा की रात थी। डिनर के बाद कुमारेश ने अनन्या से फोन पर कहा था, "पूनम की रात में माधवी लता के पास खड़े होकर उसकी कलियों के चटखने की आवाज़ सुनी है कभी?... आज सुनना।" कुमारेश की आवाज़ अनन्या के भीतर माधवी लता-सी लहरा गयी थी।

रात में कुमारेश की नींद खुली मगर लौटकर आने के लिए नहीं। लगा कि सुबह हो गयी है। बालकनी रोशनी के धुँधलके से भरी हुई थी। पक्षियों का कलरव सुनाई दे रहा था। उसने करवट लेकर घड़ी उठायी और आँखों पर ज़ोर डालते हुए समय देखा। तीन बजकर पाँच मिनट। मन में प्रश्न उठा— फिर ये पक्षियों का कलरव? बालकनी के पर्दे खिसकाये तो उजाला कमरे में भर आया। उसे रात का फोन याद आया। उस पार से

अनन्या की लम्बी खामोशी। साथ ही याद आया कि आज तो पूर्णिमा की रात है। तभी चाँदनी भोर का भ्रम फैला रही है पक्षियों में... सबसे ज़्यादा कौवों का काँव-काँव सुनाई दे रहा है... मानो उन्हीं के लिए आयी हो ये ज्योत्स्ना। काक-ज्योत्स्ना! काक-ज्योत्स्ना यानी एक भ्रम... जो बहुत भाता है! फिर चाँद की ओर चेहरा उठाकर मुस्कराते हुए कुमारेश ने कहा, "अनन्या की तरह!"

जैसे-तैसे कुमारेश ने कुछ घंटे बिताये। बालकनी से स्कूल जाते पारिजात को 'बाय' किया और फोन के पास आकर बैठ गया। फोन करूँ या न करूँ? फोन करना ही बेहतर रहेगा। कुछ बातें ऐसी होती हैं जो हम फोन पर ज़्यादा सहजता से कह पाते हैं।

"अनन्या... कल अजीब-सी रात बीती... अब ऐसी ही बीतने लगी हैं। लगता है जैसे केन्द्रीकरण हो गया है मेरा...! न कोई जगह, जगह रही है अब और न कोई वक्त, वक्त..."

"तो रोज़ मिलते तो हैं।"

"पर जी कहाँ भरता है तुमसे... जबसे जन्म लिया है लगता है चल रहा हूँ लगातार... कल शाम किसी ने मुझे पहली बार नाम लेकर पुकारा तो अपना नाम पता चला। मुड़कर देखा तो अनन्या की ज्योत्स्ना बिखरी हुई थी चारों ओर... मेरी अनन्या की... तुम्हारी नहीं।"

"कुमारेश प्लीज़... ये बातें कुछ नहीं देंगी दु:ख के सिवा।" अनन्या की आवाज़ मानो बाहर निकलने के बरक्स कम्पन के दबाव में भीतर की ओर धँसती जा रही थी।

"बचपन में मेरा बड़ा भाई, उसकी एक मित्र और मैं छुपम-छुपाई खेलते थे", कुमारेश कह रहा था, "वे दोनों रोज़ मुझे सिपाही बनाकर कहते थे कि हम छिपते हैं तू हमें ढूँढ़। मैं घंटों उन्हें ढूँढ़ता रहता था। जब नहीं मिलते थे तो थककर घर लौट जाता था। हमेशा ऐसा ही होता था।"

कुछ क्षणों के लिए दोनों ओर एक खामोशी रही। एक ओर कहने से पहली की खामोशी तो दूसरी ओर सुनने से पहले की। तभी अनन्या की व्यग्रता ने उसे तोड़ा, "हैलो!"

"हाँ... फिर एक दिन मुझे लगा कि ऐसा तो नहीं कि वो किसी ऐसी जगह छिपते हों जो निर्धारित क्षेत्र में न आती हो! मैं दूसरी दिशा में चल पड़ा। एक बाग के किनारे लगी मुँडेर पार कर दूसरे बाग में जाने की कोशिश कर रहा था कि वे दोनों मुझे मुँडेर के दूसरी ओर मुँडेर से चिपककर एक-दूसरे में गुँथे हुए मिले। मैं घबरा गया और पीछे हट गया। बिना कुछ कहे लौट आया।"

आवाज़ ने एक पड़ाव डाला था आगे बढ़ने से पहले, "फिर मैंने वो खेल नहीं खेला... कभी नहीं... अनन्या... सुन रही हो ना?"

''हाँ...'', व्यग्रता टिककर बैठ चुकी थी।

''मुझे अपनी नियति मालूम है... ढूँढ़ते रहना... उसे ढूँढ़ना जो मिलकर भी नहीं मिलता... और फिर लौट जाना... पर ढूँढ़ने पर तो रोक मत लगाओ... उस पर तुम्हारा बस नहीं चलेगा।'' फिर दृढ़ आवाज़ में, मगर एक-एक शब्द को चबाते हुए कहा था कुमारेश ने, ''ढूँढ़ना तो मेरे बस में है... मैं ढूँढ़ता रहूँगा।'' और रिसीवर रख दिया था।

खटाक् की आवाज़ सुनने के बाद अनन्या ने रिसीवर कान से हटाया और उसे देखती रह गयी थी। कैसे समझाए अपना मन उसे। कई बार कोशिश की, मगर...। कुमारेश कहता है प्रेम एक राग है... और जितना वह मन का राग है उतना ही देह का राग भी है। ऐसी ही एक दलील पर एक शाम अनन्या ने कुछ कहने की कोशिश की थी, ''शायद तुम कहना चाह रहे हो कि प्रेम संज्ञा भी है और क्रिया भी... पर कुमार, प्रेम जब क्रिया हो जाता है तो ढलान की ओर जाने लगता है।''

''जब इतनी समझ रखती हो तो जैसे क्रिया को रोकने का संकल्प किया है संज्ञा को भी रोक लेतीं।'' कुमार की बेबसी ने उसके शब्दों को हल्की-सी चिढ़ के साथ आगे बढ़ाया था। प्रकारान्तर से उसने अनन्या को बहस के लिए उंकसाना चाहा था।

''वो मेरे बस में नहीं था वर्ना...'', मगर अनन्या की बेबसी ने उसके भीतर से निकलते एक-एक शब्द को गुनगुनी नरमी दी थी जिससे कुमारेश की चिढ़ पिघली थी, ''तो फिर बाँध बनाकर प्रवाह को रोकती क्यों हो?''

''बाँध बनाना बहुत ज़रूरी होता है कभी-कभी,'' अनन्या की आवाज़ में मज़बूती लौट रही थी।

कुछ क्षण ठहरकर कुमारेश ने अनन्या से एक सीधा प्रश्न किया, ''तुम्हें नहीं लगता बहुत दकियानूसी दलील है ये?'' मगर उसे प्रश्न के उत्तर में प्रश्न की उम्मीद नहीं थी, ''तो क्या सारी सीमाएँ तोड़ देना ही आधुनिकता है?''

अनन्या दीवान पर आल्थी-पाल्थी मारे बैठी थी और एक ओर झुककर अपना चेहरा उसने हथेली पर टिका लिया था।

''सीधे क्यों नहीं बैठतीं? असल में तुम्हारा सिर कुछ ज़्यादा भारी है। उसे सहारे की ज़रूरत होती है शायद'', कहते हुए कुमारेश पुस्तकों के रैक की ओर बढ़ गया था, ''वो किताब मिली क्या फिर?'' जवाब न पा पलटकर देखा तो अनन्या की दृष्टि उसी पर ठहरी हुई थी। कुमारेश का यूँ बात के सामने से खुद को हटा लेने का अन्दाज़ वह समझ रही थी। दृष्टि के उस ठहराव ने कुमारेश को भी यह बता दिया था कि अनन्या समझ रही है। जवाब में उसकी नज़रें रैक में लगी किताबों पर भटकने लगी थीं।

तभी पारिजात ने हाथ में कुछ सफेद कागज़, पक्षियों की ढेरों तस्वीरें और कुछ किताबें लिये कमरे में प्रवेश किया, ''माँ... पहले पृष्ठ पर कौन-सा पक्षी लूँ?''

कुमारेश ने रैक पर झुके-झुके हल्का-सा मुड़ते हुए अनन्या पर एक उड़ती-सी नज़र डाली। फिर पारिजात की ओर गम्भीर मगर स्नेहासिक्त भाव से देखते हुए कहा, ''यार पक्षियों की बात है तो हमसे पूछो... तुम्हारी माँ क्या जाने पक्षी और उड़ान को।'' फिर सीधे खड़े होकर वह पारिजात की ओर बढ़ा, ''लाओ दिखाओ।''

पारिजात ने पक्षियों के सारे चित्र उसे थमा दिये और दोनों साथ-साथ नीचे बैठ गये। फर्श पर दोनों ने सारे चित्र फैला दिये।

''कुमार अंकल... ये चित्र मुझे सबसे प्यारा लगता है... मगर ये गौरय्या का है।''

''तो?'' कुमारेश कुछ समझ नहीं पाया था।

''गौरय्या तो हम रोज़ ही देख सकते हैं। सब जगह होती है।''

''तो?'' कुमारेश के चेहरे पर पुराना भाव बना रहा।

''तो... मेरा मतलब पहले पृष्ठ पर तो कोई ऐसा पक्षी होना चाहिए जो ज़्यादा न दिखता हो... या उसके बारे में कुछ जानना अच्छा लगे... मतलब...।''

''समझ गया... समझ गया... हूँ... तो ज़रा सोचने दो।'' चित्रों को ध्यान से देखते हुए कुमारेश ने कुछ ज़्यादा ही गम्भीर मुद्रा बना ली थी।

''ये कोयल ले लें?'' पारिजात ने पूछा।

''ऊँ हूँ,'' नकार में गर्दन हिलाते हुए कुमारेश ने वहाँ बिखरे चित्रों को लगातार देखते हुए कहा।

''ये मोर?'' पारिजात की नज़रें कुमारेश के चेहरे पर थीं।

''नहीं'', कुमारेश के भीतर एक विचार चमक उठा था, ''एक मिनट... एक मिनट... हाँ... ये देखो... ये राजहंस कैसा लगेगा?''

''राजहंस?''

''हाँ... यार इसका नाम ही इतना तगड़ा है... मानो सच में यही पक्षियों का राजा हो!''

''मगर इसके बारे में... और इसकी खूबियाँ भी तो लिखनी होंगी... मेरे पास ज़्यादा मैटीरियल नहीं है'', पारिजात परेशान लगा।

''हो जाएगा... कर लेंगे... किताबें किसलिए हैं... और हाँ पता है 'स्वैन सांग' किसे कहते हैं?''

''किसे?'' पारिजात के सवाल पर कुमारेश को मायूसी ने घेर लिया।

''कहते हैं ये गीत नहीं गाता... जब गाता है तो वह उसके जीवन का अन्तिम गान होता है।''

उसकी मायूसी को अनन्या की उदास आवाज़ की कुरबत कुछ और बढ़ा गयी, ''फिर भी न जाने क्यों लोग चाहते हैं कि वह गाए!''

दूर किसी राजहंस ने मानो कोई गीत गाकर दम तोड़ दिया हो! कमरे के भीतर की शाम पर भी उदासी की पर्तें कुछ और गहरा आयी थीं जिसमें पारिजात के उत्साह का नन्हा सूरज अकेले मचल रहा था, कुमारेश की मदद से अपनी फाइल पर राजहंस, कोयल, मोर, तोता, मैना... न जाने कितने परिन्दों के चित्र चिपकाते हुए। उस सूरज की रोशनी ने शाम के धुँधलके को कुछ तितर-बितर तो किया मगर शाम तो फिर शाम है, रात की ओस से मिलकर ही विदा होती है!

तपता सूरज सारी ओस सोख लेता है। अनन्या ने रूमाल से चेहरा लगभग रगड़ा तो पाया कि रूमाल कुछ काला हो गया है। क्या हालत हो गयी है शहर की! हर तरफ हवा में मिट्टी ही मिट्टी है। सोचते हुए उसने ठहरकर रूमाल को ध्यान से देखा। साथ चल रहे कुमारेश की नज़र रूमाल के बाद अनन्या के चेहरे पर ठहर गयी, "क्या देख रही हो?"

अनन्या ने रूमाल वाला हाथ कुमारेश की ओर किया तो उसके चेहरे पर शैतानी खेल रही थी, "देख रही हूँ कि काले लोगों का पसीना भी काला होता है।"

कुमारेश मुस्कराते हुए इस शैतानी को पीछे छोड़ आगे बढ़ गया, "चलो अगली दुकान पर मिल जाए शायद।"

अनन्या के चेहरे के भाव कुमारेश के पीछे दौड़े, "ठीक कह रही हूँ... चाहो तो अपना रूमाल देख लो, साफ मिलेगा।"

कुमारेश की झेंप में हल्के गुस्से का सेक उभरा, "अगर मैं कुछ कहूँगा तो जामुनी हो जाओगी।"

"जामुनी क्यों?" शैतानी को मिंठास भा रही थी।

झेंप को एक ओर करते हुए कुमारेश ने कहा, "क्योंकि जब गुलाबी होना चाहिए कुछ लोग जामुनी हो जाते हैं।"

अनन्या खिलखिला उठी। कुछ क्षण बाद उसने कहा, "सीधे कहो न काले लोग।" और अगली दुकान में बढ़ गयी।

कुछ समय बाद कुछ अदद लिफाफों से घिरे हुए अनन्या और कुमारेश सुस्ताने के लिए टाउन हॉल के बाहर बने बाग में बैठ एक खोखेवाले की चाय पी रहे थे। कुछ दूरी पर सामने खड़ा एक बूढ़ा साइकस उन पर छायी पीपल की छाया देख रहा था। पास से कीचड़ में लथपथ एक मैली गाय गुज़री जिसकी पूँछ की तरफ पीठ पर एक मैना बैठी उसकी त्वचा में से चुन-चुनकर कुछ खा रही थी। गाय बेखबर-सी आगे बढ़ती जा रही थी, एक-एक पाँव उठाते और एक-एक पाँव रखते। अनन्या को हाथ में पकड़ा चाय का गिलास अचानक भारी लगने लगा तो उसने उसे नीचे घास पर टिका दिया। कैसी बेखबर है ये गाय! शायद सभी ऐसी होती हैं। उसे याद आया बचपन में उसके घर से

कुछ ही दूरी पर एक ग्वाला था जिसके यहाँ कई गाय-भैंसें थीं। एक बार उसकी एक गाय की पीठ पर बड़ा-सा ज़ख्म हो गया था। गौरय्या और मैना अक्सर उसकी पीठ पर बैठकर उसके ज़ख्म को कुरेदती मिलती थीं। इसलिए वह ज़ख्म ठीक ही नहीं हो पाता था। ग्वाला जब-तब उसके ज़ख्म को उनसे बचाने के लिए कोई फटी-पुरानी चटाई का टुकड़ा उसकी पीठ पर डाल देता था मगर वो गाय... । वो गाय अपना मुँह पीछे कर-करके लगातार कोशिश करती थी और अन्तत: उस चटाई को खा जाती थी। नासमझ... नहीं जानती थी कि वस्तुत: वह चटाई नहीं अपना ज़ख्म खा रही है। ग्वाला फिर किसी चटाई का टुकड़ा उसके ज़ख्म को ओढ़ाता था और वह उसी तरह फिर उसे खा डालती थी।

कुमारेश की चाय खत्म हो चुकी थी। अपना गिलास एक ओर लुढ़काते हुए उसने कहा, ''तुम्हें नहीं लगता कि अब हम...'', वह सही शब्दों की तलाश के लिए रुका ही था कि गाय से नज़र हटाकर अनन्या ने बूढ़े साइकस को देखा, ''मुझे तो अब कुछ और लगता है।''

कुमारेश ने घूमकर उसे देखा तो उसने अपना वाक्य आगे बढ़ाया, ''कि दुनिया में किसी चीज़ का हल नहीं है...''

''अनन्या...''

''बोलने दो कुमार... हल है ही नहीं... दि ओनली वे लेफ्ट इज़ नो वे... सोचते जाओ... उधेड़ते जाओ... बुनते जाओ... बस।'' बोलते हुए अनन्या की कनपटी की नसें फड़क उठी थीं।

''क्यों करती हो इतनी बौद्धिक सी-सॉ तुम?'' कुमारेश की आवाज़ अनन्या के लिए उस पीपल की छाया बन गयी। गाय रुककर अपनी पूँछ से मैना को उड़ाने का प्रयास कर रही थी। अनन्या के स्वर मानो तड़प उठे, ''कहाँ है ये बौद्धिक सी-सॉ अब... एक ओर बुद्धि है मगर दूसरी ओर तो दिल है।''

''जब इतना मानती हो तो... मान क्यों नहीं जातीं। क्यों बादलों के पीछे की धूप बनी रहती हो।'' कुमारेश ने देखा अनन्या के हाथ से गिलास छूट गया था। उसके अन्दर की चाय घास में फैल गयी थी। अनन्या ने दोनों बाँहों को आपस में फँसाकर अपनी मुड़ी टाँगों के घुटनों पर रखा और उन पर सिर टिका दिया, ''जानती हूँ कोई बन्धन नहीं है... मगर इस मन का क्या करूँ जो मुक्त बन्धन से बँधा हुआ है...'', एक साँस-सी छोड़ते हुए फुसफुसाहट के स्वर में फिर उसने कहा, ''कभी-कभी लगता है चारों ओर पहाड़ उगे हुए हैं जो अचानक मुझ पर गिर जाएँगे और मैं दबकर रह जाऊँगी... मन चीख उठता है कोई इन्हें हटा दे सामने से।'' कुमारेश ने हौले से उसकी हथेली को थाम लिया। वह नम और इतनी ढीली थी कि उसका हाथ वापस लौट आया।

लम्हों का एक ढेर सामने से गुज़र गया तो अनन्या ने सिर उठाया। ''चाय मँगवाऊँ?'' कुमारेश ने पूछा। अनन्या ने सिर्फ ''नहीं'' कहा। कुछ क्षण बाद कुमारेश ने

सहमे लहजे में बात शुरू की, ''एक बात कहूँ... वो विदेश में है... तुमसे दूर... वो भी इनसान है... क्या तुम... तुम सोचती हो वो... उसने कभी कुछ नहीं...।''

''ये सब मैं नहीं सोचती,'' अनन्या का स्वर कुछ तेज़ हुआ, ''ये सब वो जाने।''

''हाँ, तुम क्यों सोचोगी!'' इस जवाब पर कुमारेश खीझ गया, ''तुम बस खुद को और मुझे दु:ख दे सकती हो... क्यों नहीं मानतीं कि डीविएशन ही दुनिया का असली नियम है। तभी तो हम 'मोरैलिटी-मोरैलिटी' चीखते हैं... तभी तो मोरैलिटी की ज़रूरत होती है... किसी भी... किसी भी हिन्दी दिवस या महिला दिवस की तरह।'' अनन्या चुप रही तो कुछ शान्त स्वर में उसने कहा, ''अनन्या, सामान्य न होना ही असली सामान्यता है।''

''तो मान लो कि सामान्य नहीं हूँ मैं,'' डूबते स्वरों के दर्द को अनन्या ने थाम लिया था।

''यही सोचकर तो रुका हुआ हूँ'', कुमारेश के स्वर अनन्या के स्वरों को पकड़ने की चाह में खुद भी डूब गये थे।

''बिल्कुल एक ही तरह की दो सरणियों में बहना मेरे लिए सम्भव नहीं है कुमार... कहा न मुझसे ऐसी उम्मीद मत करो।'' पीपल की शाखों ने इस चमकती दोपहर में भी अपनी छाया में दर्द के धुँधलके महसूस किये थे।

लम्हों ने बीच-बीच में यूँ ही खामोशी से गुज़र जाने की ठान ली थी शायद। ऐसे गुज़रें या वैसे... गुज़रते-गुज़रते तो सभी गुज़र जाते हैं। कुमारेश की आवाज़ ने अनन्या को इस गर्मी में सींच-सा दिया, ''उम्मीद तो रखता हूँ... रखता रहूँगा मगर अब... मन को लौटा ले जाना सम्भव नहीं है... मुझे नहीं मालूम था कि उम्मीद पूरी न होने का लालित्य इतना भी हो सकता है! पहली बार जाना है,'' कहते हुए कुमारेश उठ खड़ा हुआ। उसने सारे लिफाफे बटोरे और घास पर बैठी अनन्या की ओर देखकर नज़रों से कहा, ''चलो अब।''

अनन्या ने पर्स सँभाला और उठ खड़ी हुई। बाग से बाहर निकलकर कुमारेश ने एक स्कूटरवाले को ठहराया और स्कूटर घर की ओर रवाना हुआ।

अनन्या ने झाँककर अन्तिम बार गाय को देखना चाहा। वह नज़र भरकर देख भी नहीं पायी थी कि स्कूटर के ज़ोरदार झटके से सीट की तरफ पीछे हो गयी। झटके ने एहसास दिलाया कि मैना तो कुछ समय बाद उड़ जाएगी और गाय...! वो अपने उघड़े ज़ख्म लिये दिवावसान के समय अपनी झूलती गर्दन से सब दिशाओं को दायें-बायें करती आश्रय आतुर हो घर लौट जाएगी।

स्कूटर दरवाज़े पर रुकवाकर अनन्या ने पैसे चुकाने के लिए पर्स खोलना चाहा था तो कुमारेश ने रोक दिया, ''तुम उतरो... मैं चुकाकर आता हूँ।'' क्षणभर के लिए अनन्या

के हाथ पर्स पर ठिठके रहे। अगले ही क्षण वह स्कूटर से उतरी और बाहर कुमारेश की प्रतीक्षा करने लगी। कुमारेश भी उसके एकदम बाद स्कूटर से बाहर आया। जेब से पर्स निकालकर पैसे चुकाये। देखा अनन्या सीढ़ियों की ओर बढ़ रही थी। वह भी उसी ओर बढ़ा। पहली मंज़िल पर दरवाज़े के बाहर रुककर, कुछ झुककर अनन्या ने पर्स में चाबियाँ ढूँढ़ने के लिए हाथ डाला तो कुमारेश पूछ रहा था, ''नेचुरल हिस्ट्री म्यूज़ियम गयी हो कभी ?'' इस प्रश्न पर पलभर ठहरकर चाबियाँ निकालते हुए अनन्या ने जवाब में पलकें फैला दी थीं।

''कभी जाना... वहाँ एक प्रतिकृति है... डोडो की... बड़ी-सी डोडो... उसे देखकर तुम्हारी याद आती है...'', अनन्या उसे असमंजस में देखती रही तो वह सिर को एक ओर हल्का-सा झटका देकर मुस्करा उठा, ''डोडो...।''

फिर एक साँस छोड़ते हुए बोला ''गुड नाइट'' और सीढ़ियों पर तेज़ी से लगभग दौड़ता हुआ चढ़ गया। अनन्या हाथ में चाबियाँ लिये वैसी ही खड़ी रही। जब उसे ऊपर वाली मंज़िल के दरवाज़े में चाबी घुमाने की आवाज़ सुनाई दी तो मानो उसे भी अपनी चाबी याद आयी। उसने अपनी चाबी दरवाज़े की ओर बढ़ायी और घर में प्रवेश किया।

दोपहर का समय था। घर का खालीपन एक खामोश अन्धड़ की तरह उसके कदमों से लिपट गया। अपने भारी कदमों को जबरन आगे की ओर बढ़ाते हुए उसने खुद को कमरे की ओर ठेला। अचानक लगा कि वह बहुत थक गयी है। रात भी टूटती-जागती-सी नींद के सहारे कटी थी और सुबह से पारिजात के शिमला ट्रिप की तैयारियाँ शुरू हो गयी थीं। आज शनिवार की वजह से उसकी भी छुट्टी थी और पारिजात की भी। उसने बाज़ार जाने का ज़िक्र किया तो पारिजात ने माँ के पीछे-पीछे एक बाज़ार से दूसरे बाज़ार में भटकने की ऊब से बचने के लिए दोस्त के घर जाने का बहाना पसार दिया था। सो नाश्ता करते ही वह अपना बल्ला व गेंद लेकर शाम तक के लिए उड़न छू हो गया था।

कमरे में पारिजात के ट्रिप का सामान एक ओर खुली अटैची में अस्त-व्यस्त पड़ा था। पास ही अनन्या एक कुर्सी पर बैठ गयी और उसने झोले में से दो जोड़ी मोज़े, एक स्वैटर, एक निक्कर, छुटपुट खाने-पीने के सामन के कुछ पैकेट निकाले और उन्हें वहाँ रखकर अटैची की अस्त-व्यस्तता को कुछ और उद्घाटित किया।

अनन्या ने टेक लगायी और एक छोटा स्टूल खींचकर पैरों के नीचे लगाया। आँखों ने छत को देखा तो याद आया पंखा चलाने के दिन आ गये हैं। इसे भी साफ करना होगा। पारिजात चला जाएगा तो क्या करूँगी सारा दिन। घर के सब पंखे साफ कर डालूँगी। चार दिन और तीन रातें। इतना लम्बा समय पारिजात के बिना बिताना होगा, इस अकेले घर में। जब राघव गया था तो कुछ दिन तक कितना अकेला-अकेला लगता रहा था घर। फिर आदत हो गयी थी, अकेले पारिजात के साथ की। जीवन की न जाने कितनी ही

बातों पर इनसान का बस नहीं होता। होता तो क्या वह राघव को जाने देती? और वो भी तीन साल के लिए? इसे ही कहते हैं शायद चाह और पाने का अन्तर! मन की तरह उलझी हुई गुत्थी! जो कभी पाने के लिए चाहना होती है, और पाकर रहती है। कभी पाना चाहने के बावजूद वो चाह खुद को पाने से दूर होता देखती है और होने देती है। कभी वो चाहकर भी पाना नहीं चाहती। न जाने कब-क्या चाहती है ये चाह!

उसे याद आया जब वह बचपन में पारिजात को परी बुलाती थी तो वह अचम्भित-सा उसे देखा करता था मानो पलकें झपकना भूल गया हो। फिर कई बार पलकें झपकाता हुआ पूछता था, ''माँ, अगर मैं सचमुच में परी होता तो तुम मुझसे क्या माँगतीं?'' आभ्यन्तरिक प्रश्नों की एक धारा-सी बहती चली गयी। किसी परी से कुछ माँगा जाए तो क्या मिल जाता होगा? क्या परियों को अपने मनोलोक में ले जाया जा सकता है? क्या परियाँ होती होंगी? सोचकर अनन्या झेंप के साथ मुस्करा दी। वह भी कोई पारिजात से कम तो नहीं!

सिर को झटककर वह परीलोक से बाहर आयी तो सामने 'डोडो' खड़ी थी। डोडो तो एक पक्षी होता है... या कहें कि होता था... तो? क्यों ज़िक्र किया कुमारेश ने डोडो का? क्यों याद आती है उसे डोडो को देखकर मेरी? अचानक उसके भीतर एक स्फूर्तिमयी सनसनाहट महसूस हुई। उसने पैरों के नीचे का स्टूल एक ओर किया और फुर्ती से खड़ी हो गयी। साथ वाले कमरे में प्रवेश किया तो दीवार पर सामने घड़ी नज़र आयी। वह ढाई बजे वापस आयी थी और अब चार बज रहे थे। अनन्या मेज़ की ओर बढ़ गयी। सामने रखा अँग्रेज़ी शब्दकोश उठाया और कुर्सी पर बैठ गयी। अगले ही क्षण उसकी उँगलियाँ तेज़ी से शब्दकोश के पृष्ठ आगे-पीछे कर रही थीं और नजरें 'डोडो' को ढूँढ़ रही थीं।

पारिजात पहली बार माँ को छोड़कर इतने दिनों के लिए जा रहा था। मन तो नहीं था पर अनन्या समझती थी कि उसका कभी-कभी यूँ परिवार से लगातार कुछ दिनों के लिए अलग अपने दोस्तों के साथ रहना कितना ज़रूरी है। खुद पारिजात के लिए यह एक भिन्न अनुभव था। सारी तैयारी हो चुकी थी। कुमारेश को पारिजात ने रात में ही 'बाय' कर दिया था क्योंकि उसे अगले दिन सुबह छह बजे स्कूल पहुँचना था। कुमारेश ने चाहा था कि वह पारिजात को स्कूल छोड़ आए क्योंकि इतनी सुबह अनन्या का अकेले जाना उसे असुरक्षित नहीं तो सुरक्षित भी नहीं लग रहा था। पर पारिजात माँ के साथ जाना चाहता था और अनन्या का मन भी उसे खुद वहाँ पहुँचाने का था।

स्कूटर स्कूल के गेट पर रुका। अनन्या ने सामान उतारने के लिए हाथ बढ़ाया ही था कि अगले ही क्षण पारिजात ने अटैची और एक छोटा-सा बैग खुद ही उठाया और सामने खड़ी स्कूल-बस की ओर बढ़ गया, ''मैं सामान रखकर आता हूँ।'' अनन्या को पहली बार लगा कि परी बच्चा नहीं रहा है।

कुछ समय बाद बस में से एक के ऊपर एक कई सिर और हाथ झाँके तथा सब अभिभावकों ने हवा में यह सोचते हुए हाथ हिलाया कि इन असंख्य सिरों और हाथों में

से कोई एक सिर और हाथ उनके बच्चे का भी होगा। बस चली गयी। अभिभावक भी धीरे-धीरे निकल रहे थे। न जाने क्यों अनन्या सड़क की ओर मुड़ने के बजाय स्कूल के दरवाज़े से अन्दर की ओर बढ़ गयी। ऐसा खाली और सुनसान स्कूल उसने पहले कभी नहीं देखा था। कौन कहेगा ये बच्चों का स्कूल है। न बच्चों का शोर, न घंटी की आवाज़। न दौड़-भाग, न सीटी! सोये झूले! उनींदा मैदान!

बरामदे के नोटिस बोर्ड, चार्ट और चित्रकारी ही एहसास दिला रहे थे कि किसी भी क्षण यह स्कूल बन जाने की क्षमता रखता है। तो अस्त-व्यस्त शोर से उफनते स्कूल के जीवन में रोज़ ऐसे खामोश सन्नाटे के क्षण भी आते हैं! न जाने क्यों उसे वह खुला बरामदा और उसमें टहलती खामोशी बहुत भली लगी। उसे लगा वह उस बरामदे में अकेली नहीं है। उसने दीवार पर लगे चार्ट देखने शुरू किये। एक पर रंगोली के विभिन्न नमूने थे और रंगोली का सामाजिक-सांस्कृतिक इतिहास लिखा था। साथ का चार्ट जनसंख्या शिक्षा पर बने कार्टूनों से अँटा हुआ था। थोड़ा आगे बढ़ी तो चौड़ाई में लटका एक अन्य चार्ट मिला जिस पर रंग-बिरंगी स्याही से कविता प्रतियोगिता में विजयी बच्चों की कविताएँ थीं। चार्ट के ऊपर पेंट से पुता था—'लेट योर येस बी येस : जीसेस'। उसे पढ़कर न जाने क्यों अनन्या ठिठक-सी गयी। हाथ गले की ओर बढ़ा। गले में धुआँ-सा महसूस हुआ। क्यों कहा होगा ये जीसेस ने? शायद मन के द्वन्द्व को खत्म करने की हिम्मत देने के लिए। यह बताने के लिए कि जिस ओर भी जाओ पूरे मन से जाओ। आस्था को बिखरने न दो। मगर जब द्वन्द्व ही जीवन हो गया हो तो? जब सपने और वास्तव के बीच की दरार भरने लगे तो? अनन्या के भीतर धूप-सी उफनने लगी। उसने दीवार से नज़रें हटा कर आँखें बन्द कर लीं तो पाया कि आँखों के अँधेरे में दीवार पर पुते शब्द ही चमक रहे हैं। घबराकर उसने पलकें खोल दीं और मुड़कर दीवार की ओर पीठ कर ली। कुछ अनजाने क्षण असमंजस में बीते, 'नो मैन्स लैंड' की तरह। उन क्षणों में न उसने कुछ देखा, न सुना, न कहा, न जाना और न ही चाहा। मानो वे क्षण उसके जीवन के थे ही नहीं। इस ठहराव के बाद उसने भीतर एक आवाज़ सुनी। एक दृढ़ आवाज़—'लेट माई नो बी नो'।

सामने दरवाज़े के पास आँगन में बिछी ताज़ी सन्तरी बजरी पर सूरज की नन्ही-मुन्नी किरणें खड़ी मानो घंटी बजने का इन्तज़ार कर रही थीं। उसका जी चाहा कि इन गोरी गुदगुदी किरणों को गोद में उठाकर भीतर ले आए। अपने इस विचार पर उसे हँसी भी आयी। तभी अचानक लगा कि चौकीदार उसे ही देख रहा है। एक क्षण को अचकचाकर वह दरवाज़े की ओर बढ़ी। घर लौट जाने के लिए। दरवाज़े के बाहर आते ही उसे महसूस हुआ कि उसके पैर एक लय में आगे बढ़ रहे हैं। कोई पुरानी-सी लय। मगर होठों ने हौले से एक नया शब्द बुदबुदाया, "एन ओल्ड फैशंड स्टूपिड"।

❑

विसर्जन

शहर छोड़ने से पहले एक अन्तराल आता है, जब असल में हम वह स्थान छोड़ चुके होते हैं। बस वहाँ होते हैं क्योंकि होना होता है। वह समयावधि 'नो मैन्स लैंड' की तरह होती है। कभी-कभी ज़िन्दगी का एक खासा बड़ा टुकड़ा कोई 'नो मैन्स लैंड' की तरह ही जी रहा होता है और जीता चला जाता है।

बंसी ने ज़रा उचककर खिड़की से बाहर झाँका तो बॉटल ब्रश की झुकी शाखाओं को छूकर आती हवा ने उनके बाल छितरा से दिये। वह खड़े हुए। नाक पर चश्मा कुछ ठीक किया और ठहरकर पेड़ को देखा। उन्हें चिढ़ाने के लिए बॉटल ब्रश को कबीर हमेशा वीपिंग विलो कहता था... वीपिंग विलो... आपका रोंदू! हवा के अगले झोंके के साथ ही एक परास्त-सी मुस्कान उनकी सारी देह का स्पर्श कर वापस खिड़की से बाहर हो गयी— पेड़ के उस पार तक, जहाँ आज तलक वह लगभग पचीस साल पुराना एक दृश्य ठिठका खड़ा है...

एक विशालकाय हाथी की गर्दन पर बैठा चार-पाँच साल का कबीर लगभग लेटकर हाथी के पंखों जैसे कानों को छूने की कोशिश कर रहा है। कभी यह कान तो कभी वह कान। नन्हे-नन्हे हाथ उत्साह और विस्मय से कभी इस ओर जा रहे हैं, तो कभी उस ओर। आँखें एकटक हाथी के उन हिलते कानों को देख रही हैं। नन्हे कबीर के पीछे बैठा महावत हाथ नचा-नचाकर इसी खिड़की की ओर देखकर लगातार कुछ कह रहा है— "बहन जी, एक रुपया दोगी, तो बच्चे को उतारूँगा... बस एक रुपया।"

खिड़की के फ्रेम में बंसी नहीं, प्रेमा है, उनकी पत्नी प्रेमा... कबीर की माँ।

कबीर भी महावत की हर चीख में अपनी चीख जोड़ रहा है- "माँ मत देना... मुझे नहीं उतरना... मैं नहीं उतरूँगा।" मानो एक आरोह हो, तो दूसरा अवरोह।

हाथी पर बैठे कबीर को देख प्रेमा कुछ हैरान हुई, ''अरे, किससे पूछकर बैठाया था हाथी पर?''

''बैठाया तो मैंने... पर तुम एक रुपया दोगी, तो उतारूँगा!''

''मैं नहीं उतरूँगा... नहीं उतरूँगा...!''

''चुप रह! रुपया लिये बिना तो मैं तुझे उतारूँगा भी नहीं!'' महावत झल्लाकर बोला।

''नहीं देना... माँ, नहीं देना...!'' कबीर ने हाथी पर तबला-सा बजाया।

तभी एक पड़ोसन रुआँसा-सा बच्चा चिपकाये तेज़ कदमों से इस ओर आयी— ''बहनजी... दे दो... एक रुपये की तो बात है... मेरा बेटा रो-रोकर अधमरा हो गया... तब भी नहीं उतारा इसने... फिर दो रुपये लिये... तुमसे तो एक की कह रहा है।''

''नहीं दूँगी तो क्या करेगा?'' प्रेमा ने कलफदार आवाज़ में महावत से पूछा।

''नहीं दोगी तो समझ लो, बच्चा गया।''

''गया! कहाँ गया?''

''गया... हमेशा के लिए गया... समझ लो अब!'' महावत पर नशा-सा तारी था।

''जा, ले जा फिर!'' प्रेमा की आँखों में शरारती तारे टिमटिमा उठे— ''अरे, एक दिन तो रखकर दिखा इसे... औरों जैसा समझा है क्या! हाथी समेत लौटाने आएगा तू खुद ही!''

माँ का जवाब सुनकर कबीर को ढाँढ़स बँधा कि अभी हाथी की सवारी कुछ और करने को मिलेगी। वह तालियाँ बजाने लगा— ''चलो, अगली गली में चलो...!''

प्रेमा ने खिड़की बन्द कर दी तो महावत का सारा नशा दिमाग से उतरकर जूतों में पहुँच गया। कुछ क्षण असमंजस में रहकर उसने एक मोटी-सी गाली देते हुए झटके के साथ कबीर को बगल से पकड़कर उतार दिया। उतरते ही कबीर ने हाथी की सूँड पर लटकना चाहा। महावत को कबीर से बचकर वहाँ से जाना मुश्किल हो गया। कबीर को डपटता हुआ उसे वहीं छोड़ वह जैसे-तैसे आगे निकल पाया था।

वह महावत तो उसे लौटाकर आगे निकल गया था पर इस बार? इतने साल बाद! एक हूक-सी उठी बंसी के सीने में... क्या हर महावत लौटाता है? इस बार तो हम एक रुपया क्या, अपना सब कुछ देने को तैयार हैं, पर वह महावत...।

उस दृश्य ने हौले से अपनी पलकें झपका लीं तो बंसी ने चश्मे पर आ गयी नमी को साफ करते हुए कमरे की ओर रुख किया। आराम कुर्सी पर खुद को छोड़ते हुए उन्होंने महसूस किया कि उनकी दायीं आँख की नमी में कुछ आगे-पीछे हो रहा है।

चश्मे को हाथ में पकड़े हुए उन्होंने आँख की ओर ध्यान केन्द्रित किया तो मुँह ने बुदबुदाया— "कितनी बड़ी केतली!"

इतनी दूर का दृश्य अपने इतने पास पाकर बंसी कुछ अचकचा-से गये। उन्हें याद आया, एक दिन लगभग दो-ढाई साल के कबीर की नन्ही शैतान हथेली थामे वह पार्क की ओर जा रहे थे कि कबीर ने एक ओर उँगली से इशारा करते हुए शोर मचा दिया था, "कितनी बड़ी केतली... पापा, कितनी बड़ी केतली!"

पहले तो बंसी कुछ समझ नहीं पाये थे, फिर उन्होंने कबीर की उँगली के इशारे की सीध में देखा और पाया कि पार्क के किनारे एक ऊँट बैठा है। ठहरकर देखा तो अचम्भित हुए। बैठा हुआ ऊँट सचमुच एक बड़ी-सी केतली लग रहा था।

स्मृतियाँ मन में गहरे कहीं सींझती हैं जैसे मिट्टी में बीज। समय उन्हें सींचता है तो उन पौधों की शाखों पर नन्ही-नन्ही कलियाँ खिल आती हैं, जो मन के इस अनमने शहर को आबाद होने का भ्रम दे जाती हैं। ठंडे फेन-सा मीठा भ्रम! एक दिवास्वप्न!

कबीर का सेना में भर्ती होना खुद कबीर का कम और बंसी का ज़्यादा बड़ा सपना था। सैनिक स्कूल में बतौर मास्टर काम करते हुए बंसी की हर साँस ने चाहा था कि कबीर सेना का बड़ा अधिकारी बने—मेजर, लेफ्टिनेंट कर्नल और फिर कर्नल। बंसी रोज़ सुबह सैर करते समय परिन्दों को दाना देते थे। यह सपना भी उनके लिए सुबह के किसी परिन्दे से कम न था।

बी.ए. के बाद कबीर का आई.एम.ए., देहरादून में भर्ती होना उस सुबह के परिन्दे की वह पहली उड़ान थी, जो बहुत ऊँची तो नहीं होती, मगर होती बहुत कठिन है। आई.एम.ए. की परीक्षा के लिए कबीर का वज़न कम करने के प्रयास में, लगता था, घर की हर चीज़ कुछ हल्की हो जाएगी। बंसी की देख-रेख में कबीर की घंटों की दौड़ और व्यायाम तथा कम भोजन तक ही बात कैसे सीमित रहती! जून की दोपहर में घर में पंखे चलने मना थे। कबीर को दो दिन तक उस गर्मी में बिना कुछ खाये-पिये घंटों कम्बलों में लपेटकर रखा गया था। आखिरी दिन जब वज़न देखा गया तो पूरा घर मानो बिना वज़न के तैर रहा था— आकाश से कहीं ऊपर स्पेस में!

और फिर शुरू हुआ आई.एम.ए. के प्रशिक्षण का वह कठिन दौर, जो देश भर के अलग-अलग परिवारों, अलग-अलग संस्कृतियों से आये लड़कों को एक-से साँचे में ढाल देता है। साल के अन्त में उस पास आउट परेड में, जब टोलियों में जवान मार्च-पास्ट करते हुए सामने से गुज़र रहे थे, बंसी हैरान थे। वह अपने कबीर को पहचान नहीं पा रहे थे। हर जवान पर उन्हें कबीर होने का सन्देह हो रहा था। फिर कुछ देशभक्ति के गीत गाकर राष्ट्रीय गान के बाद सभी जवानों ने अपनी टोपियाँ हवा में उछालकर लपकी थीं तो बंसी की आँखों में खुशी छलछला आयी थी। सिर के ऊपर से उड़ान भरती परिन्दों की एक टोली गुज़र गयी थी। उन्होंने साथ खड़ी प्रेमा का स्वर सुना था, "आज हमारा

बेटा फौज का हो गया।'' भीतर भी एक परिन्दा पंख लहरा रहा था।

देहरादून में औपचारिक रूप से उन्होंने और प्रेमा ने खुद अपने हाथों से कबीर की वर्दी पर बिल्ले लगाये थे। वे बिल्ले जिनपर लिखा था— इलैवन जाट रेजीमेंट। इस सजीली वर्दी में लम्बी कद-काठी वाला कबीर इतना जँचेगा, प्रेमा ने कभी सोचा न था। बंसी एकटक देख रहे थे कि आज उनका सपना सजा-सँवरा खड़ा है। प्रेमा ने नज़रें फेर ली थीं— 'कहीं नज़र न लग जाए!' उन्हें लगा था कि माँ की नज़र का भी क्या भरोसा करना... मोह की नज़र जो ठहरी!

''आज से मैं जाट हो गया!'' कबीर मुस्करा रहा था।

और बंसी ने अगले तीन सालों में महसूस किया था कि कबीर धीरे-धीरे जाट होता जा रहा है। उसकी बोली, उसका लहजा, उसकी बातें... उनके कबीर की नहीं बल्कि कैप्टेन कबीर कौल, इलैवेन जाट रेजीमेंट की थीं। उठते-बैठते वह अपने जाट होने का सबूत देना न भूलता था।

एक दिन उन्हें चाबियों का गुच्छा लिये अलमारी के पास खड़े कुछ सोचते देखा तो एक लापरवाह-सी आवाज़ में बोला था, ''क्या पापा, आप ताले-चाबी में लगे रहते हैं। हम फौज के जाटों में तो ट्रंक-अलमारियों में ताले का टंटा... मेरा मतलब, कंसेप्ट ही नहीं है!'' फिर हल्की हँसी के साथ जोड़ा था उसने- ''ताला होता है तो घी के कनस्तर पर... बस!''

फिर एक दिन कबीर राशि को मिलवाने घर लाया था। पहले तो लगा था कि अलग भाषा, अलग संस्कृति की राशि से कैसे निभेगी, पर फिर सोचा था कि जब बेटा जाट हो सकता है तो बहू पंजाबी क्यों नहीं! और हल्दी-मेहँदी की खुशबू लिये राशि ने कबीर के घर, उनके जीवन में प्रवेश किया था। कुछ ही दिन बाद कबीर उसे लेकर अपनी नयी पोस्टिंग—इम्फाल की अनजानी पहाड़ियों की ओर रवाना हो गया था। सुकून मिला था यह जानकर कि पोस्टिंग इम्फाल में हुई है, कारगिल में नहीं।

सप्ताह में लगभग दो बार फोन पर फौजी बेटे की रोशनी-सी आवाज़ के स्पर्श के लिए कान सप्ताह के सातों दिन सावधान की मुद्रा में रहते थे। रात का विश्राम भी वस्तुत: कानों के लिए सावधान ही होता था। फौजी के पिता के कानों को भला विश्राम कैसा! फोन वहीं से आ सकता था। यहाँ उस खुफिया जगह का नम्बर नहीं दिया जा सकता था। इसलिए सप्ताह भर के उन असंख्य पलों में से वे कौन से जीवन्त पल होंगे जो उस रोशनी को बंसी के कानों तक लाएँगे, खुद उन पलों को भी नहीं मालूम था। न ही लगभग तीन महीने बाद आने वाले वे बदनुमा स्याह पल जानते थे कि बंसी के कानों को वे कबीर की नहीं, इम्फाल से ही किसी सेनाधिकारी की आवाज़ सुनाने वाले हैं कि 'कबीर इज़ नो मोर'।

सुबह के उस परिन्दे ने आकाश में उड़ान भरते हुए अचानक दम तोड़ दिया था।

देश के लिए खबर थी कि एक और जवान आतंकवाद का शिकार हुआ। अखबारों में खबर छपी कि जवान नहीं, कैप्टेन था यानी सेना का अधिकारी। पर बंसी... उनके लिए तो यह ज़िन्दगी का ऐसा निष्ठुर सत्य था जिसे वह छूना नहीं चाहते थे, पर जो उनकी देह से चिपक गया था, जिसका स्पर्श उनकी त्वचा को भेदकर भीतर पहुँच गया था, जो उनकी रगों में एक जीवन्त उपस्थिति की तरह लगातार बह रहा था। जब भीतर की ओर उन्मुख होते थे, तो वहाँ एक बहरा अँधेरा पाते थे। इतना बहरा कि वह चीखें भी न सुन पाता था। किससे कहते वह कि ईश्वर भटक गया है, उसे कोई उँगली पकड़कर सही राह तो दिखा
दे! काश, ईश्वर का भी कोई ईश्वर होता!

वर्षों पहले रोम में 'माउथ ऑफ ट्रुथ' के सामने खड़े होकर उन्हें एक सिहरन हुई थी। सच का चेहरा! इतना भयावह, इतना विकृत! गोल चेहरे और टेढ़े मुँह वाला सच। पत्थर की दीवार पर बने उस सच के मुँह में सभी पर्यटक अब हाथ डालकर देखते हैं। पुरानी धारणा है कि अगर सच बोला होगा तो हाथ वापस आएगा, झूठ बोला होगा तो हाथ गँवाना होगा क्योंकि सच का मुँह जो ठहरा। स्वयं भले बने रहकर अपने विरोधियों को सज़ा देने का एक प्राचीन सामन्ती ढंग! एक अनजाना डर उनकी रगों में दौड़ गया था सरसराता हुआ। आज वह युग नहीं, वह सामन्ती प्रथा नहीं, सच-झूठ का फैसला नहीं, सिर्फ एक पर्यटक स्थल है यह 'सच का मुँह', पर रीढ़ तक में खौफ का वजूद महसूस करा देता है। क्यों ? क्यों होता है सच का चेहरा इतना भयावह!

सच! एक सच और होता है जो हमें अपने मुँह में हाथ डालकर बाहर निकालने की कोशिश की मोहलत भी नहीं देता। बिना चेहरे वाला सच, जो अचानक सामने आता है बिन बुलाये... ज़िन्दगी को स्तब्ध कर देने के लिए... वहाँ हमेशा के लिए बस जाने को! जिसके सामने बिना झूठ बोले ही सिर्फ हाथ ही नहीं, न जाने कितनी ज़िन्दगियों को गँवा बैटते हैं हम! न जाने कितनी ज़िन्दगियाँ... साँस लेती ज़िन्दगियाँ! उनकी निस्तेज आँखों ने इस अगोचर सत्य के छींटों से कुम्हलाया राशि का चेहरा देखा तो भीतर गाँठें-सी उभर आयी थीं- एक के बाद एक, जो फन्दों की तरह गले में अटकी जा रही थीं। उस बिलखती बहू को बाँहों में भरते हुए उन्होंने चाहा था कि उसका दुख अपने सीने में हमेशा के लिए दफ़न कर लें, पर उनके बेबस हाथ लौट आये थे। न जाने समय की अर्गला के पीछे अभी और क्या छिपा है!

उन्हें अपनी नानी का खयाल हो आया, जो अक्सर कहा करती थीं— 'हम बूढ़ों को क्या आशीर्वाद चाहिए? यही कि हमारे बच्चे जीते रहें।' उन्होंने अचानक स्वयं को बूढ़ा हो गया पाया। ज्यों-ज्यों उम्र बढ़ती है, इनसान की पास की नज़र कमज़ोर होती जाती है, दूर की नहीं। पर आशीर्वाद तो दूर-दूर तक कहीं नज़र नहीं आया। अब क्या पास और क्या दूर! काश कि सारी दृष्टि धुँधला जाए हमेशा के लिए!

बहुमंज़िला मकानों को क्या चाहिए... उनमें बसने वाले लोग! लोगों को क्या चाहिए... भोजन और चाहिए रिश्तों का साया! बंसी को नानी का बूढ़ा चेहरा फिर याद हो आया। साये के लिए बाहर सेना के हरे-खाकी रंग के पैराशूट तम्बू गाड़े गये थे, तेरहवीं पर आने वाले लोगों को धूप की तपन से बचाने के लिए।

लगभग तीन महीने पहले इसी तम्बू के नीचे, इन्हीं कालीनों पर और इन्हीं कुर्सियों के आस-पास कबीर की बारात सज रही थी। शाम को सेना के ट्रक में कालीन समेटकर रखे गये। तम्बू उखाड़े जाने लगे। बंसी ने सुना था कि जाट बहुत मुश्किल से जाता है। तेरहवीं तक उसके कभी भी लौट आने की उम्मीद, जिसे लोग विनोद से खतरा कहते हैं, बनी रही है— जाट मरा तब जानिए, जब तेरहवीं हो जाए। अब... आज... तेरहवीं हो चुकी थी। जाट मर चुका था। उसके लौटने की कोई आस बाकी नहीं रह गयी थी।

एक पहाड़ी मज़दूर है मन। पीठ पर बोझ लादे ऊँची-नीची पहाड़ियों पर चढ़ता-उतरता मज़दूर। नहीं... बल्कि उससे भी अधिक बलवान। जितना बोझ मन उठा सकता है, कोई हाथ, कोई कन्धा या कोई पीठ नहीं। कबीर की चिता को मुखाग्नि देते हुए उन्हें याद आया था कि बचपन से जब-जब कबीर उन्हें या वह कबीर को छोड़कर कहीं शहर से बाहर जाते थे तो कबीर को दस रुपये देते थे। समय के साथ-साथ कबीर की आयु और रुतबा तो बढ़ा पर उसकी वह दस्सी बराबर दस्सी बनी रही थी।

आई.एम.ए. की पास आउट परेड के बाद जब कबीर से विदा होकर वह अपनी टैक्सी की ओर बढ़े थे तो कबीर ने उनकी बाँह पकड़ ली थी— ''पापा दस्सी?''

नम आँखों की ओट से उन्होंने मुस्कराते हुए उसे देखा था और दस का एक नोट थमा दिया था। और वह दिन जब कैप्टेन कबीर कौल उन्हें जम्मू जाने के लिए शालीमार एक्सप्रेस में बैठाने आया था? गाड़ी ने सीटी दी, तो कबीर बाहर उनकी खिड़की के पास खड़ा था। गाड़ी चली, तो अचानक कबीर वहाँ नज़र नहीं आया। वह उचक-उचककर खिड़की से बाहर उसे ढूँढ़ रहे थे कि अचानक उन्हें गाड़ी के भीतर कबीर की आवाज़ सुनाई दी थी— ''पापा...।''

वह अचकचाकर पलटे- ''अरे, गाड़ी चल चुकी है, तुम यहाँ अन्दर! जाओ, तुम... जल्दी...!''

''कैसे जाऊँ? दस्सी तो दी नहीं!''

विस्मय, क्रोध, वात्सल्य—क्या था जिसने उनके शब्द हर लिये थे। जेब से पर्स निकालकर उन्होंने दस का नोट थमाया था।

''बाय पापा... अपना खयाल रखना,'' कहता हुआ कबीर ओझल हो गया था।

और उस चिता की लपटों की ओर सजल नेत्रों से देखते हुए उनका पसीने से नम हाथ जेब में रखे पर्स पर चला गया था। हथेली का दबाव बढ़ता चला गया था, पर्स को

वहीं रोके रखने के लिए। उन्हें लगा था कि लपटों में से एक चीख उभर रही है— 'दस्सी तो दी नहीं, कैसे जाऊँ!'

हर वस्तु मरणासन्न है फिर स्मृतियाँ क्यों नहीं मरतीं? इन स्मृतियों को एक आस थी फिर से खिलने की, फिर से मुस्कराने की। वह आस, जो राशि ने थमायी थी कि कुछ ही महीनों में नन्हा कबीर आने वाला है। शून्य को शब्द मिल गये थे। स्वप्न स्मृतियों से ही सम्भव हैं और स्मृतियाँ स्वप्नों से। जैसे एक खम्भा गिरने से पूरा मकान ढह जाता है, वैसे ही यह आस भी भुरभुराकर ढह गयी। अँधेरों में खो गयी बहुत जल्द।

दूर कहीं फूल के टूटने की आवाज़ सुनाई दी थी। सीने में मानो बर्फ के पहाड़ उग आये हों। गर्म भाप वाले पहाड़! बोझिल पहाड़! ये पहाड़ साँसों के ऊपर रखे महसूस होते हैं। सीगल का रोना नवजात शिशु की आवाज-सा होता है। लगा था कि समन्दर की सतह पर ढेरों सीगलों ने रोते-रोते दम तोड़ दिया। धीमी आँच में किसी ने फूँक मार दी थी। अजीब ताप था, जो जला रहा था आत्मा को। कबीर को पंचतत्त्वों ने मानो... सम्पूर्णता में तो आज ही अपने में समाया था।

राशि और प्रेमा की बेबस नज़रों का लगातार सामना करने की हिम्मत अब उनमें नहीं बची थी। लगता था कि वे नज़रें उन्हें नोंच-नोंचकर पूछ रही हैं कि सुबह के परिन्दों को दाना देना क्यों छोड़ दिया अब! मन अकेलेपन के लिए अकुला-सा गया। वह उठे और घर से बाहर निकल आये। जेब को टटोला तो एक में पर्स था और दूसरी में कबीर का एक बिल्ला। उसके सामान में से टोपी और पेटी निकाल उन्होंने सहेजकर अपनी अलमारी में रख ली थी और यह एक बिल्ला उसी दिन उनकी पतलून की जेब में आ गया था।

बाहर आये तो डाकिये ने एक खत थमा दिया— लेफ्टिनेंट कर्नल बावा का, जो इलैवन जाट रेजीमेंट के प्रभारी अधिकारी थे। नज़रों ने आखिरी पंक्ति पढ़नी चाही— इलैवन जाट परिवार इस शोक की घड़ी में...। दृष्टि धुँधला गयी। पूरा खत पढ़ने का मन न हुआ। उसे जेब में डाला और बस स्टाप की ओर बढ़ गये।

जो बस खड़ी थी, उसी में चढ़ गये। लगभग खाली थी। खिड़की से झाँककर देखा—दौड़ते खम्भे, फिसलते तार, भागते साइन बोर्ड और सिर के ऊपर से गुज़रते पुल-दर-पुल। सब कुछ भाग रहा है, चल रहा है। कहीं कुछ ठहरा है तो उनका अपना जीवन!

बस के ड्राइवर ने झटके से ब्रेक लगाया तो उन्हें होश आया। नहीं... भीतर कुछ चल रहा है... बल्कि दौड़ रहा है वेग के साथ—मन भर का एक मन। उसे भी ठहर जाना चाहिए अब। उसके चलने से भला चला है कभी कुछ!

वह बस से नीचे उतर आये। कुछ फासले पर यमुना दिखी। न जाने क्यों पाँव उसी ओर बढ़ गये। उस काली यमुना को उन्होंने बेरंग नज़रों से देखा। उनका हाथ अपनी

पतलून की जेब में गया, जहाँ लेफ्टिनेंट कर्नल का खत था।

उन्होंने वह खत निकाला और एक ठंडी साँस छोड़ते हुए यमुना के हवाले कर दिया। हाथ फिर जेब में गया तो उँगलियाँ बिल्ले से टकरायीं। मन ने कहा- 'इलैवन जाट रेजीमेंट'। न जाने क्यों उनकी उँगलियों ने हौले से उस बिल्ले को थामा और बाहर निकालकर उसे भी यमुना की लहरों को दे दिया।

क्या था यह? विसर्जन! शायद, हाँ। जिसका कभी सृजन किया था, उसी का विसर्जन। उस सृजन की स्मृतियों का भी विसर्जन। आत्म-विसर्जन! पर हो पाता है क्या? यादों से हम कितना घबराते हैं, उन्हें खत्म करना चाहते हैं, पर कर पाते हैं क्या!

बंसी ने हाथ जोड़कर यमुना में हिल रही डूबते सूरज की परछाईं को प्रणाम किया और बस स्टाप की ओर लौटने लगे। मन ने चाहा, एक बार पलटकर देखें, पर हिम्मत नहीं हुई।

अगर उन्होंने देखा और लहरों में से आवाज आयी— 'पापा दस्सी!' तब क्या होगा!

❑

पीपल या बकुल

हल्की उठान वाले रास्ते से होती हुई जीप सर्किट हाउस के पहले से ही खुले गेट से भीतर पहुँची। रात के डेढ़ बजे थे। ज़ोर से हार्न बजाते हुए ड्राइवर ने सर्किट हाउस की पत्थर की दीवार पर तेज़ रोशनी डाली तो केवलकृष्ण की नज़र पत्थरों के बीच लिखे सफेद अंकों पर ठहर गयी—1899 यानी अट्ठारह सौ निन्यानवे। पलकों की बरौनियों पर मँडराते नींद के हल्के-फुल्के टुकड़ों को एक झटके से उड़ाकर आँखों पर ज़ोर डाल उसने पलकें पूरी तरह फैलाकर उसे दोबारा पढ़ा। साफ लिखा था 1899 यानी आज से ठीक एक सौ तीन साल पहले। यानी गदर के बाद का वो ज़माना जब अँग्रेज़ों की सत्ता की जड़ें लगभग जमने लगी थीं। उसके होठ ज़रा-सा खिंचे और उन्होंने एक खौफनाक शब्द बुदबुदाया—सत्ता।

बहुत चाहा था और कोशिश भी की थी उसने कि इस एक शब्द से दूर रह सके। पर ज़िन्दगी उसे कॉलर से खींचती हुई वहीं ले आयी थी और आज इस छोटे-से शहर निज़ामपुर में वह पहली बार आया है। इसी सत्ता के धागों से सिले कपड़े पहने—डिस्ट्रिक्ट मजिस्ट्रेट बनकर यानी ज़िला दण्डाधिकारी। कैसा अजीब शब्द है यह जिसमें न्याय का सौम्य या पुरसुकून चेहरा नहीं बल्कि सज़ा का गहरी लकीरों वाला निर्मम चेहरा नज़र आता है। कभी-कभी उसे लगता है कि ठीक शब्द है यह क्योंकि दण्ड का अधिकारी तो वह स्वयं है कि उसने यह वीथि चुनी। जाने खुद चुनी या आम हिन्दुस्तानी बच्चों की तरह उसे इस ओर धकेल दिया गया! कभी-कभी कोई गलत रास्ता या गली जीवन का अविभाज्य अंग बन जाते हैं। पर उसने तो अभी इस गली में बस कदम बढ़ाया है। असल में पहली ही पोस्टिंग है उसकी यह।

हार्न की आवाज़ पर उसने 1899 से नज़र हटायी तो पाया कि एक अधेड़ व्यक्ति एक हाथ में टार्च लिये लाठी के सहारे दौड़ता उसी ओर आ रहा है। मोटा कम्बल लपेटे

वह व्यक्ति उसी गति से पत्थर के मेहराब को पार कर गलियारे से होता हुआ एक कमरे के दरवाज़े तक पहुँचा। कमरे का दरवाज़ा खोल उसने पलटकर जीप की ओर देखा।

ड्राइवर फौरन जीप से कूदा और उसने दौड़कर केवलकृष्ण की तरफ का दरवाज़ा खोला, ''आइए साहब।'' केवलकृष्ण जीप से उतरकर सर्द हवा को चीरता हुआ खुले दरवाज़े वाले कमरे की ओर बढ़ा। अधेड़ व्यक्ति ने उसे उसी ओर आता देख कमरे में प्रवेश किया। केवलकृष्ण ने कमरे में कदम रखा तो भीतर की बत्तियाँ जल चुकी थीं। रात के सन्नाटे में कमरा अचानक चौंक उठा और उसे फटी-फटी आँखों से देखने लगा। इतना बड़ा और अँग्रेज़ी शैली की ऊँची दीवारों वाला कमरा मानो एक रूखी स्वरहीन हँसी हँसा हो।

''चाय... कॉफी लेंगे साब?... खानसामा को बुलाऊँ?'' केवलकृष्ण ने पलटकर देखा तो अधेड़ व्यक्ति पूछ रहा था। चौकीदार होगा शायद।

उसने कुछ सोचकर कहा, ''नहीं अभी नहीं... सुबह भेज देना उसे... तुम जाओ।''

''जी साब,'' कहता हुआ चौकीदार दरवाज़े तक पहुँचा। उसने पलटकर निगाह भरकर 'साब' को देखा, सलाम किया और कम्बल सँभालता हुआ रवाना हो गया।

उसके जाते ही केवलकृष्ण ने कमरे का दरवाज़ा बन्द किया और पलटकर कमरे पर निगाह डाली। उसका सामान यानी दो सूटकेस और एक बैग पहले से ही वहाँ मौजूद थे। कलैक्टर साहब के कहने पर वह सामान यहाँ भिजवा दिया गया था और उसे खुद उन्होंने अपने यहाँ रोक लिया था। शायद डिनर के बहाने उससे लम्बी बातचीत कर उसके तौर-तरीके और मिज़ाज जानने के लिए। हालाँकि घर से दूर एक अनजान शहर में पहली पोस्टिंग की जिज्ञासामिश्रित भयाकुलता से वह थका हुआ-सा था पर वे बॉस हैं उसके, मना कैसे करता!

अपना सामान उसे इस नये परिवेश में अजनबी-सा लगा। कमरा खासा बड़ा था जिसमें पाँच दरवाज़े थे। एक बाहर से आने के लिए और दूसरा भीतर के छोटे कमरे में जाने के लिए। इसके अतिरिक्त तीन दरवाज़े भीतर से बन्द थे जिन्हें देखकर लगता था कि अब बन्द ही रहते हैं। उसे बहुत हैरानी हुई। एक कमरे में पाँच दरवाज़े! दाहिनी ओर एक अँग्रेज़ी शैली का फायर प्लेस था जिसे कमरे से भिन्न दिखाने के लिए काले रंग से रँगा गया था। फायर प्लेस पर एक चौड़ा-सा ताक। उसने घड़ी उतारकर उस ताक पर रख दी। फायर प्लेस के पास एक आराम कुर्सी और लकड़ी की छोटी गोल मेज़ थी जिसका ऊपरी हिस्सा अँधेरी कन्दील जैसा था। मानो अभी-अभी कोई कन्दील बुझाकर गया हो! उसने कमरे के नफीस कालीन पर रखे बड़े-बड़े सोफों और मसहरी लगे पलंग को देखा। थकान से देह भारी हो चली थी पर बैठने का मन न किया। उसे लगा दीवारों से निकलकर बेचैनी के गुबार ऊँची सीलिंग की ओर बढ़ रहे हैं जो भीतर साँय-साँय की आवाज़ पैदा करते हैं। क्या है यह? एक अनजान भय का मुखौटा पहने अनाहूत सन्नाटा!

उसने जबरन खुद को भीतर के छोटे कमरे की ओर धकेला। कमरे में कुछ अलमारियाँ थीं और एक आदमकद आईना। अब वह ठीक आईने के सामने था। छह फुट लम्बा कद। चौड़े कन्धे। लम्बी बाँहें और बड़े-बड़े हाथ जो पैंट की जेबों में आराम न पा सकें। एक हाथ जेब से निकालकर उसने बालों में फेरा तो भीतर एक गर्वमिश्रित आवाज़ सुनी— ज़िला दण्डाधिकारी। ऐसे ही लम्बे-चौड़े और सख्त इनसान को होना चाहिए दण्डाधिकारी। पर मन ? तस्वीर के हिसाब से फ्रेम फिट किया जाता है फिर देह के हिसाब से सही मन क्यों फिट नहीं किया जाता या यूँ कहें कि सही मन के हिसाब से देह का फ्रेम फिट क्यों नहीं होता! क्या खबर!

छोटे कमरे में मौजूद दरवाज़े के भीतर निगाह डाली तो बाथरूम था। छोटे कमरे से लगभग तिगुना। जगह तो काफी है। इसमें वह और नमिता आराम से रह सकते हैं। और अच्छा यही रहेगा कि वह इसी सर्किट हाउस में रहे। सरकारी बँगले में शिफ्ट न हो। कहने को रहेगा कि अभी बँगला नहीं मिला, सर्किट हाउस में भला घर थोड़ी बसाया जा सकता है! चेहरे पर एक हल्की मुस्कान के साथ सोचा उसने। कुछ दिन नमिता के साथ चैन से जी सकूँगा। शादी के सात महीने में एक शाम भी तन्हा नहीं मिली। फिर वह अपनी थीसिस पूरी करने कुछ महीनों के लिए मायके चली गयी। और करती भी क्या उस शोर में! आवाज़ों और इनसानों दोनों का शोर! संयुक्त परिवार में नवविवाहित जीवन प्रायः मकानों के बीच की पतली गलियाँ बन जाता है जिनके हिस्से में धूप नहीं होती।

जाड़ों की सुबह जब कोहरा ऐंठ-सा जाता है तो सूरज के लाख चिरौरी करने पर भी टलने का नाम नहीं लेता और काफी समय वहीं बना रहता है। मगर उसके बाद आती है एक गुनगुनी सुबह। ऐसी ही एक गोरी सुबह दरवाज़े पर दस्तक दे रही थी। केवलकृष्ण ने दरवाज़ा खोला तो हाथ में चाय की ट्रे लिये एक बूढ़े व्यक्ति ने प्रवेश करना चाहा। उसने रास्ता दिया तो बूढ़े ने भीतर जाकर चाय की ट्रे मेज़ पर रखी, ''हुज़ूर... मैं... अब्दुल।''

''अब्दुल ?'' केवलकृष्ण के मुँह से बेसाख्ता निकल गया।

''जी... खानसामा अब्दुल।'' केवलकृष्ण ने हामी के अन्दाज़ में सिर हिला दिया और सोफे की ओर बढ़ा। अब्दुल ने केतली से कप में चाय उँडेलनी शुरू की ''रात बहुत देर हो गयी थी आने में... इसीलिए देर से चाय लाया... कल से सुबह जल्दी लाऊँगा।'' कुछ क्षण दोनों ओर खामोशी रही। केवलकृष्ण ने पाया कि लगभग 65 बरस के अब्दुल के चेहरे पर सफेद दाढ़ी थी। इतनी कि मानो चार-पाँच दिनों से हजामत न बनायी हो। वह सफेद कमीज़ और काली पतलून पर बेहूदा ढंग से खींचकर जबरन एक चौड़ी काली बेल्ट लपेटे था। पतलून इतनी ढीली भी नहीं थी कि उस पर इतनी चौड़ी बेल्ट लपेटी जाए।

"सर्दी में भी इतनी सुबह नहा लेते हो?"

"नहीं हुज़ूर...", अब्दुल अचकचा गया।

"तो क्या पतलून पर बेल्ट बाँधकर सोते हो?"

"नहीं हुज़ूर...", हड़बड़ाये हाथों से चाय का प्याला थमाते हुए उसने जवाब दिया, "ये तो वर्दी है साहब... खानसामा की वर्दी... अँग्रेज़ बहादुर के वक्त से चली आ रही।" वह हाथ बाँधकर खड़ा हो गया।

"क्या तुम तब भी यहाँ खानसामा थे?" उसकी हड़बड़ाहट देखकर केवलकृष्ण को मज़ाक सूझा। मगर अब्दुल ने संजीदगी से जवाब दिया, "मैं नहीं हज़ूर... मेरे नाना और उसके बाद मेरे वालिद।"

"हूँ तो खानदानी खानसामा हो। रहते कहाँ हो?"

"यहीं सर्किट हाउस में... बाहर... आउट हाउस में।" जब केवलकृष्ण का अगला सवाल आने में देर होती देखी तो अब्दुल खुद ही बोल उठा, "आप कभी भी बुला सकते हैं... किसी भी वक्त हुज़ूर... ये दीवार पर लगी घंटी बजाकर... सीधे आउट हाउस में बजती है ये। मैं फौरन हाज़िर हो जाऊँगा साहब।"

प्याला होठों से लगाते ही केवलकृष्ण ने ओहदे के नशे का घूँट भरा। उसकी नज़र अचानक दरवाज़े की ओर गयी तो वहाँ एक बच्चा आँखों में हैरानी का जज़्बा लिये खुद को छुपाकर सिर्फ अपना सिर आगे कर उसे आँखें फाड़-फाड़ कर देख रहा था। केवलकृष्ण के चेहरे पर हल्की-सी मुस्कान उभरना चाहती थी कि कहीं दूर से एक आवाज़ आयी, "फैजू... कहाँ हो? फैज़ू...।" इस आवाज़ पर अब्दुल ने भी दरवाज़े की ओर देखा। बच्चे की आँखों में हैरानी की जगह धबराहट ने ले ली। उसने दो-तीन बार पलकें तेज़ी से झपकीं। इससे पहले कि अब्दुल उससे कुछ कहे सिर वहाँ से गायब हो चुका था।

"ब्रेकफास्ट कमरे में लेंगे या हॉल में?" केवलकृष्ण को चुप पाकर अब्दुल ने कहा, "आज हॉल में ही लगा दूँ क्या... पांडे जी भी तशरीफ ला चुके हैं।"

केवलकृष्ण को याद आया कि यहाँ का सुपरवाइज़र है शायद यह पांडे जी। "ठीक है आप लगाइए, मैं तैयार होकर आता हूँ।"

"जी हुज़ूर", कहते हुए अब्दुल ने रुख्सत ली।

तिलकधारी पांडे जी के साथ निज़ामपुर के पहले दौरे में ही केवलकृष्ण समझ गया कि यह एक छोटी-रूखी-फीकी जगह है। अपने बिजनौर के मुकाबले में बहुत पिछड़ी हुई। पहली पोस्टिंग प्राय: मुश्किल या दूर-दराज़ के इलाकों में ही होती है सो गिला क्या करना! जगह कैसी भी हो पद तो प्रतिष्ठित था। जीप एक सड़क से गुज़री जहाँ दोनों ओर जंगल-सा था पर बोर्ड लगा था— 'छावनी'। ओह कैसी अज्ञात-कुल-शील छावनी है। पर पांडे जी की आवाज़ सुनाई दी, "ये जो सुनसान छावनी है, कभी एक पूरा एम्पायर हुआ करती थी... अँग्रेज़ों के ज़माने में... पूरा एम्पायर!"

एक पहाड़ी पर बने मन्दिर के दर्शन के बाद जीप शहर की ओर वापस आ रही थी। शहर गरीब की एक सुस्त-मद्धम लालटेन जैसा था पर बाहर से होकर गुज़रने वाली उसकी चौड़ी सड़क ज़माने के बोझ तले दबी जा रही थी। भारी-भारी रोडवेज़ की बसें और ट्रकें उस पर से जब गुज़रते तो वह सूखी कमज़ोर हड्डियों की तरह कड़कने लगती। वक्त के साथ-साथ किसी ज़माने में चौड़ी कहलाने वाली यह सड़क तंग पड़ती जा रही थी। खासतौर पर सर्किट हाउस से ज़रा नीचे उतरते ही एक पहाड़ी से मोड़ पर जहाँ यादगार-सा एक पुराना मज़ार एक साथ उजड़ा और बसा हुआ था।

''लालमणि गाड़ी धीमी करो'', ड्राइवर से कहते हुए केवलकृष्ण ने उस मज़ार की ओर देखा।

''यह मज़ार है... बहुत पुराना मज़ार...'', रेंगती जीप में पांडे जी कह रहे थे।

''मज़ार!'' केवलकृष्ण ने कहा, ''मगर इस पर इतनी घास! लावारिस-सा क्यों लग रहा है?''

''बस कुछ यों ही समझिए... इसकी तरफ अब कौन रुख करता है... बरसात में घास उगती है... सूखती है और खुद-ब-खुद झड़ जाती है। सिर्फ एक दिन...'', कहकर पांडे जी ने जरा साँस-सी ली तो केवलकृष्ण की जिज्ञासा ने पर खोले, ''क्या एक दिन?''

''सिर्फ एक दिन इस मज़ार पर चिराग जलता है... साल में सिर्फ एक दिन... शबे बरात पर।'' जीप के ज़ोरदार झटके से पांडे जी की आवाज़ बीच में टूटकर आगे बढ़ी। ''चिराग औरतें जलाती हैं... हमारे खानसामा के घर की औरतें।''

''खानसामा के घर की औरतें? वो क्यों?''

''लम्बी कहानी है... अब आप आये हैं तो जान ही जाएँगे... कलेक्टर साहब इन्तज़ार करते होंगे।''

अचानक जीप में इनसानी चुप्पी गूँजने लगी और मशीनी शोर में जीप तेज़ी से कलेक्टर साहब के बँगले की ओर बढ़ चली।

पांडे जी को कलेक्टर साहब के बँगले में किसी काम से रुकना पड़ा। केवलकृष्ण अकेले ही लौट रहे थे। जीप उन्हीं रास्तों से तेज़ी से वापस आ रही थी। मज़ार के पास वाले मोड़ पर रफ्तार कम की जाती थी क्योंकि सड़क पर निकला हुआ मज़ार का कोना दुर्घटना का बायस हो सकता था। उस मोड़ को सँभलकर पार करना पड़ता था। मज़ार पर नज़र पड़ते ही केवलकृष्ण के मन में सवाल उठा जिसे उसने स्वर भी दिया, ''ये मज़ार है किसका?''

''मस्ताना फकीर का जिसे यहाँ के लोग बाबा मस्ताना भी कहते हैं।'' लालमणि ने फौरन जवाब दिया।

''बाबा मस्ताना! अजीब नाम है।'' बुदबुदाया उसने।

"हाँ साहब, यह तो उस पीर का नाम था जिसका मज़ार है यह। कहते हैं इस मज़ार का एक खिदमतगार भी था जो अपना नाम मस्ताना गुलाम बताता था।" फिर हँसकर उसने जोड़ा, "मस्ताना फकीर का गुलाम जो था।"

"मस्ताना गुलाम! क्या खानसामा के घर का था ये मस्ताना गुलाम?"

"नहीं साहब, किसी को मालूम नहीं वो कहाँ से आया था और अचानक कहाँ चला गया। अपने दादा से सुना है हमने कि जाते-जाते खानसामा के घर के इकलौते लड़के को भगा ले गया।"

"खानसामा के लड़के को?"

"नहीं साहब ये आज वाला खानसामा नहीं... इसके नाना का इकलौता बेटा यानी इसका मामा... सत्तर-अस्सी साल पुरानी बात है यह...?"

"फिर वो लड़का?"

"कभी लौटा नहीं... और उसके गम में उसके जाने के बाद उस दिन की पहली बरसी पर उसकी माँ ने इस मज़ार पर चिराग जलाकर उसी रात दम तोड़ दिया।"

मज़ार जीप से बहुत दूर हो चुका था पर उस पर उगी बेतहाशा घास का बियाबान केवलकृष्ण के भीतर उग आया था। बेचैनी का सब्ज़ा लिये। लालमणि एक तीखे घुमाव के साथ गाड़ी सर्किट हाउस में लाया। तेज़ गति के कारण गाड़ी केवलकृष्ण के कमरे से ज़रा आगे जाकर झटके के साथ रुकी। लालमणि कूदकर उतरा और उसने जीप का दरवाज़ा खोला। केवलकृष्ण ने जीप से उतरने के लिए अपना बायाँ पाँव आगे बढ़ाया ही था कि उसे सामने पत्थरों की दीवार पर सफेद रंग के कुछ अंक दिखाई दिये—1999 यानी उन्नीस सौ निन्यानवे। उसने सिर को हल्का-सा झटककर अंकों को दोबारा पढ़ा। यानी रात में उसने गलत पढ़ा था। वह जीप से उतरा और पत्थर की दीवार की ओर एकटक देखते हुए बोला, "अजीब बात है... कल रात मैंने इसे 1899 पढ़ लिया।"

"नहीं साहब, गलत नहीं पढ़ा था...," लालमणि ने तपाक से जवाब दिया। "वो भी है।"

"यानी?" हैरानी से केवलकृष्ण ने पूछा। "यानी वो उधर लिखा है... सर्किट हाउस की पुरानी बिल्डिंग की तरफ जो 1899 में बनी थी... बिल्डिंग का ये हिस्सा नया है... जो हाल ही में बना है... 1999 में।"

"ठीक सौ साल बाद!" अपनी हैरानी को छिपाते हुए केवलकृष्ण कमरे वाले हिस्से की ओर लौटने लगा। एक ही डिज़ाइन की यह बिल्डिंग दो हिस्सों में बनी है और ताज्जुब है कि ठीक सौ साल बाद। उसने रुककर बिल्डिंग से ज़रा दूर जाकर उसका मुआयना किया। पाया कि जहाँ 1899 का हिस्सा खत्म होता है और 1999 का शुरू, वहाँ सामने ही एक पीपल का बूढ़ा पेड़ है। जाने कितने सौ साल पुराना। उससे कुछ ही दूर पर खड़े एक बकुल के पेड़ ने अपनी बाँहें इस तरह पीपल के उस पेड़ पर आराम से

रख दी हैं कि पीपल की शाखाओं पर बकुल के पत्ते नज़र आते हैं। दूर से देखने पर लगता है पीपल के तने पर बकुल के पत्ते उग आये हैं। ऐसे कि कुछ लम्हा इनसान चकरा जाए कि यह पीपल है या बकुल! मकड़ी-सा मन लिये उसने अपने कमरे का दरवाज़ा खोला तो पीछे से खानसामा की हाँफती आवाज़ सुनी, ''खाना तैयार है हुज़ूर।'' केवलकृष्ण ने पलटकर देखा। जीप की आवाज़ सुन वह शायद दौड़ता आया होगा जो इस कदर हाँफ रहा था।

''भूख नहीं हैं... तुम जाओ'', कहते हुए केवलकृष्ण ने कमरे में प्रवेश किया। खानसामा कुछ देर खामोशी के साथ काठ-सा वहाँ खड़ा रहा। फिर आहिस्ता-आहिस्ता आउट हाउस की ओर चल दिया। केवलकृष्ण ने रिताया-सा मन लिये टूटी-टूटी नींद के साथ वह सर्द रात बितायी और भोर में उठ सूरज का इन्तज़ार करने लगा। फिर हल्की धुन्ध में ही सैर पर निकलने का फैसला कर जेब में छोटी टॉर्च डाली, गर्म टोपी और दस्ताने पहने और कमरे से बाहर हो गया।

धुन्ध को दो हिस्सों में करते हुए उसने सर्किट हाउस का गेट पार किया और उस ढलवाँ रास्ते से तेज़ कदमों से नीचे उतरने लगा। कदमों की यह तेज़ी उसकी अपनी नहीं शायद रास्ते की ढलान की देन थी। दायीं ओर एक बड़ा-सा बागीचा नज़र आया तो केवलकृष्ण उसी की ओर बढ़ गया। सामने से उसी की तरह धुन्ध को चीरता हुआ कोई आता दिखाई दिया। उसके कदम कुछ हल्के हुए। उसने देखा 65-70 साल का एक चुस्त वृद्ध मूँछों में मुस्करा रहा था। जवाब में उसके होंठ भी ज़रा-सी मुस्कान बनाने के लिए खिंच गये।

''गुड मॉर्निंग मजिस्ट्रेट साहब... नाइस टु सी यू इन द मॉर्निंग!''

''गुड मॉर्निंग'', हैरानी से केवलकृष्ण के मुँह से निकला।

''आप हैरान हैं शायद?''

''हाँ मगर'', उसे जवाब न सूझा।

''अरे भई निज़ामपुर है ही कितना! यहाँ मजिस्ट्रेट का आना भला किससे छिपा रह सकता है! फिर थोड़ा क्रैडिट तो खुद मेरा भी है... रिटायर्ड हूँ तो क्या हुआ... था तो पुलिस ऑफिसर ही।'' दोनों ओर की हँसी धुन्ध में घुल रही थी कि केवलकृष्ण ने अपना दस्ताने वाला हाथ बढ़ाया, ''मैं केवलकृष्ण!''

''मुझे सहाय कहते हैं... यदुनाथ सहाय,'' कहते हुए सहाय के मज़बूत हाथ ने केवलकृष्ण के दस्ताने से हाथ मिलाया।

''वॉक पर निकले हैं तो चलिए वॉक करते हुए बात करें।'' केवलकृष्ण यदुनाथ सहाय के पीछे हो लिया।

''सुना है दौरा कर निज़ामपुर देख लिया है आपने... अब निज़ामपुर को आपका निज़ाम देखना है।'' सहाय के शब्द मानो मूँछों को छूकर निकलते ही भाप होने लगते थे।

"अजी क्या निज़ाम... निज़ाम तो कलेक्टर साहब का रहेगा..."

"पर कानून और व्यवस्था का ज़िम्मा..."

"जानता हूँ... मेरा है", यदुनाथ सहाय की बात पूरी होने से पहले ही केवलकृष्ण ने कहा, "पर एक बात समझ में नहीं आती!"

"क्या बात?"

"यही कि यहाँ वो चौड़ी सड़क का मज़ार वाला मोड़ ठीक क्यों नहीं करवाया जाता। खासा खतरनाक मोड़ है वह।"

"कहीं आप उस मज़ार को...", चलते-चलते अचानक ठहरकर यदुनाथ सहाय ने कहा, "मेरा मतलब है उसे वहाँ से हटवाने की योजना तो नहीं बना रहे?"

"क्यों... कोई प्रॉब्लेम है?" केवलकृष्ण भी रुक गया।

"ऐसा सोचिएगा भी मत... आप परेशानी में पड़ जाएँगे... दंगे हो जाएँगे।" यदुनाथ सहाय ने आगे कदम बढ़ाया।

"मगर वो एक वीरान लावारिस मज़ार है... कोई माई-बाप नहीं है उसका... हर्ज क्या है?" केवलकृष्ण फिर से उनके पीछे हो लिया।

"माई-बाप न सही... बच्चे तो हैं," कहते हुए यदुनाथ सहाय ने एक ज़ोरदार ठहाका लगाया जिसपर केवलकृष्ण भी हँस दिया। "इस देश में मन्दिर और मस्जिद लावारिस दिखते हैं तो तभी तक जब तक बने हुए हैं... हटाने की बात करते ही जंगली घास की तरह उसका सिजदा करने वाले उग आएँगे और रातोंरात वह जगह परम्परा और भावना से जुड़ जाएगी।"

"आप मुझे बताइए उस मज़ार के होने न होने से किसी को क्या फर्क पड़ता है। उस पर बेतहाशा घास उगी हुई है... कोई देख-रेख वाला भी नहीं है।"

अचानक यदुनाथ सहाय संजीदा हो गये, "देख-रेख वाला तो कोई नहीं है... सच है... मगर न जाने क्यों लगता है कि उसके होने न होने से फर्क पड़ता है निज़ामपुर को... उसकी तरफ किसी का ध्यान नहीं... यह भी सच है पर...", कहते हुए वे चुप हो गये।

"पर?"

"कुछ नहीं... सोच रहा था सीने में एक अदद दिल धड़कता है और साहब लगातार धड़कता ही रहता है... ध्यान तो हम उसकी धड़कन की तरफ भी नहीं देते।"

"आप कहना क्या चाहते हैं?" केवलकृष्ण ने अचकचाकर पूछा।

"यही कि मज़ार को छेड़ने का खयाल ज़हन से निकालिए और इस ठंड में मेरे साथ चलकर एक प्याला गर्म चाय पीजिए।"

"ये भी खूब रही... चाय तो कभी आपसे ज़रूर पीएँगे पर आपसे मिलकर अच्छा लगा। निज़ामपुर अब उतना सुस्त नहीं लगा जितना कल लग रहा था।"

''तो मिलते रहिए... जब भी मन हो घर आइए... मैं वहाँ रहता हूँ... वो उधर उस बड़ के पेड़ के पीछे वाले मकान में।''

''ओह ये तो नज़दीक ही है... आप भी कभी शाम को हमारी तरफ आइए... आपसे बहुत कुछ जानना बाकी है।''

''आपके पास तो पांडे जी हैं... उनकी सलाह लीजिए... वो यहाँ की नस-नस से वाकिफ हैं। चलता हूँ,'' कहते हुए यदुनाथ सहाय बड़ के पेड़ की ओर हो लिये।

धुन्ध में से छनकर आ रही हल्की धूप पेड़ के पत्तों को चमका रही थी। रात की ओस बिसूर-बिसूरकर पत्तों से जुदा हो रही थी। सड़क के किनारे दूर-दूर तक फैली वनतुलसी में भी निखार आ गया था। यदुनाथ सहाय के खयालों में उलझा केवलकृष्ण सर्किट हाउस वापस पहुँचा। कमरे में जाने का मन न हुआ तो सामने के छोटे बागीचे की ओर गया। सर्किट हाउस की दीवार फाँदकर आती एक टुकड़ा धूप एक कोने में पड़ी दिखाई दी तो वह उसी कोने में जाकर खड़ा हो गया। दस्ताने उतारे और उँगलियों की ठंडक भगाने के लिए बार-बार मुट्ठी बन्द करने व खोलने लगा। बागीचे का वह कोना धूप के कारण बहुत अपना-सा लग रहा था। तभी एक बॉल लुढ़कती हुई उस बागीचे में आयी और पीछे-पीछे एक बच्चा। केवलकृष्ण को देखकर बच्चा ठिठक-सा गया। यह वही बच्चा है शायद जो उस दिन भोली सूरत पर डर लिये झाँक रहा था कमरे में। सोचा केवलकृष्ण ने। बच्चे के हाथ में एक प्लास्टिक का छोटा बल्ला था।

''तो आप हैं जो उस दिन हमें छिप-छिप कर देख रहे थे।'' केवलकृष्ण ने बॉल उठा ली थी और उसे देने के लिए आगे बढ़ रहा था कि उसे दूर से वही आवाज़ सुनाई थी, ''फैज़ू... कहाँ हो फैज़ू?'' कुछ ही क्षण में वो आवाज़ वाली सामने थी। उसने आकर बच्चे का हाथ पकड़ा, ''चलो फैज़ू मियाँ... यहाँ से चलो।''

''अरे खेलने दो... बच्चा है।'' केवलकृष्ण आगे बढ़ा और बॉल फैज़ू के हाथ में थमायी, ''अभी से क्रिकेट का शौक रखते हो!''

''साहब शौक तो बड़े लोग रखते हैं... गरीबों का शौक तो ऐब कहलाता है... चल बेटा चल'', कहते हुए वह युवती फैज़ू को खींचते हुए वहाँ से ले जा रही थी। काले चूड़ीदार पर छींटदार लम्बी कमीज़ और उस पर मटमैले-से रंग का बड़ा-सा दुशाला जिसका एक कोना उसकी ऐड़ी छू रहा था। केवलकृष्ण युवती का चेहरा ध्यान से नहीं देख पाया था। पर एड़ियाँ बता रही थीं कि रंग ज़्यादा उजला नहीं था। जाते हुए उसका दुशाला कुछ ऐसे लहरा रहा था कि उसकी चाल को एक खास तरह के स्वाभिमान से भर रहा था।

केवलकृष्ण बिना मुड़े कदम पीछे ले जाते हुए आहिस्ता-आहिस्ता अपने धूप वाले कोने में लौट आया था। मगर नज़रें अभी उसी दुशाले पर टिकी थीं। तभी सामने आउट हाउस से वर्दी पहने ठिठुरता हुआ अब्दुल तेज़ कदमों से निकला और उसने युवती

से कहा, ''कहाँ थी? साहब आ गये क्या?''

युवती ने उसी गति से आगे बढ़ते हुए जवाब दिया, ''आ गये।'' उसका जवाब सुन अब्दुल ने सिर मोड़ा तो सामने बागीचे की धूप में केवलकृष्ण दिखाई दिया। वह तेज़ी से वहाँ पहुँचा, ''चाय लाऊँ हुज़ूर... आपने रात में भी कुछ नहीं खाया।''

''तो फिर चाय क्यों पिलाओगे... एक गिलास गर्म दूध और बटर-टोस्ट लाओ।'' यह सुनते ही खानसामा की ठिठुरन को जोश मिला और वह चुस्ती से पैंट्री की ओर लपका। दूर जाते हुए उसने कहा, ''आप कमरे में पहुँचिए मैं हाज़िर हुआ।'' कमरे में प्रवेश कर केवलकृष्ण आराम कुर्सी पर बैठ गया। फायर प्लेस में रखा हीटर बहुत भला प्रतीत हो रहा था।

केवलकृष्ण का मन हो आया कि कुछ क्षण कमरे की सीलिंग देखते हुए सुस्ताया जाए। कमरे की ऊँची दीवारें जहाँ सीलिंग से मिलती थीं वहाँ कुछ जाले नज़र आये। ये जाले यहाँ क्यों? सोचा उसने। इन्हें हटाना चाहिए। अगले ही क्षण उसने खुद को ढीला छोड़ दिया। नमिता होती तो कहती घर में जाले तो लगते ही रहते हैं। जब चाहो साफ कर लो, हटा दो। घर तो अपना ही रहेगा। जालों का तो नहीं। जालों से नज़र हटाते हुए उसके ज़हन में एक खयाल घूमा जिसे शब्दों के आलोक में मन ने देखा, ''जाले आप कभी-कभी बनने भी देते हैं!''

''हुज़ूर नाश्ता।'' ट्रे लिये अब्दुल खड़ा था। केवलकृष्ण फुर्ती से उठकर मेज़ के सामने सोफे पर बैठ गया तो अब्दुल ने दूध का गिलास सामने रखा, ''दोपहर को खाने में क्या लेना पसन्द करेंगे हुज़ूर?''

''वो बच्चा जो यहाँ खेलता दिखाई देता है...''

''मेरा नवासा है हुज़ूर... मेरी बेटी सलमा का बेटा... फैज़ू... छोटा है अभी...''

''उसकी माँ... तुम्हारी बेटी है?'' गिलास को छुआ तो गर्म था।

''जी हुज़ूर।''

''रहती कहाँ है?'' सँभलकर गिलास उठाया।

''कहाँ रहेगी हुज़ूर... यहीं पीछे... मेरे ही साथ... किस्मत की मारी है।''

''क्या हुआ?'' एक छोटा गर्म घूँट भरा।

''दो साल पहले उसका खाविन्द... एक एक्सीडेंट में...''

''ओह...'', केवलकृष्ण ने गिलास मेज़ पर रख दिया।

''तब से यहीं रहती है... बस यही लड़का है साढ़े तीन साल का... छोटा था तब तो... बस डेढ़ का था। खुदा की मर्ज़ी!'' अब्दुल ट्रे लिये खड़ा था।

''अब्दुल!''

''जी हुज़ूर... कुछ लाऊँ?''

''नहीं... बैठ जाओ।''

''नहीं हुज़ूर... आप हुक्म करें...''

''कहा ना बैठ जाओ।'' केवलकृष्ण की भारी आवाज़ के भँवर अब्दुल को सहमा-सा गये। वह झट नीचे बिछे कालीन पर उकड़ूँ बैठ गया। ट्रे भी अब कालीन पर थी।

''मस्ताना फकीर के मज़ार से तुम्हारा क्या रिश्ता है?''

''कोई रिश्ता नहीं हुज़ूर... कोई नहीं,'' अब्दुल ने घबराकर बात को रफा-दफा करना चाहा।

''तब तुम्हारे घर की औरतें वहाँ चिराग क्यों जलाती हैं?'' केवलकृष्ण से इस कदर सीधे सवाल की उम्मीद न थी अब्दुल को। वह समझ गया कि साहब आते ही सब जान चुके हैं, ''क्योंकि वो हमारे खानदान की बद्किस्मती का मज़ार है।''

''मतलब?''

''वो मज़ार मेरे नाना के इकलौते बेटे को खा गया था।'' गिलास उठाकर दूध का बड़ा-सा घूँट भरकर केवलकृष्ण ने उसे ठहरकर देखा मानो पूछ रहा हो, ''कैसे?'' अब्दुल जो अब तक उकड़ूँ बैठा था कालीन पर आलती-पालथी मारकर बैठ चुका था, ''क्या बताऊँ हुज़ूर... लम्बी दास्तान है... 1924-25 के आस-पास का वाकया है। वो ज़माना ही कुछ और था।'' कुछ लम्हों के लिए अब्दुल कहीं दूर खो-सा गया फिर उसने बात शुरू की, ''अँग्रेज़ बहादुर का ज़माना... अब तो... मेरा मतलब आप जैसे रहमदिल अफसर हैं। हमारे नाना हुज़ूर बताया करते थे कि अँग्रेज़ अफसरों को जब बटलर डाइनिंग हॉल में डिनर खिलाया करता था तो सर्दी के मौसम में भी वर्दी के अन्दर पसीने की चींटियाँ चलती महसूस होती थीं। म्यूरल साहब के चमड़े के मज़बूत बूट पॉलिश करते हुए हाथ काँप-काँप जाते थे... जी दहल जाता था यह सोचकर कि इसकी ठोकर न जाने किस छोटी-सी भूल का इन्तज़ार कर रही होगी। खड़े होने में ज़रा-सी चूक बर्दाश्त नहीं करते थे।'' अब्दुल एक रौ में बहता चला जा रहा था। पर आखिरी पंक्ति पर जोश में आकर खड़ा हो गया, ''कब एटेंशन में रहना है... ये ऐसे'', उसने सावधान की मुद्रा में खड़े होकर दिखाया। ''और कब हाथ बाँधकर... ये ऐसे'', अब वह हाथ बाँधे सीधा खड़ा था। ''कब 'जी साहब' कहना होता था,'' अपनी बेल्ट ठीक करते हुए वह फिर कालीन पर बैठ गया। ''तो कब सिर्फ गर्दन झुकाकर हुक्म की तामील... ज़रा-सी गफलत की गुंजाइश नहीं थी। सारी बातें पहाड़ों की तरह याद रखनी पड़ती थीं।'' फिर उसने आवाज़ ज़रा धीमी की, ''हाथ नहीं लगाते थे... जो हाथ में आया उसी से तबीयत साफ कर देते थे।'' अपनी बेल्ट दिखाते हुए बोला, ''ये चमड़े की बेल्ट हमारी पतलून को अपनी जगह रखने के लिए देते थे पर उनकी बेल्ट दूसरे काम आती थी... हमारी चमड़ी उधेड़ने के... नज़र मिली नहीं कि शामत आ जाती थी... धुन कर रख देते थे। कहते थे— तुम जंगली लोगों को हम डिसिप्लिन सिखाएगा।''

''वो जो तुम्हारे नाना का इकलौता बेटा था...''

''कौन? शादाब?''

''यही नाम होगा शायद... क्या वो भी उसी अँग्रेज़ कलेक्टर के यहाँ...'', केवलकृष्ण के ज़हन में अपनी पूरी वीरानी के साथ मज़ार घूम रहा था।

''कहाँ हुज़ूर वो तो कमबख्त निकला,'' जवाब पेशगी में देते हुए कहा अब्दुल ने। ''असल बात तो यह है कि,'' बात को आगे बढ़ाते हुए उसने कहा, ''किस्मत आगे-आगे चलती है, इनसान पीछे-पीछे। किस्मत लेकर नहीं आया था वो। बहुत समझाया बाप ने कि सँभल जा। म्यूरल साहब की नज़र में चढ़ गया तो तुझे कम-से-कम खिदमतगार तो बना ही लेंगे। साइकिल चलाना जानता था। वहाँ जाता रहता तो साइकिल भी दिला देते। पर उसका जी नहीं लगता था। म्यूरल साहब की आवाज़ सुनी नहीं कि नीचे मैदान की ओर दौड़ लेता था। कुछ और ही तबीयत पायी थी उसने। अक्सर नीचे उसी मज़ार पर मस्ताना गुलाम के पास बैठा दिखाई देता।''

''क्या सूफी बनना चाहता था?''

''क्या खबर साहब! मस्ताना गुलाम भी उसे बहुत चाहता था। वैसे कलेक्टर साहब की मेम साहब उससे बहुत खुश थीं। जब वो यहाँ रहने आती थीं तो उसे बुलाती थीं। उनकी मदद करता था। नीचे बाज़ार से उनका सामान लाता था। वो कभी-कभी अपनी साइकिल भी उसे दे देती थीं। बर्फखाने से उनके लिए साइकिल पर बर्फ की सिल्लियाँ लाता था। सुना है उसे उन्होंने छुरी-काँटे पकड़ने का शऊर भी दिया था। पर मेम साहब यहाँ ज़्यादा रहती नहीं थीं। कुछ-कुछ दिनों में लखनऊ चली जाती थीं। साहब अकेले रह जाते थे। सुना है उन दिनों बहुत पीते थे... अँग्रेज़ी शराब।''

केवलकृष्ण धीरे-धीरे टोस्ट कुतर रहा था पर नज़रें अब्दुल के शब्दों पर टिकी थीं, ''वैसे म्यूरल साहब बुरे आदमी नहीं थे। सुना है जब खाना लज़ीज़ बना होता तो खुश होकर हमारे नाना को बटलर नहीं बल्कि सरदार कहते थे... सरदार।'' अब्दुल की आँखों में गर्व की चमक उभरी। फिर उसने कहा, ''पर हमारे नाना परेशान थे... अक्सर बीमार रहते थे... बीमारी को छिपाये भी रहना पड़ता था वर्ना अँग्रेज़ का बच्चा भला उन्हें रखता क्या अपनी पैंट्री में! एक बार अपने रिश्ते के एक छोटे भाई को भी उन्होंने बुलवा लिया अपने पास मदद के लिए। साल-दो साल सुना है वो भी रहा यहाँ। म्यूरल साहब की खिदमत में। पर उसे नशे की लत थी। इतनी कि कलेक्टर साहब का जो त्यौहार होता था ना बड़ा दिन... वह बड़ा दिन उसने सुबह से ही मनाना शुरू कर दिया। हुज़ूर इतना पिया, इतना पिया कि शाम की दावत से पहले ही ढेर हो गया। सुना है कि अगले दिन उसे छत्तीस कोड़े लगे। कुछ दिनों बाद उसे बुखार आया... कै हुई और वो बस खुदा को प्यारा हो गया।''

''और तुम्हारे नाना?'' बचा हुआ दूध ठंडा हो रहा था।

''क्या करते बेचारे... उनके तीन बेटियाँ और एक बेटा था। सारी उम्मीदें इसी बेटे से वाबस्ता थीं। सुना है कभी-कभी हुक्का लेकर जाता था वो म्यूरल साहब के पास, पर...''

''पर ?''

''एक दिन जब मेम साहब को लखनऊ पहुँचाकर साहब लौटे तो बहुत झल्लाये हुए थे। उस शाम उन्होंने बहुत पी रखी थी। हमारे नाना को उनके आने की उम्मीद न थी। वो पहले से ही ठर्रे के असर में थे। इसलिए उन्होंने अपने बेटे को उनकी खिदमत में भेजा। जब वो म्यूरल साहब के कमरे में दाखिल हुआ तो नशे की हालत में साहब से खुद अपनी भरी-भरायी शराब की बोतल गिरकर टूट गयी। साहब बौखला गये। उन्होंने शादाब को अन्दर खींचा और दरवाज़ा बन्द कर लिया। इसी कमरे में। यहीं रहते थे म्यूरल साहब। रात में जो दरवाज़ा बन्द हुआ वो फिर सुबह खुला।''

केवलकृष्ण ने कमरे पर एक बेगानी-सी निगाह डाली। उफ़! इतना बड़ा कमरा जिसमें इतने दरवाज़े और खिड़कियाँ। ये दरवाज़े जो अब हमेशा के लिए बन्द हैं तब शायद खुलते भी हों। इतने दरवाज़े, इतनी खिड़कियाँ पर निकलने का रास्ता एक भी नहीं!

''जाने उसे पीटा था या कैसे सज़ा दी, क्या किया कुछ खबर नहीं'', अब्दुल कह रहा था, ''आते ही वह बीमार-सा लगा। गुमसुम। फिर एक-दो दिन बाद पेट ढीला हुआ। कलेक्टर साहब बराबर उसे बुलाते रहे। हमारे नाना ने बहुत समझाया। यहाँ तक कि भला-बुरा भी कहा पर वो नहीं गया। फिर एक शाम उसे कलेक्टर साहब के पास जाने के लिए जबरन धकेला गया। वो घर से तो चला मगर वहाँ नहीं पहुँचा।''

''तो ?''

''क्या पता हुज़ूर... बस उसी रात से वो भी और मस्ताना गुलाम भी लापता हो गये। बहुत तलाश किया मगर... सालभर में नानी भी जाती रहीं... बस तभी से मेरे नाना ने मेरे वालिद को अपने घर में रख लिया। अपने साथ कलेक्टर साहब का खानसामा बना लिया। और उनके बाद मैं हूँ आपकी खिदमत में।'' अचानक अब्दुल का ध्यान मेज़ पर रखे गिलास पर गया, ''हुज़ूर दूध तो ठंडा हो गया।''

''बस हो गया... ले जाओ इसे... ज़रा वो ताक पर रखी घड़ी पकड़ाओ... तैयारी करनी चाहिए मुझे... वक्त काफी हो चुका।''

अब्दुल ने फुर्ती से उठकर घड़ी पकड़ायी। ट्रे में जूठे बर्तन समेटे और कमरे से बाहर जाने लगा, ''आपने बताया नहीं हुज़ूर दोपहर को खाने में क्या बनेगा।''

''बैंगन का भर्ता बना लेना'', कहते हुए केवलकृष्ण अन्दर के कमरे में दाख़िल हुआ। आईने के पास वाली खूँटी पर हैंगर में काला कोट टँगा था। उसने आगे बढ़कर कोट का स्पर्श किया, ''काला कोट... काला!'' केवलकृष्ण के चेहरे पर हल्की-सी

व्यंग्य भरी मुस्कान की लकीर खिंच आयी, ''जो रंग हमारे यहाँ असत्य, अज्ञान, भ्रष्टाचार का प्रतीक है... बुराई का रंग है... अँग्रेज़ों की देखादेखी हम... हमारे जज... वकील सब वही पहनते हैं... काला कोट। मानो अन्याय का चोगा पहने तैयार खड़े हों। यूनिवर्सिटी से डिग्री लेते हैं तब भी काला चोगा पहनते हैं और सिर पर काली टोपी। हाथ में डिग्री लिये मानो कह रहे हों— हम असत्य, अज्ञान व अनिष्ठा में पारंगत हो गये हैं। और तो और दूल्हा भी काले रंग में ही सजता है मानो मातम में जा रहा हो!'' केवलकृष्ण ने आईने में खुद को निहारा पर नज़रें धुँधलायी-सी थीं, ''क्या मूल्य दिये हमें अँग्रेज़ों ने... शुभ अवसर पर हम दीप जलाते हैं तो वो मोमबत्तियाँ जलाकर बुझाते हैं!''

केवलकृष्ण ने खयालों के भटकाव को झटके से विराम दिया और तैयार होने लगा। बहुत से काम करने थे। अभी तो काम और हालात को समझना बाकी था। हफ्ते भर बाद मन्त्री जी आ रहे हैं। केवलकृष्ण के रहते यह उनका पहला दौरा होगा।

काम की उलझनों में ये हफ्ता कैसे बीत गया पता ही न चला। मन्त्री जी के स्वागत की तैयारियाँ हो चुकी थीं। बस अगली सुबह का इन्तज़ार था। सर्किट हाउस लौटते हुए केवलकृष्ण मज़ार वाले मोड़ पर ही जीप से उतरकर पैदल वापस आया। आते ही कमरे का दरवाज़ा खोला तो मेज़ पर कुछ डाक रखी थी। उठाते ही पिताजी का खत हाथ में आया। खोलकर पढ़ा। तभी खुले दरवाज़े से फैज़ू अन्दर आया और खड़ा हो उसे देखने लगा। उसने मुस्कराकर उसका स्वागत किया, ''आइए... आइए फैज़ू मियाँ... आइए यहाँ बैठिए।''

फैज़ू धीरे-धीरे अन्दर आया और फायर प्लेस के पास रखी आराम कुर्सी का हत्था पकड़कर उस पर बैठने की कोशिश करने लगा। केवलकृष्ण ने दूसरा खत उठाया। नमिता का था। सम्बोधन रहित यह खत कविता से शुरू होता था—

काँधे पर फहराते गीले बाल
इतराती आती गुनगुनी धूप
दूर-दूर तक एक अकेला अहसास।
ऐसे में किसी की याद
या यूँ कहूँ...
यादों की खुश्बू
जो
उमड़कर घिर-घिर आती है
घिरती चली जाती है
और
बिना बरसे ही

दे जाती है
मिट्टी की सोंधी गन्ध...
तुम्हारा खयाल चींटियों के लिए डाले गये उस चुटकीभर आटे की तरह है जिसे पाने के लिए मेरे भीतर की सरसराहट चींटियाँ बन जाती है।

तुम्हारी,
नमिता

अभी तक तो नमिता को ही नहीं समझ पाया, अब उसकी कविता भी समझनी होगी! भीतर की एक पुलक ने कहा जिसे केवलकृष्ण के कानों ने सुना। वो खत लेकर सोफे पर बैठ गया। क्या खत लिखा है! चलो भरोसा तो है कि मैं समझ लूँगा। ऐसी फुर्सत के लम्हे मिले ही नहीं कि उसे अपने बारे में कुछ बता पाता। ये भी कि वो साहित्य में शोध कर रही है तो क्या उसका ये कृष्ण भी कॉलेज में अँग्रेज़ी लिटरेचर ही लेना चाहता था। ले नहीं पाया वो और बात है क्योंकि पिताजी का मानना था कि प्रतियोगी परीक्षाओं में लिटरेचर वालों के नम्बर अधिक नहीं आते।

खत के अक्षरों का स्पर्श कर उसने आँखों के सामने कर लिया। शायद एक बार फिर पढ़ने के लिए। फैजू आराम कुर्सी पर चढ़कर बैठ चुका था और फायरप्लेस को गौर से देख रहा था। आज फैजू का वहाँ होना उसे बहुत भला लगा। उसका मन किया फौरन नमिता को इसका जवाब भेजे— ''तुम आओ तो घर आ जाएगा।'' वो कहेगी, ''इतना छोटा जवाब!'' मैं कहूँगा, ''बाकी उधार रहा!'' केवलकृष्ण मन ही मन मुस्करा रहा था।

''फैजू... कहाँ हो तुम... फैजू...'', दूर से आती माँ की आवाज़ सुन फैजू फुर्ती दिखाते हुए सँभलता हुआ आराम कुर्सी से उतरा। एक क्षण ठिठका खड़ा रहा। केवलकृष्ण की ओर देखा। उसके चेहरे पर खुशनुमा मुस्कराहट देखी तो झट पलंग के नीचे घुस गया। केवलकृष्ण उसके इस एक्शन से हैरान हो ही रहा था कि दरवाज़े पर सलमा दिखाई दी। उसे देख न जाने क्यों केवलकृष्ण सोफा छोड़ खड़ा हो गया। सलमा ने झिझकते हुए पूछा, ''फैजू है क्या?''

''है मगर नहीं है,'' केवलकृष्ण को कुछ और न सूझा। उसका जवाब सुन सलमा कुछ हकबकायी। उसने फिर पूछा, ''साब... फैजू... फैजू तो नहीं आया इस तरफ?''

केवलकृष्ण ने पलंग के नीचे छिपे फैजू की तरफ नाटकीय ढंग से इशारा करते हुए कहा, ''यहाँ कैसे हो सकता है?'' सलमा झट समझ गयी कि फैजू पलंग के नीचे है पर केवलकृष्ण के चेहरे के भाव देख कुछ क्षण उसे देखती रह गयी। फिर अन्दर आयी और पलंग के नीचे झाँककर बोली, ''अरे मियाँ तुम यहाँ हो... चलो निकलो...

निकलो यहाँ से।'' खुशी से चहकता हुआ फैज़ू पलंग के नीचे से निकला और ज़ोर-ज़ोर से हँसने लगा। सलमा ने होंठ बिचकाकर अपनी हँसी दबायी और उसे बाँह से पकड़कर ले जाने लगी, ''चलो यहाँ से।''

''माना कि अभी मेरे बच्चे नहीं पर बच्चे मुझे बुरे नहीं लगते... ना ही मैं उन्हें पीटता हूँ।'' केवलकृष्ण की बात सुन सलमा ने एक बार पलटकर देखा और अपना दुशाला सँभालते हुए फैज़ू को वहाँ से लेकर निकल गयी। केवलकृष्ण खड़ा-खड़ा मुस्कराता रहा।

आने वाले दो दिन मन्त्री जी की अर्दल में बीते। सुबह निकलना और उनकी हाज़री बजाते-बजाते थक-हार कर रात के अँधेरे में सर्किट हाउस के अपने कमरे में लौटना उसकी दिनचर्या रही। ज़्यादा समय बीता सरकारी दौरे के नाम पर मन्त्री जी के परिवार को सैर-सपाटा कराने और अधिक-से-अधिक वस्तुओं की उम्मीद पर ज़िन्दा सभ्यता के प्रिय शगल 'शॉपिंग' में।

मन्त्री जी का परिवार सर्किट हाउस के नये बने हिस्से में ठहरा था। सो पूरे सर्किट हाउस में उत्सव का माहौल था। ऐसा उत्सव जहाँ खिदमतगारों में खुशी के साथ दहशत बनी रहती है। सर्किट हाउस के दो अलहदा हिस्सों की तरह जिनकी व्यावर्तक रेखा सहज ही स्पष्ट नहीं होती है।

मन्त्रीजी का दबाव था कि निज़ामपुर की चौड़ी सड़क और अधिक चौड़ी की जाए। भूमंडलीकरण के युग में सड़क-सम्पर्क ठीक रहना चाहिए। वर्ना देश का विकास खटाई में रहेगा। उन्होंने स्वयं केवलकृष्ण से कहा था कि, ''अब आप निज़ामपुर आ गये हैं... यहाँ की यातायात प्रणाली पर ध्यान दीजिए। जानता हूँ यह आपका क्षेत्राधिकार नहीं पर... इसकी वजह से कुछ ऊँच-नीच हुई तो अशान्ति फैल सकती है।'' उसने बहुत ज़ोर से 'येस सर' कहकर हामी भरी थी। पर उनके और कलेक्टर साहब के कमरे से बाहर जाते ही पांडे जी ने एक गिलौरी मुँह में डालकर कहा, ''लगता है रोडवेज़ की लॉबी ने अपने मन्त्री जी पर अच्छी मोहिनी फेर दी है।''

''मतलब ?'' केवलकृष्ण ने चौंककर पूछा।

''देखा नहीं आपने सर... होंठ इनके हिल रहे थे पर बात उनकी थी,'' कहते हुए वे गालों को फुलाकर होंठ सख्ती से बन्द किये पीकदान की तलाश में बाहर चल दिये थे।

शाम गहरा रही थी। वैसे भी सर्दियों की शामें एक हड़बड़ी-सी लिये आती हैं। मन्त्री जी दोपहर में ही विदा हो चुके थे। सो केवलकृष्ण आज अँधेरे से पहले अपने कमरे में पहुँचा। दरवाज़ा खोलते ही लगा काश नमिता यहाँ होती। ये उखड़ी-उखड़ी-सी शाम एक नज़्म बन जाती। ऐसी शामों के इन्तज़ार में रेंगता-सा दिन सड़क पर दो कदम पीछे चल रहे लावारिस कुत्ते-सा लगता है जिसे हम बार-बार दुरदुराते हैं। पर वह दूर

तक पीछे-पीछे साथ चलता रहता है। केवलकृष्ण को लगा बरामदा पक्षियों की फड़फड़ाहट से सजीव हो उठा है पर उसके भीतर का बरामदा, गलियारे, बालकनी सब सूने हैं। खामोश और वीरान। क्या ये निज़ामपुर ऐसे ही बना रहेगा उसके अकेलेपन का निर्जन खंडहर? मज़ार की तरह!

दरवाज़े पर दस्तक हुई और चाय की ट्रे लिये सलमा ने प्रवेश किया। वह चौंका, ''अरे तुम! अब्दुल कहाँ है?''

''उन्हें बुखार है हुज़ूर... काफी तेज़... दो दिन से।''

''दो दिन से? किसी ने बताया नहीं।''

''आप यहाँ थे ही कहाँ हुज़ूर?'' चाय का प्याला उसकी ओर बढ़ाते हुए सलमा ने कहा। प्याला थामते हुए उसकी निगाह एक पल को सलमा के चेहरे पर अटकी। चन्दन से चेहरे पर आज हल्की लाली थी। सलमा को वह प्रायः फैज़ू से खेलते, कपड़े सुखाते या आउट हाउस का आँगन बुहारते देखता था। कभी-कभी वह धूप में चारपाई बिछाये लेटी भी दिखती थी। पर उसका चेहरा इतने करीब से शायद पहली बार देखा था।

''हर बात में ये हुज़ूर-हुज़ूर क्या लगाती हो? अरे भई न हम कोई शहंशाह हैं न वो पुराने कलेक्टर... क्या नाम था उनका? वो... तुम्हारे म्यूरल साहब!''

''म्यूरल साहब!'' सलमा ने हैरानी से उसकी ओर देखा।

''तुम्हारे अब्बा ने बताया है।''

''मीठा ठीक है?'' सलमा ने बात को मोड़ दिया।

''देखता हूँ।'' उसने चाय का एक छोटा-सा घूँट भरा, ''फर्स्टक्लास।'' अगला घूँट भरते हुए केवलकृष्ण को महसूस हुआ कि सलमा उसे गौर से देख रही है।

''कोई दवा दी?''

''हाँ, लालमणि डॉक्टर को दिखा लाये थे।''

''हूँ...'', कहते हुए केवलकृष्ण ने प्लेट से एक बिस्किट उठाया और हाथ को मुँह की ओर ले गया।

''बैंगन के भर्ते के अलावा खाने में क्या लेंगे?''

''बैंगन का भर्ता!'' केवलकृष्ण का हाथ रास्ते में ही रुक गया।

''वो तो बहुत पसन्द है आपको।''

''तुम्हें कैसे पता?''

''शायद ही कोई नागा किया हो... रोज़ तो वही फरमाइश करते हैं आप'', सुनकर केवलकृष्ण ने एक ठहाका लगाया तो सलमा के चेहरे पर भी हल्की मुस्कान उभरी।

''तो ठीक है... हमारी पसन्द का बैंगन का भर्ता तो है ही... बाकी जो तुम्हें पसन्द हो...।'' सुनकर सलमा ज़रा-सा झेंपी। फिर ट्रे लेकर कमरे से निकलने को हुई। पीछे

से उसने सुना, ''सुनो।'' वह रुकी और पलटी।

''क्या तुम भी?'' कहकर केवलकृष्ण कुछ पल को ठहरा तो सलमा ने उसे पलकें फैलाकर देखा। ''मेरा मतलब था... क्या तुम भी मज़ार पर चिराग जलाती हो?''

सलमा ने अपना दुशाला ठीक करते हुए सिर हिलाकर हामी भरी। ''मगर क्यों?'' सुनकर उसके चेहरे से नमी पुँछ-सी गयी और वह संजीदा होकर बोली, ''मेरी दादी जलाती थी इसलिए।''

''तुम्हारी दादी...'', केवलकृष्ण ने दिमाग पर ज़ोर डाला, ''यानी अब्दुल की माँ।'' फिर कुछ ठहरकर तपाक से बोले, ''वो तो अपने भागे हुए भाई को याद करती थी... पर तुम...?''

''ये हमारे खानदान की रिवायत है...'', कहती हुई वह अपना सख्त चेहरा लिये दरवाज़े की ओर बढ़ गयी। देहरी लाँघकर रुकी और पलटकर देखा, ''वैसे वो भागा नहीं था।'' और दुशाला लहराते हुए चली गयी।

केवलकृष्ण ने चाय का आखिरी घूँट भरा और पास रखी केतली से बची चाय अपने कप में उँडेली। जो बीत गया उसे ठीक से जानना कितना मुश्किल है। हाँ, कभी-कभी हम स्मृति में या कभी कैमरे में उन क्षणों को कैद ज़रूर कर लेते हैं। वो रहता तो है पर कब तक? केवलकृष्ण को लगा कि उसे अपने आस-पास कुछ भी साफ दिखाई नहीं दे रहा। बस एक आकारहीन विस्तार है, धुँधलाया-सा।

वह उठा और सर्किट हाउस से बाहर आ गया। ढलती शाम में अकेला पैदल चलने के लिए। मकानों के किनारे-किनारे साथ-साथ चलती सड़क से होता हुआ वह जंगल की ओर बढ़ा। पलटकर देखा तो पाया कि बढ़ती चली आ रही शाम ने मकानों को भी बियाबान में बदल दिया था। सुनसान सड़क जिस पर से होकर वह यहाँ तक पहुँचा था, उजाड़ लग रही थी। सब मकान हल्के अँधेरे से पुते नहीं बल्कि नहाये हुए-से थे। जैसे अभी-अभी कोई शव ले जाया गया हो और घरवालों ने सारा घर धोकर साफ किया हो। बस वहाँ बसी है तो उदासी। एक मुस्तकिल उदासी क्योंकि उसके आते ही न जाने किसने उसके जूते छुपा दिये थे। तब से वहीं बैठी अपने जूते तलाश रही है!

जीना कितना मुश्किल है! उतना ही मुश्किल है व्यक्ति या घटना को ठीक से समझ पाना और उसे ज्यों-का-त्यों स्मृति में बनाये रखना। उसे याद आयी वह एक घटना जो भूली नहीं, भुलायी गयी थी। शादी होते ही नमिता के साथ जब वह शिमला गया था। उन छह दिनों में उन्होंने छत्तीस बार अलग-अलग पोज़ बनाकर फोटो खींचे थे। यह सोचकर खुश हुए थे दोनों कि कम-से-कम छत्तीस क्षणों को तो कैद कर पाये हैं जिन्हें वे आने वाले कम-से-कम छत्तीस सालों तक बार-बार जी सकेंगे। वापस

आकर कैमरा फोटोग्राफर को दिया गया कि रील निकालकर उसके फोटो तैयार कर दे। फोटोग्राफर ने डार्क रूम से बाहर आकर बताया था कि कैमरे में तो रील ही नहीं थी। वह सन्न रह गया था क्योंकि रील उसने खुद अपने हाथों से डाली थी। तो फिर कैसे? शादी के घर में किसी की शैतानी रही हो यह शायद। नमिता ने सुना तो बहुत रोयी थी वह। बहुत ज़्यादा। 'इमोशनल लॉस' है यह। कहा था उसने। वह काठ-सा खड़ा सोचता रह गया था कि नुकसानों के भी न जाने कितने प्रकार होते हैं!

सप्ताहभर के लिए केवलकृष्ण को निज़ामपुर छोड़ना था। लखनऊ जाना था दौरे पर। मन ने बहुत ज़ोर से चाहा कि दो दिन की छुट्टी लेकर नमिता के पास इलाहाबाद भी हो आऊँ पर नयी-नयी नौकरी में आते ही छुट्टी लेना! फिर नमिता के काम में भी ढील पड़ जाएगी। उसका थीसिस जितना जल्दी दाखिल होगा उतना ही जल्दी वह निज़ामपुर आ पाएगी। इसी उधेड़-बुन और सरकारी कामकाज में कब सप्ताह बीत गया पता ही न चला। और आज केवलकृष्ण निज़ामपुर वापस आ रहा है।

आते-आते अँधेरा घिर आया। केवलकृष्ण ने कलाई सीधी कर घड़ी देखी। साढ़े सात बजे थे। निज़ामपुर की सड़कों पर बलखाती हिचकोले लेती जीप जब मज़ार के पास पहुँची तो केवलकृष्ण के भीतर अचानक कुछ डूब-सा गया। उसने जीप के हत्थे को ज़ोर से पकड़ लिया। मज़ार पर चिराग जल रहा था। यानी... यानी आज शबे-बरात है। यानी सलमा यहाँ आयी होगी चिराग जलाने।

उसने अचानक लालमणि को चौंका दिया, "लालमणि... गाड़ी रोको... जल्दी।" एक ज़ोरदार ब्रेक लगाकर लालमणि ने गाड़ी खड़ी कर दी और अगले आदेश के इन्तज़ार में सामने के आईने में साहब की ओर ताका। न जाने क्या सोचकर केवलकृष्ण जीप से बाहर कूदा। फिर उसे लालमणि के सामने अपना यह व्यवहार कुछ अटपटा लगा। खुद को सँभालकर उसने कहा, "मैं थोड़ा पैदल चलना चाहता हूँ... तुम ऐसा करो डीज़ल भरा लाओ पहले। फिर सर्किट हाउस पहुँच जाना।"

"जी साब", कहकर लालमणि ने अपनी हैरानी को ढकना चाहा। फिर रिवर्स गियर लगाकर जीप मोड़ी और डीज़ल भराने चला गया।

मज़ार के बहुत करीब जाकर केवलकृष्ण ने जलते चिराग को बहुत ध्यान से देखा। पूरा शहर मानो आँखें मूँदे खामोश सो रहा था। अँधेरे में चिराग की रोशनी दूर से आती किसी करुण मुस्कान की अनुगूँज बन गयी थी। भारी कदमों से केवलकृष्ण ने सर्किट हाउस की ओर रुख किया।

लोहे के गेट में दाखिल होकर अभी कुछ ही कदम चला था कि सामने पीपल का पेड़ दिखाई दिया। वही बकुल के पत्तों वाला पीपल! उस विशाल पेड़ की जड़ों को सँभालने के लिए बनी ईंटों की मुँडेर पर उसे कोई बैठा दिखाई दिया। उस ओर उसने तेज़ी से कदम बढ़ाये जो पास जाकर ठिठक गये। वहाँ सलमा बैठी थी। बूढ़े पीपल की

अँधेरी छाया में। दुशाले से सिर को ढके। धीमे कदमों से केवलकृष्ण उस ओर बढ़ा और पास की बेंच पर बैठ गया।

"इतनी ठंड में यहाँ बाहर... इस तरह क्यों बैठी हो?" सलमा वहाँ से जाने को उठने लगी।

"ज़रा बैठो।" वह रुक गयी।

"आज शबे-बरात है?" सलमा ने कोई जवाब न दिया।

"क्या चिराग जलाकर आ रही हो?" उसने चेहरा उठाकर देखा तो केवलकृष्ण ने जाना कि सलमा का पत्थर चेहरा ओस की कुछ बूँदों से नम था।

"किस्सों की जीभ तो होती है पर आँख-कान नहीं होते" सलमा ने कहा। केवलकृष्ण खामोशी से उसे देखता रहा। "वह भागा नहीं था... भागा नहीं था।"

"मगर तुम्हारे अब्बा...।"

"उन्हें क्या मालूम... और मालूम हो भी तो ज़बान पर नहीं लाएँगे।" सलमा के सिर से दुशाला गिर गया था। उसकी आँखों में जो शील था उसके बाद किसी कृत्रिम पर्दे की ज़रूरत महसूस नहीं हुई केवलकृष्ण को। खुद उसके हाथ बर्फ हो रहे थे।

"मुझे मेरी दादी ने पाला है। अपनी माँ का दर्द, जो एक औरत भी थी... वह किसे बताती? क्या अपने बेटे को? शबे-बरात के रोज़ ताज़िन्दगी मैंने उसे काँपते हाथों से मज़ार पर चिराग जलाते देखा है... बिला नागा। उसका भाई शादाब जो उस वक्त सिर्फ चौदह बरस का था म्यूरल साहब की सख्ती का ही नहीं उनकी हवस का भी शिकार हुआ था। क्या खबर उसका बाप यह जानता भी हो और जानकर अनजान बना रहा हो क्योंकि म्यूरल साहब के रहम के बिना ज़िन्दगी दुश्वार हो जाती। वो बेटे को बार-बार वहाँ जाने को कहता... म्यूरल साहब की रहमतों के फायदे गिनवाता। इधर म्यूरल साहब के बुलावों को कब तक टाला जा सकता था।"

शादाब का बाप ऐसे सच को जानता था और अनजान बना रहा! केवलकृष्ण के ज़हन में इस एक शब्द 'सच' ने दस्तक दी। एक सच यह था और दूसरा सच रहा होगा शादाब के बाप यानी खानसामा और उसके परिवार की ज़िन्दगी। सच को उसके निर्वसनित रूप में बर्दाशत कर पाना मुश्किल होता है इसलिए शायद हम झूठ की तारकशी या किमखाब से उसे सजाते हैं और फिर ताज़िन्दगी उसी को सच मानते चले जाते हैं।

"ऐसे में बेटे ने बगावत की तो क्या गुनाह किया?" सलमा की आवाज़ में हल्का गुस्सा था।

"मगर वो तो उस अनजान शख्स... मस्ताना गुलाम के साथ भाग... नहीं मेरा मतलब उसके साथ कहीं चला गया।"

''मस्ताना गुलाम अनजाना शख्स नहीं था। कम-से-कम उस... शादाब की माँ के लिए तो नहीं।''

''यानी... यानी तुम्हारी दादी की माँ...। तो... तो... कौन था वो? मगर लोग तो कहते हैं न उसके आने का पता ठिकाना है न जाने का।''

''कहते हैं... कहते रहेंगे। मगर वो मेरी दादी की माँ के गाँव का था। जो हमेशा के लिए यहाँ बसने चला आया था और इस उजाड़ मस्ताना फकीर की मज़ार को उसने अपना ठिकाना बना लिया था। मेरी दादी की माँ उसे जानती थी पर...''

''ओह! पर वो मस्ताना गुलाम यहाँ अकेला क्यों...''

''क्या जानना चाहते हैं आप? दीवाना था वो उसका... मेरी दादी की माँ का।''

इतने साल बीत गये। सोचा केवलकृष्ण ने। युगों के समान जाने कितनी पीढ़ियाँ। मगर इस एक सच ने खामोशी से कितने चक्कर काटे होंगे आउट हाउस से मज़ार और मज़ार से आउट हाउस तक! और आज वो खामोशी टूटी भी तो किस तरह! वो भी शबे-बरात पर। शबे-बरात यानी पुरखों को याद करने का दिन। क्या यह सच भी खानसामा के परिवार का कोई पुरखा रहा होगा? सलमा ने शायद धीमे से फिर कहा था, ''दीवाना था वो उसका।'' इस बार शायद सिर्फ अपने कानों के लिए।

''फिर उसी के बेटे को क्यों ले गया?'' केवलकृष्ण ने हौले से एक सवाल किया।

''ऐसा लोग कहते हैं... पर हकीकत ये नहीं है। मेरी दादी ने खुद अपने कानों से सुना था।''

''क्या?''

''म्यूरल साहब ने अपने खानसामा से कहा कि हुक्का लेकर शादाब को भेजो। पर शादाब पेट में दर्द का बहाना बना बिस्तर पर पड़ा रहा। म्यूरल साहब बहुत नाराज़ हुए। जब उनके पास कोई हुक्का लेकर पहुँचा तो उन्होंने वो हुक्का दीवार पर दे मारा।'' साँस लेने के लिए सलमा रुकी। फिर उसने कहा, ''पूरे सर्किट हाउस में दहशत फैल गयी... खानसामा ने उनके पाँव पकड़कर माफी माँगी और वादा किया कि अगले दिन बेटे को ज़रूर भेज देगा। घर आकर खानसामा ने कोहराम मचा दिया। बीवी को पीटा और कहा कि अगर शादाब सुबह म्यूरल साहब की खिदमत में हाज़िर न हुआ तो उसकी खाल खींच ली जाएगी।''

केवलकृष्ण ने ठंडी मुट्ठियाँ भींच लीं और सुना, ''अगले रोज़ शबे-बरात थी। रात में खानसामा की बीवी ने अपने बेटे को जगाया और कहा— तू चला जा यहाँ

से... कहीं भी। मेरी दादी पास ही सो रही थीं। शादाब ने पूछा— कहाँ? माँ ने कहा— जा मस्ताना फकीर की मज़ार पर जा और मस्ताना गुलाम से कह... उसी के साथ कहीं चला जा। शादाब ने पूछा—वो मुझे क्यों ले जाएगा? माँ ने कहा— ले जाएगा। उससे कहना अम्मी ने कहा है। बेटा कुछ समझ न पा रहा था। माँ ने फिर कहा— बेटा, जा जल्दी कर... डर मत। वो तेरा खयाल रखेगा... उसे बाप की इज़्ज़त देना। और सुबह होने से पहले उसने अपने चौदह बरस के बेटे का माथा आखिरी बार चूमकर अपने ही हाथों उसे हमेशा के लिए घर से रवाना किया।''

कुछ क्षण के लिए केवलकृष्ण को लगा कि सर्किट हाउस की फ़ज़ा उसे कई दहाई पीछे लिये जा रही है। समय के पंख तेज़ी से फड़फड़ा रहे थे। अब्दुल का कहना कुछ और था पर आज सलमा उसे जो बता रही है क्या कभी कोई और भी यह सब जान पाएगा? सलमा के बाद उस मज़ार पर चिराग कौन जलाएगा? तथ्य और सत्य का विवाद देश और काल में कभी नहीं बँधा। जिसे हम इतिहास कहते हैं वह भी तो असल में ज़बरदस्त लोगों के इशारे पर लिखी गयी समय की इबारत ही होती है।

अपनी चाहत की डोर पकड़े मस्ताना गुलाम मज़ार के सहारे निज़ामपुर में बस गया होगा पर उसका तरसा हुआ मन किसी ठंडक के लिए तो तड़फड़ाता होगा। वो ठंडक क्या उसे बचपन से नन्हे शादाब की सोहबत में न मिलती होगी? उसके जिस्म और कपड़ों पर दुलार से हाथ फेरते हुए क्या वो उन हाथों का स्पर्श महसूस न करता होगा जो शादाब के उन कपड़ों को धोते थे, सहेजते थे?

उस सर्द रात में बाहर खुले में बेंच पर बैठा केवलकृष्ण न जाने कहाँ से कहाँ भटक रहा था। क्या पता उस शादाब का बाप मन ही मन यह जानता हो। जाने उस मस्ताना गुलाम के प्रति क्या भाव रखता होगा! मस्ताना गुलाम पर अपने इकलौते बेटे को लेकर भाग जाने का इल्ज़ाम लगाने के पीछे जो एक अभद्र इशारा था क्या वो म्यूरल साहब के व्यवहार को लेकर अपनायी गयी अपनी खामोशी की खुद को दी गयी सफाई नहीं रही होगी? या फिर शायद वह किसी और तरह मजबूर हो। कोई भी किसी दूसरे युग की दहशत और मजबूरियों का क्या अन्दाज़ा लगा सकता है!

''फिर उसी माँ ने उसके जाने की बरसी की शाम मज़ार पर चिराग जलाया'', सलमा कह रही थी। ''वो शबे-बरात का दिन था... शबे-बरात... और चिराग जलाने के बाद उसी रात हमेशा के लिए वो...'', कहकर वह सुबकने लगी।

अँधेरा गहरा रहा था। अँधेरा जो एक विस्तृत ब्लैक बोर्ड है और जिस पर स्मृति की चॉक जाने क्या-क्या लिखती रहती है। आज शबे-बरात थी। पूर्वजों को याद करने

का दिन। सिर्फ पूर्वजों को या उनकी ज़िन्दगियों के दर्द को भी!

"ठंड बढ़ रही है... अन्दर जाओ वर्ना बीमार पड़ जाओगी।"

अपना चेहरा पोंछती दुशाले को ठीक से लपेटती सलमा उठी और आउट-हाउस की ओर चल दी। उसका दुशाला पास की क्यारी के एक पौधे में अटका तो उसने बिना मुड़े झटके से उसे खींच लिया। इतनी ठंड में पौधे फूलों से महरूम रहते हैं। सोचा केवलकृष्ण ने। पौधे और उनके फूल! कुछ पौधे ऐसे होते हैं जो छोटे-छोटे कई खूबसूरत फूल देते हैं जो जल्द ही झर जाते हैं। पर कुछ ऐसे भी होते हैं जो सिर्फ एक ही फूल देते हैं— बड़ा और खूबसूरत, जो न जाने कितने दिनों तक बना रहता है।

केवलकृष्ण ने बेंच पर टेक लगाकर आसमान की ओर देखना चाहा पर बूढ़ा पीपल दिखाई दिया। आसमान वहाँ नहीं था। वहाँ था सिर्फ गमगीन पीपल जिस पर बकुल के पत्ते नज़र आते थे। या शायद बकुल जिसकी जड़ें पीपल की थीं। क्या खबर!

❑

स्मृति-पिंड

बुलडॉग घंटों सूखी हड्डी चबाता रहता है, यह जानते हुए भी कि इसमें मांस का ज़रा-सा टुकड़ा तो क्या अंश मात्र भी नहीं लगा है। उसी में रस लेता रहता है। उसकी इस आदत की वजह से ही बाज़ार में नकली हड्डियाँ बिकने लगी हैं जो और कुछ हों न हों सूखी हड्डी का भ्रम तो हैं ही!

काकनी बाहर बरामदे में रखी बेंत की कुर्सी पर अधलेटी-सी बैठी थी। हमेशा की तरह खयालों में गुम। जाने जीवन की किस गुत्थी को सुलझाती रहती थी वह। लगभग 90 बरस की उम्र तक आते-आते समय-कुसमय गुज़रे और आने वाले समय पर ही सोचने का मन होता हो शायद! खिड़की से बरामदे की ओर झाँकते हुए सोचा शक्ति ने। नब्बे साल! नब्बे साल की हो चुकी है उसकी दादी यानी काकनी।

अचानक उसे लगा कि शायद काकनी के पाँव लटके-लटके थक गये होंगे। एक नाटा मूढ़ा लेकर वह बाहर आयी और हौले से काकनी के पाँव उठाकर उसने मूढ़े पर रख दिये। काकनी ने गर्दन घुमाकर उस पर शिथिल-सी दृष्टि डाली और गर्दन को वापस कुर्सी की टेक पर टिका दिया। अपनी उसी दृष्टि से वह बराबर बाहर सड़क की ओर देख रही थी। शायद मन बहल जाता होगा इससे। सोचते हुए शक्ति ने स्नेह भरे स्पर्श से अपनी दादी के बाल सहला दिये। "तीन साल बाद देख रही हूँ तुम्हें... अगली बार जम्मू आयी तो क्या खबर तुम-से मिल भी प्राऊँगी या नहीं!" मन ही मन कहा शक्ति ने। टाँगों पर ज़रा ऊपर चढ़ आयी काकनी की मैक्सी को सँभालने के लिए हाथ बढ़ाया तो याद आये वे दिन जब अपने अनेक रिश्तेदारों की तरह उनका परिवार भी श्रीनगर में फैली निर्वासन की आग से बचते-बचाते किसी तरह जम्मू आ बसा था। तब तक काकनी फेरन पहनती थी। सिर पर पारम्परिक तनगा या रूमाल धारण करती थी।

आज़ादी से काफी पहले वादी में समाज-सुधारक कश्यप बन्धु ने कश्मीरी

पंडित स्त्रियों का आह्वान किया था कि वे फेरन जैसी पुरातनपन्थी पोशाक को त्यागकर साड़ी धारण करें। उनकी सुधारक पुकार का करिश्मा था कि घर-घर में फेरन रातोंरात कन्यी यानी सबसे ऊपर के कमरे में रखे बड़े-बड़े ट्रंकों के किसी कोने में खो-से गये थे। प्रायः मात्र वृद्धाएँ थीं जो अपनी उम्र का लिहाज़ कर बदलाव के इस जुलूस को सिर्फ अपने कमरे की खिड़की से आश्चर्य के साथ गुज़रता देखा करती थीं। घर की युवतियों को वे रोकतीं नहीं बल्कि उत्साहित करती थीं। काकनी तब युवती थी। साड़ी उसे भली लगती थी। पर उसके बदले अपनी पोशाक फेरन का मोह वह कभी नहीं छोड़ पायी थी। चारों ओर एक वेग के साथ चल रही सुधार की इस आँधी में भी कश्यप बन्धु की पुकार उसका मन न बदल पायी थी। परन्तु निर्वासन के बाद उखड़े हालात और जम्मू की गर्मी ने उसे हिलाकर रख दिया। इस पारम्परिक पोशाक को लेकर श्रीनगर में कभी-कभी तो अपने बेटे काशीनाथ से उसकी झड़प भी हो जाया करती थी पर वह टस-से-मस न हुई थी। जम्मू आते ही उसने एक दोपहरी में काशीनाथ से कहा था, "सोचती हूँ अब फेरन भी त्याग दूँ। ज़िन्दगी भर जो तन-मन से बटोरा था जब वो छूट गया तो इस मोह को ढोकर भी क्या करूँगी!"

काशीनाथ ने उसके मन की दशा को दिलासा-सा देती आवाज़ में कुछ कहना चाहा था, "जब आज तक पहना है तो..."

"आज तक बहुत कुछ किया, सँजोया... सब मिथ्या निकला... फिर...," बात काटकर कहा था उसने, "साड़ी बाँधनी तो इस उम्र में क्या ही सीख पाऊँगी... फिर मुझे जाना भी कहाँ होता है..."

"तो फिर क्या..."

काकनी ने फिर बात काटी। इस बार सायास क्योंकि वह समझ चुकी थी कि इस लहजे में भीगे काशीनाथ के शब्द उसके जबरन रोके आँसुओं पर भारी पड़ने वाले हैं, "कुछ नहीं... मैं ही आज बहू से कहूँगी कि अपनी कोई मैक्सी दे दे मुझे और सिर पर रखे इस तमगे की जगह उसका कोई दुपट्टा ओढ़ लूँगी।" और इस तरह काकनी ने अपनी सदियों पुरानी पुरखों से मिली कश्मीरी पोशाक से मन फेर लिया था। अब दिखने में वह पूरी तरह जम्मू की हो गयी थी।

शक्ति ने जैसे ही काकनी की मैक्सी खींचकर पैरों की ओर की, काकनी चौंक उठी। "क्या हुआ काकनी?" घबराकर पूछा शक्ति ने।

"अरुन्धती... अरुन्धती...", पाँव मूढ़े से उतार फर्श पर टिकाते हुए काकनी सड़क की ओर देख पुकार रही थी।

"क्या बात है काकनी? अरुन्धती कौन?"

"वो अरुन्धती है... रोक उसे...", उसने आवाज़ में दम भरकर फिर पुकारा, "अरुन्धती... अरुन्धती... कहाँ जा रही हो?"

उसकी आवाज़ पर भीतर से शक्ति की माँ तेज़ कदमों से निकलकर आयी, ''क्या हुआ काकनी को?''

''पता नहीं... किसी को पुकार रही है।'' शक्ति ने काकनी को सँभालने के लिए उसे कन्धे से सहारा-सा दिया। पर काकनी में जाने कहाँ से इतनी ऊर्जा भर आयी कि उसने शक्ति के हाथ को एक ओर हटाते हुए शक्ति की माँ से कहा, ''बहू... देख अरुन्धती जा रही है... रोक उसे...''

''कौन अरुन्धती?''

''अरे बड़गाम वाली अरुन्धती... आवाज़ तो दे... वो निकल जाएगी।''

माँ कुछ परेशानी और कुछ झुँझलाहट भरे लहजे में बोली, ''शक्ति इन्हें अन्दर ले चलो... इनकी तबीयत ठीक नहीं।''

''माँ, अन्दर बैठे-बैठे ये अजीब सी हो जाती हैं... कुछ देर यहाँ...''

''अब सड़क पर आती-जाती औरतों को पुकारेंगी तो रहना दूभर हो जाएगा हमारा यहाँ भी। अन्दर ले चलो...''

शक्ति काकनी को सहारा देने के लिए आगे बढ़ पाती उससे पहले ही काकनी अपने लटपटाते पैरों पर खड़ी हो गेट की ओर जाने को हुई। शक्ति ने झट से आगे बढ़कर उन्हें सँभाला तो वह उसका सहारा ले गेट तक पहुँची और वहाँ से एक बार उन्होंने फिर पुकारा, ''अरुन्धती... अरुन्धती''।

उनकी इस पुकार पर कुछ कदम आगे निकल गयी एक वृद्धा ने पलटकर देखा। काकनी की आँखों में एक मासूम-सी खुशी चमक उठी, ''अरुन्धती... कैसी है? यहाँ कैसे?''

प्रिंटिड साड़ी और खिचड़ी बालों वाली वह वृद्धा गेट की तरफ बढ़ी तो इस ओर से माँ भी कुछ हैरान-परेशान-सी गेट की तरफ आयी, ''सुनिए, इनकी बातों का बुरा मत मानिए... उम्र हो गयी है अब... असल में...''

''मगर वो गलत नहीं है... मैं अरुन्धती ही हूँ।'' वृद्धा के इस वाक्य पर माँ को काठ-सा मार गया। उसके शब्द मुँह में ही जमघट-सा बनाये रहे। मानो एक-दूसरे के पीछे छिपने का प्रयास कर रहे हों।

''दरवाज़ा खोल बहू... अरुन्धती अन्दर आएगी।''

माँ पहले चौंकी फिर उसने गेट खोला तो अरुन्धती कुछ-कुछ हिचकते और कुछ उत्सुकता का भाव लिये अन्दर आ गयी। माँ ने कुर्सी की ओर संकेत करते हुए कहा, ''आइए... बैठिए।''

''ठहर बहू... वो मुझसे पहले गले मिलेगी... बरसों बाद मिली है।'' काकनी के इस वाक्य पर अरुन्धती आगे बढ़ी और काकनी से गले मिली।

शक्ति ने काकनी को सहारा देकर फिर से कुर्सी पर बैठाया, ''काकनी बैठकर

बातें करो।'' अरुन्धती भी सामने की कुर्सी पर बैठ गयी तो काकनी ने कहा, ''बहू, चाय बनाओ, अरुन्धती एक ज़माने बाद आयी है।'' अचकचाते हुए माँ ने भीतर रसोई की ओर कदम बढ़ाये।

''पर... माफ कीजिए... मैंने आपको पहचाना नहीं।''

''अरे मैं... मुझे नहीं पहचानती अरुन्धती... मैं तेरी सबसे बड़ी बहन की सहेली... कला... कलावती।''

''कलावती?''

''अरे भूल गयी? क्या हो गया है ज़माने को! कलयुग है कलयुग... मुझ बुढ़िया को सब याद है और तू भूल गयी!''

''तो मैं ही अब कौन-सी बच्ची हूँ... पिचहत्तर की होने को आयी हूँ... दिमाग ही तो है... क्या-क्या याद रहेगा इस बुढ़ापे में!''

''अरे अरुन्धती, तेरी बहन का घर गणपतयार में मन्दिर के पिछवाड़े नहीं था? और मेरे घर की गली उसकी गली की पीठ से पीठ लगाये बैठी थी। याद आया? तेरी बहन शारदा... ऊपर वाला उसे जन्नत दे... बेचारी छोटे-छोटे बच्चों को बिलखता छोड़ जल्दी ही चली गयी इस दुनिया से। अच्छा किया... यहाँ रखा भी क्या है!''

अरुन्धती काकनी को विस्फारित नेत्रों से देख रही थी, अपनी स्मृति पर लगातार खटखटाते हुए।

''अरी तू मुझे भूल सकती है पर मैं तुझे कैसे भूलूँ! मूँग की दाल में मूली डालकर बनाना तो मैंने तुझसे ही सीखा था। जब-जब काशीनाथ के बाबूजी खाकर तारीफ करते थे, मैं तुझे याद करती थी। जब भी तू बहन के घर आती थी कोई-न-कोई अलग-सा पकवान बनाती थी। तूने ही चने की दाल में बड़ी डालकर बनानी सिखायी थी। शायद किसी पंजाबी सैलानी से सीखी थी ये तूने। मैं तेरे आने का इन्तज़ार करती रहती थी... कब आएगी अरुन्धती... कब आएगी... शारदा से पूछती रहती थी...'', अचानक काकनी ने अपनी आँखें गले में लटके दुपट्टे से पोंछीं, ''जब शारदा ही नहीं रही तो उस घर क्या उस गली की ओर जाने का भी मन नहीं करता था। बहुत भली थी... तेरे लिए तो माँ से भी बढ़कर थी वो... उसकी जान तुझमें ही रहती थी।''

अरुन्धती को कुछ याद नहीं आ रहा था पर उसके चेहरे के भाव बता रहे थे कि उन घटनाओं की स्मृति तो नहीं पर उन स्मृतियों की छायाएँ कहीं आस-पास भटक रही हैं। ''सच कहती हो'', सकुचाते-से स्वर में कहा उसने।

''वैसे भी शारदा मायके की बड़ी बेटी थी तो ससुराल की बड़ी बहू। बेचारी दोनों तरफ पिसती थी। उधर तुम बिन माँ के भाई-बहनों की फिक्र में घुलना तो इधर लफंगे देवरों और राक्षसी ननदों को सहना। कभी-कभी तो जी को हल्का करने के लिए अपने दादा से सुनी वो फारसी कहावत याद कर गम को भुलाने लगती थी— 'बुज़ बाश

बुज़ुर्ग म बाश' — यानी वो दाढ़ी वाला बकरा भले ही बन जाओ जिसे कसाई जल्दी ही ज़िबह करेगा पर गलती से भी कभी बुज़ुर्ग मत बनो!''

अरुन्धती की वो लगातार खटखटाहट रंग लायी थी। दिमाग के पिछवाड़े का एक जालों भरा कमरा रोशन हुआ था, ''हाँ, जब हमसे यह कहती थी तो हम भी उसे चिढ़ाते हुए कहते कि अरे बुज़ुर्गों का क्या है! ऐश ही ऐश है। जो मन भाए सो खाओ, जो चाहे सो करो। न कोई बन्धन, न बड़ों की चाकरी का डर। और फिर इस फारसी मिसरे की अगली लाइन बोल देते थे— 'सग बाश खुर्द म बाश' — यानी घर-चौखट के कुत्ते बन जाओ, दुम हिलाते फिरो पर घर का छोटा कभी न बनो!''

''अरे वाह ये तो मुझे आता ही नहीं था,'' प्रफुल्लित होकर दो बार दोहराया काकनी ने, ''सग बाश खुर्द म बाश! सग बाश खुर्द म बाश!''

''क्या ज़माना था वो'', कहकर अरुन्धती हँसी तो काकनी ने उसके सुर में सुर मिलाया। बरामदा उस समवेत हँसी से गूँज उठा जिसे पलकें फैला-फैलाकर रसोई की खिड़की से माँ और सामने खड़ी शक्ति देख रही थीं।

''अच्छा ये बता, तेरी उस डायन सास ने फिर तुझे और तेरे घरवाले को कोई मकान दिया या दोनों अपने लाडले को दे बैठी? सौतेली माँ थी न तेरे घरवाले की वो... कितना दुःख देती थी करमजली तुझे!''

''काकनी... काकनी कैसी बात करती हो! क्या कह रही हो?'' शक्ति ने घबराकर टोका और अरुन्धती से बोली, ''आप इनकी बात का बुरा मत मानिएगा।''

''बुरा क्या मानूँ बेटा... सच का क्या बुरा मानना,'' कहा अरुन्धती ने।

''तुझे क्या मालूम क्या-क्या सहा है इस बेचारी ने,'' काकनी आगे बोली, ''इसका दुःख सुना-सुनाकर ज़ार-ज़ार रोती थी इसकी बहन शारदा... वो भी किसे सुनाती... माँ तो तुम्हारी बचपन में ही चल बसी थी। अरे वो तेरी सास...''

''छोड़ो भी अब उसे... वो तो पुराने किस्से हैं... किस्मत में दुःख लिखे थे तो भोगे... जैसी भी थी अब तो दूसरी दुनिया में है... अब क्या बुराई करना।'' अरुन्धती भी अपने अतीत की स्मृति से नम हुई आवाज़ में बोली थी।

''हाँ, सो तो है। अच्छा बता यहाँ कैसे आयी?''

तभी माँ चाय की ट्रे लिये बाहर आयी और शक्ति ने ट्रे में से एक प्याला उठाकर अरुन्धती को दिया था।

''आप तो जानती हैं हम बड़गाम में रहते थे। जबसे यहाँ आये हैं इनको न जाने क्या हो गया!''

''किसे? तेरे घरवाले को? क्या हुआ उसे?'' आगे को झुकते हुए पूछा काकनी ने।

''नहीं-नहीं... ईश्वर न करें उन्हें कुछ हो... पर... वो अपना घर... अपना शहर

भूल ही नहीं पाये। यहाँ आकर एक ही काम था उनका—कश्मीर की खबरों को अखबारों से काट-काटकर जमा करना। सारा दिन बन्द कमरे में उन्हें काटते, चिपकाते... जाने क्या-क्या करते! क्या बताऊँ उन खबरों और तस्वीरों की ढेरों फाइलें तैयार हो गयी थीं। चाहे धूल में अँट जाएँ पर साफ करने के लिए भी उन्हें कोई छू नहीं सकता था। घर के बच्चे रेडियो पर कुछ और किस्म के प्रोग्राम सुनने को तरस जाते पर वो रेडियो की सूई 'रेडियो कश्मीर' से हटाने ही नहीं देते थे।''

''अब कहाँ हैं वो?'' आत्मीय स्वर में पूछा माँ ने।

''कहाँ जाएँगे, बेटा यहीं है... मेरा मतलब है पिछले हफ्ते तक तो थे... पर...''

''पर?'' शक्ति के मुँह से बेसाख्ता निकला।

''पिछले हफ्ते सुबह मन्दिर का कह कर निकले थे...''

''तो?'' माँ का धैर्य हाथ से छूट रहा था।

''तो पता नहीं... तब से लौटे नहीं... क्या करते? पुलिस में रिपोर्ट लिखायी। वो भी नाकामयाब रही... पर परसों रात बड़गाम के हमारे एक पड़ोसी तनवीर रियाज़ का फोन आया। उसने कहा कि उन्होंने हमारे बन्द मकान में कोई छाया-सी देखी थी। जाकर देखा तो... तो यही थे। जाने क्यों चले गये बिना बताये!'' कहकर अरुन्धती साड़ी के पल्लू में मुँह छिपाकर सिसकने लगी। माँ उसके करीब गयी और उसे दिलासा दिया, ''अब तो पता चल ही गया है कि कहाँ है... तो जल्द ही आ जाएँगे।''

''हाँ, आ तो जाएँगे... वहाँ भला उस बेजान चारदीवारी और मलबे जैसे सामान के सिवा हमारा है भी क्या!''

''मलबा!'' शक्ति के मुँह से निकला।

''जब अपने काम का नहीं तो मलबा ही है... अब तनवीर के घर से ही खाना बनकर जाता है उनके लिए... बता रहा था कि अपना मकान एक घड़ी को भी नहीं छोड़ते। बार-बार ट्रंकों को खोलते हैं। कपड़े झाड़ते हैं और वापस रख देते हैं... सामान को पोंछते हैं और सजा देते हैं... बस सारा दिन यही...'' अरुन्धती फूट-फूटकर रोने लगी।

''तेरी किस्मत ही ऐसी है... पहले सास ने चैन नहीं लेने दिया... अब ये तेरा घरवाला!''

''काकनी प्लीज़!'' शक्ति ने उन्हें टोकते हुए कहा।

पर माँ ने अनायास ही काकनी का साथ दिया, ''उसकी ही क्यों किस्मत तो हम सबकी खराब है। वर्ना घर से दूर क्यों मारे-मारे फिरते!''

''सच कहती हो बहू... ये पहाड़ से दिन अब कटते ही नहीं। वहाँ अपना मोहल्ला था, अपने लोग थे। यहाँ तो बस सूरज के उगने और डूबने का इन्तज़ार-सा करते रहते हैं हम।'' फिर खुद को सँभालते हुए कहा अरुन्धती ने, ''अब जैसा भी था चल रहा था,

उस पर ये नयी मुसीबत! उन्हीं के एक दोस्त रहते हैं यहाँ... शिव लाल भान। बस उन्हीं से कुछ राय लेने आयी हूँ... यहीं कहीं है उनका मकान। कभी अकेले इधर-उधर जाने की आदत ही नहीं रही... जन्म बीत गया..."

"हाँ-हाँ, यही कोई छह या सात मकान बाद... शायद सी 345 में रहते हैं वो," माँ ने कहा।

"हाँ हाँ यही नम्बर तो है... बस मकानों के नम्बर गिनती जा रही थी कि आपने आवाज़ दी... भला हो आपका... इस शहर में कोई अपना दिखता है तो दिल को सुकून मिलता है।"

"कहें तो मैं पहुँचा दूँ आपको भान साहब के यहाँ," माँ ने मदद का हाथ बढ़ाया तो अरुन्धती भी उसे थामने में पीछे न रही, "हाँ बहू, साथ चलोगी तो अच्छा ही रहेगा... अब कहाँ घंटी बजाऊँ... कहाँ खटखटाऊँ... कुछ समझ ही नहीं पाती हूँ।" कहते हुए वह उठ खड़ी हुई।

"चलिए... आइए...," कहती हुई माँ गेट की तरफ चली। काकनी से एक बार फिर गले मिलकर अरुन्धती माँ के पीछे हो ली, "चलती हूँ... आप लोग भी अपना काम-काज सँभालें... मैं तो अपना दुखड़ा लेकर बैठ गयी!"

"अरी कैसी बात करती है... गाय को अपने सींग भारी नहीं होते... तू तो अपनी है री... आती रहा कर। जब तेरा घरवाला आ जाए तो उसे भी लेकर आना।" काकनी की बात सुनते हुए आँचल सँभालती अरुन्धती गेट की ओर बढ़ी।

"बेचारी अरुन्धती! मुसीबतों ने इसके जीवन का पल्ला आज तक नहीं छोड़ा! ईश्वर रहम कर!" कहते हुए काकनी ने गर्दन कुर्सी से टिकाकर आँखें बन्द कर लीं। उसके चेहरे को आहिस्ता-आहिस्ता पुरानी शिथिलता ने घेर लिया।

अरुन्धती की खाली कुर्सी पर बैठकर शक्ति ने काकनी की ओर देखा। शारदा जिसका देहान्त हुए लगभग पचास बरस बीत चुके हैं, काकनी की स्मृति में ज़िन्दा है। इस पृथ्वी पर रहते हुए भी हम कितना रहते हैं इसमें? क्या वास्तव में हम स्मृति-जगत में नहीं रहते? अपने स्मृति-जगत और दूसरों के स्मृति-जगत में। हमारा आवास स्थान एक नहीं अनेक है। जाने-अनजाने बसे होते हैं शायद हम अन्यों के स्मृति-जगत में कहीं-कहीं और रहते हैं उसमें देह के सम्बन्ध के पार जाकर भी। अपने देहान्त से नहीं रहता हो शायद हमारा कोई रिश्ता तब!

काकनी आँखें मूँदे बैठी थी। क्या-क्या है इन बन्द पलकों के पीछे और क्या-क्या कहीं खो गया है? कैसी अजीब बात है जिस काकनी ने आज लगभग 60-65 साल पुरानी घटनाओं का ज़िक्र किया और उस समय की युवती को इस वृद्धावस्था में भी पहचान लिया! वही काकनी दिन में दस बार अपने घर के लोगों के नाम और शक्लें भूल जाती है। अभी कल शाम वह अपने पोते की पत्नी रश्मि को अनजान निगाहों से

देख रही थी। ऑफिस से आकर अपनी चाय का प्याला ले रश्मि काकनी के पास आकर बैठ गयी थी। माँ और शक्ति भी उसी कमरे में थे। थोड़ी देर बाद काकनी ने माँ से इशारे से कुछ कहा था जो माँ समझ नहीं पायी थी। फिर काकनी ने शक्ति से कुछ कहना चाहा। उसकी बात सुनने व समझने के लिए शक्ति उसके करीब गयी तो उसने हौले से कहा, "इस पड़ोसन की बहू का अपने घर में जी नहीं लगता क्या?"

"कौन पड़ोसन की बहू?" हैरान हो पूछा था शक्ति ने। रश्मि की ओर इशारा करते शब्दों को चबाते हुए बोली थी काकनी, "अरे यही जो प्याला लिये कब से बैठी है... इससे कह चाय पी ली हो तो अपने घर जाए।"

इस पर सब बहुत हँसे थे। एक चुहल का-सा माहौल बन गया था। पर शक्ति इनसान के कपाल में बसे उस नर्म अखरोट के बारे में सोच रही थी जिसमें रक्त का संचार होता है और जिसकी कोशिकाओं में एक बाल भर का बदलाव भी इनसान को कुछ से कुछ कर सकने की ताकत रखता है। ऐसा क्यों होता है कि किसी को सब कुछ याद रहता है, किसी को कुछ-कुछ और किसी अन्य को मनचाहा कुछ। आखिर क्या है यह स्मृति? एक बाल्टी जिसमें से पानी चू रहा है? एक डायरी जो बीते और आने वाले कल को इकट्ठा कर रख सकती है? एक स्पंज जो आने वाले समय के लिए सब कुछ सोख रहा है? एक कम्प्यूटर जो सूचनाएँ बटोर रहा है? एक कैमरा जो सब कुछ कैद कर रहा है? या एक भूलभुलैया जिसमें अक्सर सब कुछ खो जाता है।

जीवन में अन्त के निकट पहुँच कहीं हम पृथ्वी पर आस-पास बसे लोक से धीरे-धीरे मुँह तो नहीं मोड़ लेते हैं और जा बसते हों अपने सुदूर स्मृति-लोक में! इलाहाबाद में अम्मू के साथ रहते हुए भी शक्ति ऐसा ही कुछ सोचती रहती है या यूँ कहें कि सोचने को मजबूर होती है। गत माघ शुक्ल पक्ष अष्टमी के दिन अपने जीवन के तिहत्तरवें वर्ष को विदा किया है अम्मू ने। अचानक बीच-बीच में वह कभी-कभी कुछ- कुछ दिनों के लिए काकनी की तरह नब्बे साल की हो जाती हैं। वह भी तब आस-पास के काल से मुँह मोड़ सुदूर अतीत में जा बसती हैं। ऐसा समय अधिक नहीं खिंचता। यहाँ वह काकनी की तरह स्थायी भाव-सा नहीं बन गया है। अम्मू लौट भी आती है।

अम्मू यानी उसके पति रमेश की माँ रजनी रैना, जिन्हें वह इलाहाबाद में अपनी जेठानी के पास छोड़कर पन्द्रह-बीस दिनों के लिए अपने मायके जम्मू आयी है। अम्मू से तीन-चार साल का गायबाना तआरुफ होने के बावजूद उसने पहली बार उनसे फोन पर बात तब की थी जब शादी से एक दिन पहले फूलों के गहने की रस्म थी। अम्मू ने शक्ति के लिए बेला और हारसिंगार के फूलों की असंख्य सफेद लड़ियाँ भिजवायी थीं। फोन पर उसे ताकीद की गयी थी कि यदि उसने आभूषण पहने हैं तो उन्हें उतार दे। फिर रमेश की भाभी और बहनों ने मिलकर उन सफेद लड़ियों को गहनों की तरह पहनाकर उसका शृंगार किया था। हार, कंगन, झुमके, टिक्का, बाजूबन्द, तगड़ी, पायल सब

सफेद फूलों के। उसका जूड़ा भी बेला की खुशबू से महक उठा था। दर्पण के सामने उसने खुद को कालिदास की शकुन्तला-सा पाया था। वह रोमांचित हो उठी थी। फूलों के गहने की यह रस्म उसने क्या उसके समस्त परिवार ने पहली बार देखी व जानी थी। कश्मीर में या किसी कश्मीरी के यहाँ उन्होंने ऐसा होते इससे पहले कभी नहीं देखा था।

श्रीनगर से निर्वासन के बाद जब शक्ति का परिवार जम्मू में बस गया था, शक्ति स्कूल की पढ़ाई पूरी कर चुकी थी। आगे की पढ़ाई के लिए उसे दिल्ली भेज दिया गया था। यहीं अपनी एक मित्र के यहाँ शक्ति की मुलाकात रमेश से हुई थी। रमेश उसकी मित्र के बड़े भाई का दोस्त था। फिर एक दिन अचानक वह शक्ति को दिल्ली विश्वविद्यालय की आर्ट्स फैकल्टी में मिला। फिर लॉ फैकल्टी के रेस्तराँ और फिर जाने कहाँ-कहाँ। मुलाकातें बढ़ती गयीं और अन्ततः दोनों ने एक सूत्र में बँध जाने का फैसला कर लिया। यह फैसला शक्ति के परिवार के लिए एक सुखद संयोग था। माँ को उठते-बैठते अब तक बस यही खटका लगा रहता था कि कहीं ऐसा न हो कि घर-परिवार से दूर रहकर शक्ति दिल्ली में किसी गैर-कश्मीरी को पसन्द कर ले। इसके विपरीत जब शक्ति ने लड़के का नाम रमेश रैना बताया तो उनके आश्चर्य का ठिकाना न रहा।

काशीनाथ कौल अपनी पत्नी सहित झट रमेश के पिता भूषण लाल रैना से बेटी के विवाह सम्बन्ध की बात करने इलाहाबाद रवाना हुए। पर उन लोगों से मिलकर वे जितना खुश थे उतना ही हैरान भी क्योंकि रैना परिवार बस नाम का कश्मीरी परिवार रह गया था। भूषण लाल के दादा के दादा श्रीनगर से आकर इलाहाबाद में बस गये थे और अब नाम भर की जो कश्मीरियत इस परिवार में बची थी वह भी बेगानी-सी थी। न वहाँ भाषा थी, न खान-पान और न ही वैसे तीज-त्योहार और रीति-रिवाज।

निर्वासन हो या पलायन, समय के साथ-साथ यह पीछे छूट गयी तहज़ीब का चेहरा तक भुला देता है। घर पहुँचकर सोचा था काशीनाथ ने कि उनकी आने वाली पीढ़ियाँ भी शायद अपनी तहज़ीब से वैसे ही मिलेंगी जैसे विदेश की किसी आवारा-सी सड़क या किसी पर्यटन-स्थल पर अपने देश का कोई अनजान व्यक्ति। जिससे हमारा कोई सम्बन्ध नहीं होता पर जो भीतर एक हल्का-मीठा-सा अहसास देता है कि वह उस सुदूर देश से है जो कभी हमारा भी हुआ करता था या जिसके कभी हम भी हुआ करते थे। काशीनाथ की रूह काँप उठी। उन्हें अचानक लगा कि जैसे उनकी आने वाली सारी पीढ़ियाँ अनाथ हो गयी हों। कि जैसे उनकी संस्कृति से जुड़े सभी महान ग्रन्थ बोरियों में भर-भर कर एक बार फिर आततायियों ने डल की तलहटी में पहुँचा दिये हों। कि जैसे कश्मीर की नदियों, तालाबों, चश्मों और नागों का सारा जल भाप बन उड़ गया हो हमेशा-हमेशा के लिए।

शक्ति की सास यानी उसकी अम्मू भी इलाहाबाद के जिस काटजू परिवार से आयी थी वह भी कई पीढ़ियों पहले श्रीनगर में बसी अपनी जड़ों से उखड़ चुका था।

अब यह इलाहाबाद का एक सम्मानित व समृद्ध परिवार था। बहुत पहले अम्मू के दादा के दादा, फिर दादा और फिर पिता ने अपने जीवन संघर्ष के दौरान कई नौकरियाँ व मकान बदलते हुए इस परिवार की साख को स्थापित किया था। अन्ततः दादा ने ही आज के आनन्द भवन के साथ सटी एक विशाल कोठी एक अँग्रेज़ अफसर से खरीदी थी और उसमें बस गये थे। इस कोठी को नाम मिला था— विश्रान्ति कुंज।

यह विश्रान्ति कुंज अम्मू का सुनहला अतीत था जहाँ की पहली स्मृतियों में जो दृश्य सबसे अधिक उभरकर आता था, वह था बचपन में आनन्द भवन की स्वरूप रानी द्वारा कन्या-पूजन के समय श्रद्धा के साथ स्वयं रजनी यानी आज की अम्मू के नन्हे-नन्हे पाँव धोना। देवी का स्वरूप मान पूजा-गृह में ले जाना व अन्त में प्रसाद के रूप में हलुआ-पूरी और चने खिलाना। अपनी छत या खिड़की से नन्ही अम्मू आनन्द भवन में गाँधी टोपी और जवाहर जैकिटों के प्रायः होने वाले मेले भी देखा करती थी।

अम्मू के दादा रतन लाल काटजू के दो पुत्र हुए— बृजनाथ काटजू और त्रिलोकीनाथ काटजू। बृजनाथ काटजू यानी अम्मू के ताऊ इलाहाबाद हाई कोर्ट में जज थे और उनके दो बेटे नामी वकील हुए।

अम्मू के पिता त्रिलोकीनाथ काटजू कांट्रेक्टर थे जिन्होंने इलाहाबाद के महत्त्वपूर्ण भवनों का निर्माण किया था। उनकी कुछ दुकानें भी थीं। स्वतन्त्रता आन्दोलन का ज़माना था। अचानक वे घर से कुछ-कुछ कटे हुए व गुमसुम रहने लगे थे। एक दिन बापू की गुहार पर अपने कपड़ों की दुकान में आग लगाकर उन्होंने कपड़ों की होली जलायी और स्वराजी हो गये। विश्रान्ति कुंज में हाहाकार मच गया। त्रिलोकीनाथ के पिता का मानना था कि उनके बेटे का दिमाग सरक गया है। सो उन्हें ढूँढ़ने कुछ लोगों को दौड़ाया गया। पर शाम को जब वह लौटे तो उन्होंने खादी का कुर्ता-पाजामा और गाँधी टोपी धारण कर रखी थी। एक रात घर में गुज़ारकर अगले दिन वे बिना किसी से कुछ कहे इलाहाबाद छोड़ कहीं चले गये थे। यह खबर भी उन्होंने किसी के हाथ भिजवायी थी कि वे सकुशल हैं और उन्हें तलाश करने की कोशिश न की जाए। वैसे त्रिलोकीनाथ निश्चिन्त भी रहे होंगे क्योंकि उनके निवास-स्थान का पता कोई नहीं जानता था।

उन्हें आखिरी बार इलाहाबाद के स्टेशन पर पुलिस के साथ हथकड़ियाँ पहने देखा गया था। शायद वे लोग किसी गाड़ी का इन्तज़ार कर रहे थे। इलाहाबाद के इतने बड़े कांट्रेक्टर और कपड़ों की होली जलाने वाले स्वराजी त्रिलोकीनाथ के स्टेशन पर हथकड़ियों में होने की खबर शहर में आग की तरह फैली थी। अम्मू यानी रजनी आठवीं में थी। उनके भाई नरेन्द्रनाथ को खबर मिली तो वे साइकिल की ओर लपके थे। रजनी ने दौड़कर पीछे से कैरियर पकड़ उन्हें रोका था, ''कहाँ जा रहे हैं भाई साहब ?''

''छोड़ मुझे जल्दी है... आकर बताऊँगा।''

''चाचा से मिलने ?''

नरेन्द्रनाथ हैरान थे। उनके मुँह से बस यही निकला, ''कैरियर छोड़ रजनी।''

''मैं भी चलूँगी... वर्ना कैरियर नहीं छोड़ूँगी।'' नरेद्रनाथ ने झुँझलाकर साइकिल को झकझोरा पर रजनी की सख्त पकड़ के आगे निरस्त हो गये। रजनी की आँखों में दृढ़ता का आलोक देख घबरा से गये। साइकिल पर बैठते हुए बोले, ''अच्छा चल जल्दी बैठ... पर सुन... चाची को पता नहीं चलना चाहिए।'' रजनी बिना एक शब्द ज़ाया किये कूदकर साइकिल के कैरियर पर बैठ गयी थी।

स्टेशन पर बेतहाशा भीड़ थी। लोगों और नारों दोनों की। न लोग पहचाने जा रहे थे न नारे। नरेन्द्रनाथ की बाँह थामे रजनी ने दूर से अपने पिता को देखा था। अजीब छवि थी जो कभी भुलाये न भूल सकी। चुन्नटदार कलफ लगे कुर्ते की जगह एक आधी बाँह का अधमैला चैक वाला कुर्ता जो उनके हड़-हड़ शरीर पर झबले जैसा लग रहा था। नीचे उतना ही हारा-थका-सा एक कैदियों का पाजामा जो अपनी लम्बाई में न पाजामा था न हाफ पैंट। त्याग भरी निष्ठा के तेज से यों तो चेहरा दिप-दिप कर रहा था पर कमज़ोरी और थकान उसका पीछा कर रही थी। लेकिन रजनी जिस भाव को कभी न भूली वह था एक विरक्त दूरी का भाव जिसकी परिधि में वह खुद कहीं नहीं थी और माँ भी कहीं नहीं थी। फिर भी उस समय उसे स्वयं पर अभिमान हो आया था कि वह उनकी बेटी है। उसके बाद एक दिन बस किसी के माध्यम से एक उड़ती-उड़ती सी खबर मिली थी कि नैनी जेल में चाचा का देहान्त हो गया।

प्यार से चाचा कहलाने वाले पिता पर जो अभिमान रजनी को होता था वह अपने परिवार और विशेषकर माँ के जीवन का सूनापन देखकर धूमिल हो जाता था। वहाँ सिर उठाती थीं बालिका से किशोरी हो रही रजनी की असंख्य जिज्ञासाएँ व प्रश्न।

रजनी की माँ लीलावती बरसों से कर्नाटक में बसे कश्मीरी भट्ट परिवार की इकलौती बेटी थी। पिता नामी कांट्रेक्टर थे जो एक बार काम के सिलसिले में इलाहाबाद आए थे। यहाँ उनकी मुलाकात युवा त्रिलोकीनाथ से हुई थी और उन्होंने अपनी लीला के लिए त्रिलोकी के पिता से बात की। भट्ट साहब कर्नाटक में चालीस गाँवों के ज़मीदार थे। भले ऐसे राजा की बेटी से रिश्ता करने में कौन आगा-पीछा सोचता! वैसे सोचा तो ज़्यादा भट्ट साहब ने भी नहीं था। वर्ना उनकी बेटी लीलावती को विवाह के बावजूद पति विहीन रहने पर जब-तब अपने लिए यही मिसाल क्यों सूझती—राजा की बेटी, कर्मों की हेठी! लीलावती इतना सोना, जवाहरात और आभूषण लेकर आयी थी कि बार-त्योहार परिवार में किसी को उपहार देतीं तो डलिया भर ज़ेवर देतीं। चाचा के स्वराजी हो जाने के बाद धीरे-धीरे ये रिवाज खत्म हुआ। फिर डलिया में भरकर ज़ेवर उपहार के लिए नहीं बल्कि बाज़ार में बिकने के लिए जाने लगे थे। जब तक रहीं त्रिलोकीनाथ के परिवार को सँभाला। पर उनकी ज़िद का भी सिर नहीं था। स्वराजी

बनने के बाद न कभी वो त्रिलोकीनाथ से मिलने गयीं न उनके बारे में किसी से कभी कुछ पूछा। जो उनके कानों ने कभी कहीं सुना वही हमेशा के लिए काफी रहा। शेष कमी पूरी करती थी उनके मन की उधेड़-बुन। त्रिलोकीनाथ के पिता ने विश्रान्ति कुंज के हिस्से कर डाले और बड़ा हिस्सा त्रिलोकीनाथ के बच्चों के नाम कर दिया। असंख्य कमरों व विशाल आँगनों वाला विश्रान्ति कुंज लीलावती के लिए कामधेनु बना।

इस कामधेनु में बँगले के बाद एक विशाल आँगन से एक कॉटेज में पहुँचा जा सकता था जो वस्तुतः परिवार का अतिथि गृह था। कॉटेज के बाद एक अन्य विशाल आँगन में दो बड़े कैथे के पेड़ और एक कुआँ था। कुएँ के बाद एक और आँगन और उस आँगन के बाद था सागरपेशा यानी महाराज, धोबी, अर्दली, माली, ड्राइवर आदि सेवकों के रहने के लिए बने छोटे-छोटे मकानों का जमघट। घर के हालात देखते हुए कुछ-कुछ अर्से के लिए कॉटेज किराये पर दी जाने लगी थी।

बँगले में दो रसोइयाँ थीं— चाची की 'वैष्णव रसोई' और अँग्रेज़ीदाँ बृजनाथ ताऊजी की सामिष भोजन वाली 'अनवर की रसोई'। अनवर ताऊजी का अर्दली था। लाल वर्दी और सिर पर ज़री की तुर्रे वाली टोपी में सजा वह दिन में उनकी जर्मन गाड़ी चलाता था और शाम को सामिष रसोई सँभालता था। चाची के साथ एक हिमाचली महाराज सदा उनकी रसोई में सेवा के लिए तत्पर रहता। पर एक रसोई अगर उत्तर में थी तो दूसरी दक्षिण में।

सामिष रसोई के साथ वाले कमरे में दस कुर्सियों वाली एक बड़ी सफेद संगमरमर की मेज़ थी जिस पर ताऊजी का शासन चलता था। छोटे बेटे की जचगी में ताई नहीं रही थीं। तबसे ताऊजी शामों में देर से लौटते थे और अधिकतर बँगले के इसी हिस्से में रहते थे। पर दिन में रजनी के भाई सुरेन्द्रनाथ और ताऊजी के दोनों बेटों व उनके दोस्तों की बैठकें होती थीं। अम्मू बताती हैं कि सुरेन्द्र भाई साहब की दो मित्र थीं— मिस फ्लाविया रॉबर्टस और मिस मिथिलेश आगा। जब वे आतीं घर की रंगत बदल जाती। मिलकर खाया-पिया जाता। फिर ताश का दौर चलता। दुनिया भर के हालात पर खूब बहसें होतीं। बहसों के दौरान वे लोग मेज़ें बजा-बजाकर दूसरों की बात काटते या अपनी बात की सुनवाई की अपील करते। उस संगमरमर की मेज़ के बीच पड़ी दरार देखकर बालिका रजनी को हमेशा लगता कि यह उन बहसों का प्रसाद है। उन बौद्धिक बहसों का अन्त प्रायः इस एक वाक्य से होता— 'वी एग्री टु डिसएग्री'। मिस रॉबर्ट्स रजनी और उसकी बहन सन्तोष को अक्सर पास बुलाकर बैठा लेती थीं। फिर सुरेन्द्रनाथ से कहतीं, ''सुरेन्द्र अपनी बहनों को पढ़ाना... खूब पढ़ाना।'' यही सब कहने कभी-कभी वे चाची के पास बँगले के दूसरी ओर भी आती थीं।

रजनी और सन्तोष दोनों ने कुशाग्रबुद्धि पायी थी। हाई-स्कूल में अच्छे नम्बर लाने के लिए यू.पी. बोर्ड ने रजनी को छात्रवृत्ति देने की घोषणा की। कम न ज़्यादा

सोलह रुपये। रजनी के नम्बर देख सुरेन्द्र भाई साहब ने उसके लिए एक साइकिल खरीद दी थी। अब रजनी साइकिल पर कॉलेज जाती थी। बालिका विद्यापीठ में वे महादेवी वर्मा से भी पढ़ी थीं। उन्हें याद है महादेवी जी हॉस्टल की वॉर्डन भी थीं। कक्षा में महादेवी जी कभी डाँटती नहीं थीं पर उनका गम्भीर रहना ही बालिकाओं को सख्ती प्रतीत होता था। एक बार उन्होंने रजनी से एक प्रश्न का उत्तर चाहा। बार-बार पूछने पर भी जब रजनी कोई जवाब न दे पायी तो वे बोली थीं, ''क्या तुम मेरे धैर्य की परीक्षा ले रही हो ?'' यह एक वाक्य रजनी को भीतर-बाहर से झकझोर गया था। उस रोज़ घर लौटते हुए, घर के काम-काज करते और यहाँ तक कि रात के अँधेरे में भी यही शब्द उसके ज़हन में घूमते रहे थे। देर रात गये जब नरेन्द्रनाथ लौटे थे तो रजनी ने उनसे वह पूरा पाठ समझा था।

सुरेन्द्रनाथ हाईकोर्ट में मजिस्ट्रेट हो गये थे। नरेन्द्रनाथ कॉलेज में पढ़ाने लगे थे। नरेन्द्रनाथ कुछ गुमसुम भी रहते थे। माँ को उनकी बहुत फिक्र थी क्योंकि वे भी कभी-कभी एक-दो दिनों के लिए घर से कहीं चले जाते थे। प्रायः बीमार भी रहते थे। बचपन में वे 'वानर सेना' के सक्रिय कार्यकर्ता थे पर अब उनका कुछ-कुछ दिनों के लिए बिना बताये यूँ गायब हो जाना माँ को भाता न था। रजनी जानती थी कि नरेन्द्र भाई साहब अपने दोस्तों के साथ मिलकर एक प्रेस चलाते हैं जिसमें रात-रात भर लग कर एक स्वराजी अखबार छापा जाता था— 'देश की बात'।

माँ नरेन्द्र भाई साहब का कुछ ज़्यादा ही खयाल रखती थी। नरेन्द्र भाई साहब का भी माँ से कुछ ज़्यादा ही जुड़ाव था। पर अखबार और छापेखाने की बात उन्होंने माँ को कभी नहीं बतायी। सुरेन्द्र भाई साहब की शादी के बाद नरेन्द्र भाई साहब पर बहुत ज़ोर डाला गया पर उन्होंने शादी के लिए कभी हाँ न की। इस पर चाची रोतीं तो कहते, ''शादी कर तो ली भाई साहब ने। बहू की तमन्ना तो तुम्हारी पूरी हो ही गयी। मैं तो बस तुम्हारे पास रहूँगा और तुम्हारी सेवा करूँगा''। फिर उन्हें चिढ़ाते हुए बहाना-सा बनाकर कहते, ''वैसे भी मुझे तो तपेदिक है। कौन देगा अपनी लड़की मुझे!'' और चाची पल्लू से आँसू पोंछते हुए रसोई की ओर बढ़ जातीं।

ताऊजी ने अपनी रजनी के लिए हाईकोर्ट के जज रैना साहब का वकील बेटा भूषण लाल चुना। रजनी तब तक बी.ए. कर चुकी थी। आज वो अपने पोते-पोतियों को फख्र से बताती हैं कि 'तुम्हारी ही तरह डिमांड और सप्लाई हमने अँग्रेज़ी में पढ़ा है।'

रैना साहब अपने बेटे के लिए पढ़ी-लिखी लड़की चाहते थे सो रजनी की शादी तय हो गयी। इधर रजनी की पढ़ाई का बेहतरीन रिकार्ड देखते हुए और ताऊजी के रसूख से उसे इलाहाबाद के सेशन कोर्ट में स्पेशल मजिस्ट्रेट के पद का न्यौता मिला। रजनी और परिवार की खुशी का ठिकाना न था। पर यह खुशी अधिक न टिक पायी थी। रैना परिवार ने सवाल उठाया था कि जिस कोर्ट में उनका बेटा वकालत करता है वहीं बहू

मजिस्ट्रेट कैसे बन सकती है, चाहे वह पद मानद ही क्यों न हो? सो नौकरी से मुँह मोड़ रजनी ने शादी के बाद अम्मू बनकर अपनी गृहस्थी को सँभाला।

आज इस 73 वर्ष की अवस्था में वह अम्मू भी न जाने क्यों कभी-कभी साठ साल पुराने विगत को घटित होता वर्तमान मान लेती हैं। नब्बे की उम्र में काकनी की यह मनोदशा फिर भी समझी जा सकती है क्योंकि उसकी देह भी अब उसका उतना साथ नहीं दे रही है। पर अम्मू के साथ तो ऐसा नहीं है। फिर क्या कारण है कि उनकी स्मृति भी कभी-कभी वर्तमान का साथ छोड़कर सुदूर अतीत में डेरा डाल लेती है? क्या इसलिए कि वर्तमान अनिश्चित है और अतीत सुनिश्चित, जाना-पहचाना-सा? या इसलिए कि अतीत जैसा भी है अच्छा या बुरा, अपनी समयावधि में सम्पूर्ण है। जाने स्मृति के इस फव्वारे में वर्तमान के सूराख बन्द क्यों हो जाते हैं कभी-कभी?

शक्ति को याद आयी इलाहाबाद की जनवरी की वो सर्द रात। अम्मू ने ढेर सारे ऊनी कपड़े लाद रखे थे, रज़ाई में बैठी वह गर्म पानी की बोतल से पैर सेक रही थीं कि अचानक शक्ति को पुकार उठी थीं, ''बहू... अबकी विश्रान्ति कुंज जाओ तो मेरा फर का चेस्टर ले आना। मैं तो कहाँ जा पाऊँगी इस सर्दी में... तुम ही ले आना। चाची के ठाकुरजी वाले कमरे में बायीं ओर के काले ट्रंक में दबाकर रखा है मैंने वो फर का चेस्टर... सफेद फर का... बर्फ-सा सफेद और खरगोश-सा मुलायम...,'' फिर कुछ मुस्कराकर कहा था उन्होंने, ''ताऊजी लाये थे कश्मीर से मेरे लिए। सन्तोष बहुत लड़ती थी उस चेस्टर के लिए... सो मैंने चाची के ट्रंक में छिपाकर रख दिया था।''

निश्शब्द शक्ति उन्हें खड़ी-खड़ी देखती रह गयी थी क्योंकि विश्रान्ति कुंज बिके तो दस-बारह बरस बीत चुके थे। मगर अम्मू वहीं भटक रही थीं, ''वैसा ही फर का एक छोटा-सा पर्स भी था मेरे पास... मिस रॉबर्ट्स लायी थीं लन्दन से। मैंने उसमें अपने वज़ीफे के 16 रुपये रखे एक दिन और सच कहती हूँ उसी दिन वो खो गया... बहुत सुन्दर था। मैंने बहुत कहा कि धोबी कमरे में आया था... अँगोछे में बाँधकर ले गया होगा... सागरपेशे में जाकर उसके मकान की तलाशी ली जाए... पर... पर मेरी बात किसी ने न मानी।''

अम्मू को स्मृति-भ्रम होता भी है तो बचपन की स्मृति ही क्यों लौटकर आती है? क्या ये चेस्टर सिर्फ एक फर का चेस्टर है या उनके गुनगुने युवा वर्ष जिन्हें वो याद करती हैं और आज भी आस-पास पाना चाहती हैं? क्या पता मृत्यु की दहलीज मन को जीवन की ओर तेज़ी से खींचती हो और जीवन ले जाता हो अपने बचपन यानी एक नयी शुरूआत में! बच्चे जब स्वस्थ होते हैं तो माँ उनके जीवन में हाशिये पर रहती है पर अस्वस्थ होते ही उन्हें माँ याद आती है और वे माँ की गोद में आश्रय ढूँढ़ते हैं। उसी में

रहना चाहते हैं। क्या ऐसी ही गोद है यह बचपन की स्मृति?

कुछ दिन बाद अम्मू ने एक दिन रमेश से अचानक पूछा था, ''बेटा विश्रान्ति कुंज गया था क्या? वो कैथे के पेड़... वैसे ही हैं या सूख गये? तुझे याद हैं न कॉटेज के पास के वो पेड़?'' रमेश के हाथ चाय की प्याली को मुँह तक ले जाते – ले जाते रास्ते में ही ठिठक गये थे।

क्या है यह मन? मन:देश के हर आयोजन, हर क्रिया की खबर पहरे पर बैठी बुद्धि को नहीं होती। बेचारी अकेली है। कभी-कभी पलकें झपक भी तो लेती होगी। और यह मन:देश? यह तो पूरा अरण्य है। स्मृति का अरण्य! स्मृति के इस अरण्य में न जाने क्या-क्या छिपा-बसा हो? असंख्य खरपतवारों के साथ-साथ जो अक्सर पेड़-पौधे होने का भ्रम बनाये रहते हैं।

उम्र के साथ-साथ दिमाग जब थकता है तो वर्तमान क्यों भूल बैठता है? समस्त जीवन की असंख्य घटनाओं, उत्सवों, आयोजनों से बटोरे सुख-दु:ख, जो हमारी पूँजी होते हैं, क्यों छूटते जाते हैं मुट्ठियों की झिर से फिसलते हुए धीरे-धीरे। जिन सुखों ने स्नेहिल सिहरन दी थी, जिन दु:खों के गले लगकर रोये थे, उनकी स्मृति ये जीवन रहते ही क्यों छोड़ जाती हैं? इहलोक की भौतिकता से भी पहले! रिश्तों के मोह की गठरियाँ भी क्यों धरी रह जाती हैं किसी गर्द भरे कोने में? जीवन रहते हुए भी हम क्यों जान नहीं पाते कि हमने क्या कुछ खो दिया? वो गठरियाँ अहसास के स्तर पर मात्र 'कुछ' भी नहीं रह जाती हैं। तो क्या है यह जीवन? क्षणों के मेले में मात्र स्मृति का खेला? और स्मृति नहीं तो कुछ नहीं?

कहीं ऐसा तो नहीं कि पुरानी स्मृति में हम तब लौटते हों जब कुछ नहीं रह जाता! जब तक जिस्म में ताकत होती है मन स्मृति की पींगें भरता है। आगे भी जाता है और पीछे भी। वृद्धावस्था में शरीर की ऊर्जा वह अवकाश नहीं देती है। क्या पता मन पीछे जाकर लौट ही न पाता हो। और दुनिया उसे खलल कह बैठती है।

क्या वह खुद स्मृतियों में नहीं जीती? सोचा शक्ति ने। क्या श्रीनगर में बीता बचपन और किशोरावस्था उसके मन के अँधेरे बेसमेंट में नहीं बसते लगातार? क्या कभी-कभी अरुन्धती के पति की तरह वह अचानक गुम होकर अपने उस बचपन में नहीं लौट जाना चाहती? ट्रंकों से पुराने कपड़े निकालकर झाड़ने और दोबारा सहेजकर रख देने के लिए! काकनी उसे जीता-जागता वह इतिहास लगती है जो कभी बसता था श्रीनगर की वादी में और आज जी रहा है स्मृति-भ्रम की मनोदशा में। जाने कब तक? यह बद्किस्मत इतिहास समय की धूल से जल्दी ढँक भी जाएगा और कोई इस धूल को झाड़ भी नहीं पाएगा। यह जातीय स्मृति ऐसा दुर्भाग्य लेकर आयी है कि सदियों बाद जब खुदाई होगी उसकी मिट्टी की तो मोहनजोदड़ो या हड़प्पा की तरह नहीं मिलेंगे

उसके अवशेष। न कोई मृदभांड, न हड्डियाँ क्योंकि निर्वासन और विस्थापन लील चुका है उन हड्डियों को। उसे महसूस हुआ कि उसका जीवन एक ऐसा अधटूटा मकान है जिसकी छतें हथोड़े मार-मारकर तोड़ दी गयी हैं। बिना छतों का असंख्य कमरों वाला तिमंजिला मकान जिसकी ऊँची-सुनसान, कहीं-कहीं से उधड़ी दीवारों के बीचों-बीच उसकी अपनी ही ढही हुई छतों के मलबे का ढेर भरा हुआ है। पहाड़-भर मलबा!

क्या पापा का यह कहना ही अन्ततः सत्य है कि "सब अपने-अपने पूर्वपुण्यों की गठरी लादे आयुष्य की लाठी टेकते सुख-दुःख की ताल पर जीवन का सफर तय करते हैं!" तो क्यों वे सभी लोग इसी प्रदेश में पैदा हुए जिन्हें अपने पूर्वपुण्यों का बोझ ढोते इतिहास के भिन्न-भिन्न दरवाज़ों से गुज़रते हुए निर्वासन का दर्द भी अपनी पीठ पर लदी गठरी के साथ ढोना था? बार-बार क्यों? आखिर क्यों?

शक्ति के दिमाग की नसों में खून तेज़ी से दौड़ा। उफ, ये दिमाग किस तरफ चल पड़ा! अब कहीं सिर में वो धूप-छाँही दर्द न शुरू हो जाए। हर समय पीछा करते डर के साये का असर जो उदासी के रेतीले बियाबान में बदल जाता है। बहाने बनते हैं कभी गर्मी की कड़कती धूप, कभी ठंडी हवा का तेज़ झोंका, कभी खाली पेट तो कभी ज़रूरत से ज़्यादा भरा पेट। और डॉक्टर नाम देते हैं इसे माइग्रेन का। पर असली कारण होता है मन, जिसे वह मन ही मन जानती थी। वो मन जो एक बार उजड़ा तो फिर कभी पूरी तरह स्थापित न हो पाया। हमेशा विस्थापित कहलाया। विस्थापित मन!

दिमाग की ओर खून की रफ्तार कुछ और तेज़ हुई। कनपटियों की नसें फड़कने लगीं। तेज़... और तेज़। मानो सिर से बाहर आने की ठान रखी हों। इन फटती नसों में स्मृतियाँ धड़क रही हैं। सोचा उसने। काश बर्फ की थैली रखने से आराम मिल पाता। काश ठंडी होकर स्मृतियों की यह धड़कन भी बर्फ हो जाती। या फिर उत्सव के समय जलायी जाने वाली छोटी-छोटी बत्तियों वाली लड़ियों की तरह एक बत्ती फ्यूज़ होते ही सारी लड़ी फ्यूज़ हो जाती। यानी एक स्मृति फ्यूज़ हो तो स्मृतियों की लड़ी गुल हो जाए।

"शक्ति बेटे, काकनी को अन्दर ले आओ... अँधेरा घिर आया है।" रसोई की खिड़की से आती माँ की पुकार सुन शक्ति चौंक-सी गयी। माँ कब लौटी, शाम ने रात की देह में कब प्रवेश किया— वह जान ही न पायी थी।

"बेटा काकनी को जगाओ और अन्दर ले चलो... बैठे-बैठे सो गयीं... थक गयी होंगी। और आओ ज़रा मछली-चावल की थाली के आगे हाथ जोड़ लो।" फिर क्षणभर ठहरकर कहा उन्होंने, "अपना घर, अपना शहर तो नहीं बचा पर अपने तीज-त्योहार तो नहीं छोड़ देंगे न हम। आज पौष कृष्णपक्ष का शनिवार है। जाओ ऊपर छत पर गृहदेवता के लिए थोड़ा मछली-चावल रख आओ।" माँ बाहर आ चुकी थी। शक्ति को असमंजस में पा उसने काकनी को जगाकर सहारा दे उठाया और अन्दर

ले चली।

शक्ति रसोई में गयी तो वहाँ एक बड़ी-सी काँसे की थाली में पकी हुई मछली के दो टुकड़े, एक किनारे एक छोटा पहाड़ चावल और सिन्दूर पुती एक छोटी कच्ची मछली रखी थी जो उसे गृहदेवता के लिए ऊपर छत पर रखकर आनी थी। गृहदेवता शब्द मन में आते ही उसके चेहरे पर व्यंग्यभरी मुस्कान उभरी। गृहदेवता! न वह पूर्वजों का घर रहा, न अपनी ज़मीन। सदा से सुनती आयी है वह कि हर घर का अपना एक गृहदेवता होता है। उनके घर का गृहदेवता तो निर्वासन के समय वहीं छूट गया। क्या अब तक वह उसी भुतहा खाली मकान में रहता होगा? तब तो वह सालों से वहाँ भूखा भटक रहा होगा। वहीं कहीं गलियों या घाटों पर। या घर के सूने भंडार-गृहों के अँधेरों में जो स्मृति के अँधेरे घने जंगल से भाँय-भाँय करते होंगे।

जाने क्यों हाथ बढ़ाकर उसने थाली में रखे चावलों के पिंड बनाने शुरू कर दिये। अनेक पिंड। फिर उन पिंडों को ठहरकर देखा। क्या वह पिंडदान करेगी? पिंडदान! अपने कश्मीर की याद में भरी उसकी एक-एक उसाँस भी तो पिंडदान के बराबर है। तो? क्या आज गृहदेवता का पिंडदान करेगी? गृहदेवता जो अब एक अतीत है या कहें कि भूत। पर अब तक क्या करती रही है वह? स्मृति में जीती रही है। क्या स्मृति अतीत का पिंडदान नहीं?

शक्ति ने मछली और चावल के पिंडों वाली वह थाली उठायी और आहिस्ता-आहिस्ता सीढ़ियों की ओर बढ़ चली। देह का गृहदेवता है आत्मा और आत्मा का भोजन यानी मछली-चावल है स्मृति। पीढ़ी-दर-पीढ़ी धीरे-धीरे स्मृतियाँ भी खत्म हो जाती हैं या कुछ-कुछ बची रहती हैं अन्यत्र कहीं, किसी दूसरे गृहदेवता का भोजन बनने के लिए। चावल के पिंडों की ओर नज़र भरकर देखा शक्ति ने। एकाग्र मन से उसी ओर बराबर देखते हुए सीढ़ियों पर कदम बढ़ाये। सँभल-सँभल कर। थाली से गिरकर वे स्मृतियाँ कहीं बिखर न जाएँ!

❑❑❑

णाणं
पयासयं

वीर नि.सं. 2470

ई.सन् 1944

भारतीय ज्ञानपीठ